북극에서 남극까지
수상한 세계여행

수상한 세계여행 : 북극에서 남극까지
1권 - 북극, 러시아, 유럽

초판 1쇄   2019년 08월 27일

지은이   김명애 박형식
발행인   김재홍
디자인   이근택
교정·교열   김진섭
마케팅   이연실

발행처   도서출판 지식공감
브랜드   문학공감
등록번호   제396-2012-000018호
주소   경기도 고양시 일산동구 견달산로225번길 112
전화   02-3141-2700
팩스   02-322-3089
홈페이지   www.bookdaum.com

가격   15,000원
ISBN   979-11-5622-463-1 04810
SET ISBN   979-11-5622-466-2 04810

CIP제어번호   CIP2019029202
이 도서의 국립중앙도서관 출판예정도서목록(CIP)은 서지정보유통지원시스템 홈페이지(http://seoji.nl.go.kr)와 국가자료공동목록시스템(http://www.nl.go.kr/kolisnet)에서 이용하실 수 있습니다.

문학공감은 도서출판 지식공감의 인문교양 단행본 브랜드입니다.

북극에서 남극까지

수상한 세계여행

글·사진 박형식 × 김명애

북극 러시아 유럽

《여행에 미친 부부》의 흔적이 고스란히 담긴 세계여행기

세상에 무엇 하나 남기지 못했다는 사실에 아쉬움을 느끼고
열정만으로 세계 곳곳에 발자국을 찍어보기로 했다

문학공감 도서출판

우리 이야기

중학교 때 읽었던 한 여행기에서 마추픽추 사진을 보고 큰 감명을 받은 시골 소년은 언젠가 저곳에 사랑하는 여인과 함께 꼭 가리라 결심한다.

해외여행이 거의 불가능했던 시절, 미국 지사로 나가야 여행이 가능하겠다는 생각에 남편은 회사 점심시간에 있는 영어강좌를 열심히 들었다. 처음에는 수백 명이 몰리다가 몇 달 지나 서너 명으로 줄어 종강할 때마다 끝까지 남았다. 전문화된 시험제도가 없던 시절, 대학 4년 동안 아르바이트 교재였던 영어 참고서 덕분에 ROTC 통역장교를 지냈고, 회사에서 실시하는 영어시험에서는 자주 상금을 받았다.

남편은 수출이 급등했던 80년대 초, 일요일마다 우리를 교회에 데려다주고 그 길로 출근해서 해 질 때까지 열심히 일한 결과 해외지사 발령을 받았다. LA 지사 근무 중 휴가나 연휴엔 가까운 국립공원 위주로 여행을 다녔다. 어린 상은이와 상규를 동반한 여행이 나름 즐겁기도 하였지만, 아이들 챙기느라 무엇을 보았는지 기억이 가물가물하다.

둘만 남은 우리는 체력이 예전 같지 않아 더 늦기 전에 세계일주를 해야겠다는 생각에 남편의 회갑을

원년 삼아 23년 만의 고국방문을 시작으로 세계 여
행길에 올랐다. 미주 중앙일보 베스트 블로거와 시
민기자로 활동하면서 2015년 매주 목요일 YTN Radio
LA의 〈길따라 멋따라〉 프로그램에 패널로 출연하기도 하였
다. 여행이라는 공통의 취미를 위해 인터넷으로 리뷰를 살펴
여행 계획을 세우고 블로그에 정보를 공유했다.

60대는 땀방울로 뿌린 씨앗을 풍성하게 거두는
황금기로 지나온 발자취를 돌아보며 황혼을 준비
하는 인생의 가을 문턱이라 할 수 있다. 후회 없는
70대를 위하여 두 다리가 떨리기 전, 설렘과 심장의
떨림이 아직 있을 때, 길을 나선다. 언젠가 한 사람이 먼
저 하늘나라에 갔을 때, 남은 사람은 추억으로 외로움을 달랠 수 있도록
기록을 만든다. 2018년 미주 중앙일보 온더로드 여행기자를 하면서 베스
트 콘텐츠상을 받고는 조금 더 자신감이 생겨 여행기를
출판하겠다는 야무진 꿈을 갖게 되었다.

Contents

북유럽과 러시아 N. Europe & Russia

중앙유럽과 대영제국 C. Europe & UK

서유럽과 모로코 W. Europe & Morocco

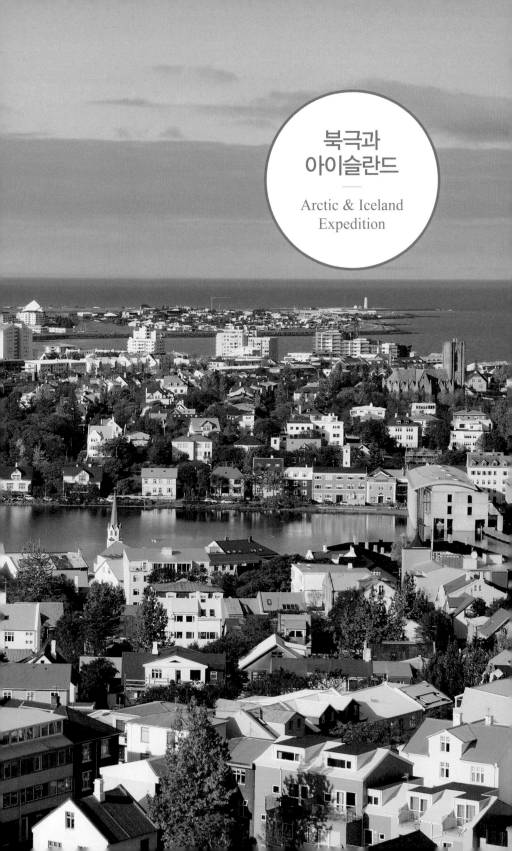

북극과
아이슬란드

Arctic & Iceland
Expedition

북극탐험 소원을 풀다

"무슨 북극까지? 왜?" 라고 묻는다면, "감동을 받기 위하여" 라고 감히 말할 수 있다. 그 감동지수가 행복지수라 믿기에, 여름 3개월 동안 태양이 하루 종일 떠 있을 모습을 상상하며 2015년 7월 북극에 다녀왔다. 10번의 육로여행보다 1번의 극지여행이 주는 감동이 더 컸다는 어느 오지탐험가의 말이 이번 여행의 촉진제가 되었다.

이번 탐험은 오슬로에서 Longyearbyen으로 날아가, Svalbard 제도의 Spitsbergen 섬 주위, 북극권 77~82도에 있는 무인도들을 돌아보는 일정이다. 이를 위해 6, 7, 8월에 한 번씩만 있는 Poseidon Arctic Expedition Cruise를 1인당 5,500불에 예약하였다. 큰 부상을 입었을 때, 육지병원 헬기 이용료 등 15만 불까지 보상되는 Medical Evacuation 보험이 필수여서 300불로 여행보험을 샀다.

1년 전에 예약한 투어 예약금 20%를 송금한 다음, 오슬로-롱이어뷔엔 항공권만 460불에 먼저 구입하고, 뉴욕-오슬로 항공권은 가격이 내려가기를 기다렸다. 출발 100일 전, 자리 예약과 기내식 그리고 체크인 짐값 등을 별도로 지불하는 Norwegianair의 Lowfare 가격이 660유로로 내려갔으나 세가지가 포함되는 Lowfare+를 750유로에 샀다.

불경기에 주위 사람들이 힘들어하는데 북극을 꼭 가야 하나 물으면 남편의 대답은 한결같다. 차 한 대로 1시간 거리를 함께 출퇴근하며 주 6일 하루 12시간 일하는 상황에서 맵지 않은 김치를 평생 담가준 보상이라 한다. 사랑하는 가족의 건강을 위해 기쁜 마음으로 한 것인데 굳이 가치를 매겨주니 내친김에 계산을 해 보았다. 1박스 배추의 부가가치는 100불, 1년에 600불, 30년이면 18,000불, 어~ 정말 두 사람 여행비 15,000불이 빠지고도 남네….

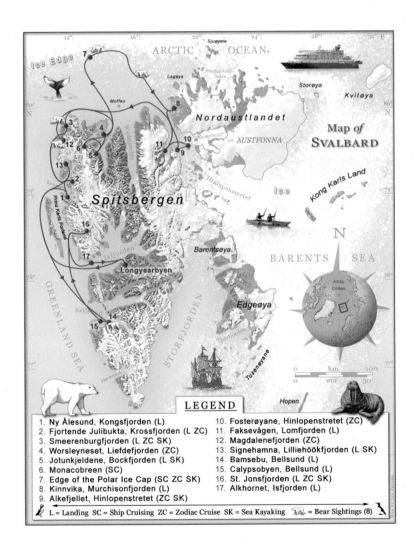

　이번 여행은 평범한 사람들도 의지만 있으면 지구 끝까지도 갈 수 있음을 증명해 보는 것에 목적이 있다. 또한 거동이 불편해져 뒷방 신세가 되었을 때, 자식들이 자신들은 엄두도 못 내는 남극과 북극 등 극지탐험을 다녀온 부모를 좀 대우해 달라는 기대감도 한몫한다.

지구 최북단 롱이어뷔엔

뉴욕을 떠난 지 6시간 반 만에 오슬로 공항에 도착하여 400불을 노르웨이 크로네^{Krone} 로 환전하였다. 12불의 고속기차 flytogot 티켓을 시니어 대우 6불로 구입하였다. 짐칸에 가방을 놓고, 한 칸에 16개의 좌석이 있는 쾌적한 객실에 앉아 무료 와이파이로 카톡을 하다 보니 20분 후 오슬로 중앙역에 도착하였다.

750m 떨어진 Comfort 호텔까지 큰 가방을 끌고 가는 대신 기본요금 150 크로네^{20불} 로 택시를 탔다. 4시에 문 닫는 뭉크미술관을 방문하기 위하여 100크로네를 더 내고 조기 체크인하였다. 100불에 아담하고 깨끗한 호텔 지하에는 전자오븐 등 주방시설이 있어 햇반, 김, 스팸으로 저녁식사를 하였다. 다음 날 새벽 체크아웃하면서 택시 모니터에 주소를 입력하니 바로 택시가 나타났다.

오슬로에서 2시간 만에 트롬쇠에 도착하여 모든 승객은 비행기에서 내려, 이곳에서 탑승하는 승객들과 함께 스발바르 경찰로부터 다시 입국수속을 받았다. 스발바르 제도로 들어서면서 하얀 설산이 나타나자 10유로를 아끼려 창가 좌석 예약을 하지 않은 것이 아쉬웠다. 1시간 반 만에 지구의 최북단 도시 롱이어뷔엔에 도착하였다.

1975년에 지어진 이 공항은 북극여행의 출발지로 매년 3만여 명이 드나드는 곳이다. 한여름 낮기온이 섭씨 5도이기에 오슬로에서 겨울옷으로 갈아입은 우리는 걸어서 공항청사 안으로 들어가 북극곰의 환영을 받았다. 75크로네를 크레딧 카드나 현찰로 내고, 셔틀버스에 오르면 운전기사가 짐을 실어주고, 시내에 있는 호텔 앞에 내려준다. 시내 중심지까지 택시요금은 240, 위쪽 깊숙한 곳에 있는 Spitsbergen Guest House까지는 300크로네이다. 공항, 교회, 대학 등의 앞에 최북단 Northernmost이라는 수식어가 붙는 이곳에는 신축 중인 호텔들도 눈에 많이 띄었다.

Coal Miner's Cabins는 8개의 2층 건물로 층마다 있는 4개의 화장실 샤워시설 및 공동부엌이 깨끗하게 관리되고 있었다. 햄버거 하나에 13불 하는 이곳에서 알뜰 여행객들은 마트에서 재료들을 구입한다. 120불에 하루를 묵으며 북극의 분위기 속에서 먹었던 푸짐한 아침식사는 크루즈 승선수속을 마치고 저녁을 먹을 때까지 든든하였다. 저렴한 이 호스텔은 가장 먼저 매진되기에 충분히 일찍 예약해야 한다.

노르웨이 북쪽 621마일, 스피츠버겐섬의 서쪽 북위 78도에 있는 인구 2,200명의 롱이어뷔엔은 주지사가 살고 있는 북극 행정 중심지이다. 여기에서 살다 죽으면 이곳에 묻히지 못하고 본토로 돌아가야 하며 임신 8개월까지만 머물다 육지에 가서 출산해야 한다. 이곳에 있는 공동묘지는 이런 법이 생기기 전에 죽은 사람들의 것이다.

1957년에 지어진 최북단의 Svalbard Church는 세계에서 유일하게 러시아 정교회, 로만 가톨릭, 루터란 교회가 합쳐진 곳으로 루터교 목사가 인도하고 있었다. 눈과 석탄으로 범벅이 된 비포장도로가 많아 호텔과 식당, 교회 등에서는 신발장에 신발을 벗어놓고 구비되어 있는 슬리퍼를 신고 들어간다.
겨울 동안 그들의 유일한 교통수단인 스노우모빌이 사방에 흩어져있었다. 대중교통이 없는 이곳에서는 택시나 셔틀버스를 이용하거나, 여행사를 통하여 시내와 섬 주위 투어를 할 수 있다.

북극과 아이슬란드

여러 나라 국기가 그려진 2층 높이의 빨간 산타 우체통 앞에서 현지 젊은
이를 만나 차로 10분 거리의 종자은행 Svalbard Global Seed Vault 을 방문하는
행운을 얻었다.

2008년에 세워진 이곳에는 한국씨앗 500종을 포함하여 23개국의 씨앗 1
백여만 종이 보관되어 있다. 기상 이변이나 핵전쟁에 대비하여 정치적으로
안정된 노르웨이 북쪽 외딴섬 산 중턱에 세워진 종자은행은, 그 어떤 해일에
도 견딜 수 있도록 견고하게 지어져 있었다.

Breeding Common Eider Place에서 알을 품고 있는 새들과 썰매견 합숙
소를 돌아보았다. 새알을 노리는 여우를 만난 뒤, 곰이 있으니 총을 소지하
라는 안내판을 보고는 바로 돌아섰다. 최근 3년 사이에 사람들이 곰에게 너
무 가까이 다가가 두 번이나 곰에게 공격을 받았다고 한다. 시 경계에 곰이
나타나면 헬기를 이용하여 밖으로 쫓아낸다.

산 중턱 탄광에는 석탄을 운반하던 곤도라가 보였다. 채산성 악화로 모두 폐광되고, 한 군데에서만 노르웨이 유일의 이곳 화력발전소에 석탄을 공급하고 있다. 외진 곳을 편하게 관광하고 숙소까지 데려다준 그에게 사례하려 하니 손사래를 치며 유튜브 주소 myungpark52 만 받아 저 아래 시내 쪽으로 사라졌다. 그는 오슬로 출신 엔지니어로 8년째 일하며 1년에 두세 번 오슬로에 다녀온다고 한다.

숙소 뒷산에는 빙하수와 돌가루가 잿빛물이 되어 흘러내리고 있었다. 지면에 바싹 붙어 자라는 툰드라 식물들을 헤집어 먹고 있는 순록들이 눈에 띄었다. 그 귀한 야생화들을 밟거나 따면 벌금이 부과된다. 해가 떨어진 겨울기온은 평균 섭씨 −15도, 여름 3개월 기온은 섭씨 5도 정도이다. 연 강우량은 300ml가 안되고, 오로라는 10월 말~2월 중순에 나타난다.

세계 최북단 스발바르 대학에는 북극 지질학 기후를 연구하는 100여 명의 학생이 있다. 대학 건물 오른쪽 박물관에서 북극 탐험의 초기역사, 정착민들의 생활상을 살펴보았다.

스발바르 제도에는 Barentsburg에 사는 러시아인 300여 명을 제외하고는 대부분 노르웨이 사람들로 롱이어뷔엔에 살고 있다.

밝은색 외벽으로 친근감 있게 꾸며놓은 학교 건물은 유치원부터 고등학교까지 하나로 연결되어 있었고 방학인데도 아이들이 운동하며 신명나게 놀고 있었다.

스발바르 뮤지엄에서 나올 때 락커에 카메라 백을 두고 나온 사실을 크루즈 셋째 날 알게 되었다. 과연 10일 뒤 다시 찾아갔을 때, 그곳에 있을까?

북극 탐험선에 오르다

창 밖에서 풀을 뜯고 있는 순록 ^{Reindeer}에 이끌려, 뒷산 계곡까지 따라가 시간 가는 줄 모르고 함께 노닐었다. 문득 해가 지지 않는다는 사실이 생각 나 시계를 보니 밤 12시가 다 되었다. 두꺼운 커튼으로 창문을 가리고 잠을 청해 보았지만, 6시간 시차까지 겹쳐 새벽녘에나 겨우 잠들 수 있었다.

깨어보니 식당이 문 닫기 10분 전, 깜짝 놀라 일어나 건너편 식당으로 날

아가 겨우 한 접시 담을 수 있었다. 이곳의 아침식사가 좋다는 리뷰를 보고 기대가 컸었는데 허둥대느라 눈으로 먹는 즐거움은 접어야 했다.

집결 장소인 Spitsbergen 호텔은 빤히 내려다보이는 거리에 있었다. 11시에 짐을 받아 주니 가방을 끌고 천천히 내려갈까 하다가 거친 길에 바퀴가 빠져 나갈 것 같아 90크로네를 들여 택시로 갔다. Poseidon Storage에 짐을 맡기고 Svalbard 박물관을 찾아 아문센에 관한 자료와 고래, 바다코끼리를 무차별 포획했던 시절의 사진을 돌아보았다.

오후 4시 미팅은 스낵과 음료를 들며 설명을 듣고 질문에 답하는 식으로 진행되었다. 103명 중 영어권 그룹은 미국, 영국, 남아공, 호주, 뉴질랜드, 코스타리카, 벨기에, 타이완 두 아가씨, 우리 둘을 합하여 30여 명이었다. 그러나 독일어권 그룹 50여 명 대부분이 영어를 알아들어, 영어, 독어, 10여 명을 위한 러시아어 순으로 통역되었다.

3대의 버스로 나누어 탄 탐험팀들은 M/V Sea Spirit이 정박되어 있는 항구로 갔다. 아문센 시절의 크루들이 그러했듯이, 71명의 승무원은 우리의 손발이 되어 주었다. 여권을 맡기고 방에 들어가니 가방들이 먼저 와 있었다. 둘이서 사용한 3인용 방에는 여분 침대 대신 소파가 있었다. 북극선 66도 33분 북쪽을 북극 Arctic 이라 부르며 Arctic은 그리스어로 Arctos에서 온 말로 '곰'이란 뜻이다.

오후 6시, 라운지에서 Welcome & Safety Briefing이 있었다. 크루 소개와 안전교육을 받고 4개조로 나뉘어, 조별로 모여 구명조끼를 입고 구명정 앞에까지 가는 것으로 비상훈련이 끝났다. 호주에서 온 Roberts 커플과 합석하여 7시 반부터 2시간 동안 스프나 샐러드, 메인, 디저트로 저녁식사를 하였다. 그들은 남극도 이미 다녀온 터라 12월에 갈 예정인 우리와 공동의 화제로 즐거운 시간을 보냈다.

와인들이 진열되어있어 눈으로 보고 주문할 수 있었다. 먹는 속도에 맞추어 천천히 나오는 식사와 한잔에 7불 하는 하우스 와인을 즐기며 매일 자리를 바꿔 앉아 여행 매니아들로부터 산 정보를 얻을 수 있었다.

호텔 매니저는 틈만 나면 손수 유리창을 닦거나 서빙을 도왔다. 세 끼 식사와 간식을 위하여 10여 명의 요리사와 웨이터들은 하루 종일 빵을 굽는 등 분주하게 움직였다.

이러한 승무원들에게서 자극받아 우리도 더욱 열심히 도서관에서 자료를 찾았다. 전문가들에게 질문도 많이 하고 탐사 후에 배로 돌아와 학술적으로 정리해주는 Recap 강의에 열심히 참여하였다.

수수하고 검소한 독일 그룹은 미생물학 박사를 자기들 비용으로 초빙하여 수시로 강의를 듣고 있었다. 그들을 보며 선진국 시민은 그냥 되는 것이 아니며 물질적 풍요를 앞세워 스스로 선포한다고 되는 것은 더더욱 아니라는 생각이 들었다.

생수는 방 안에 있는 미니바에서 꺼내 마시고 크루즈가 끝날 때 병당 3불을 지불한다. 우리는 Gym에 있는 생수대에서 시원한 물을 받아 10일 내내 마셨다. 간이병원에서는 의사의 간단한 진료와 처방약을 받을 수 있다.

저녁식사 후 4층 바에서 알콜 음료도 사 마실 수 있고 뮤지션이 펼치는 생음악도 즐길 수 있다. 도서실에서 책을 빌려 잠 못 이루는 밤 동안 벗 삼을 수도 있다.

식사를 마치고 라운지에 진열되어 있는 방한재킷과 고무장화를 골랐다. 브릿지 스파에서는 뉴질랜드 노부부와 벨기에 아가씨가 뜨거운 물 속에서 차가운 북극의 낭만을 즐기고 있었다. 설산을 끼고 북쪽으로 유빙을 헤치며 올라가는 배는 조금 흔들렸지만 그리 거슬리지는 않았다. 북극곰이 발견되면 방송을 할 테니 밖으로 나오라 한다.

북극에서 산화한 아문센

인류 최초로 남극점과 북극점을 탐험한 아문센 Roald Amundsen, 1872~1928
이 북극탐험을 시작한 Ny Alesund를 찾았다. 이곳에는 그가 16명의 탐험대
와 함께 비행선 Norge에 올랐던 계류장 Mast이 있다. 1925년 스발바르조약
에 가입한 나라들은 노르웨이가 관할하는 이 지역을 자유롭게 이용할 수 있
다. 한국도 2002년에 가입하여 다산북극연구기지 Dasan Korea Polar Research
institute를 설립하고 10여 개국과 함께 북극 생태계를 연구하고 있다.

1917년 광산회사에 의해 조성된 이 마을은 1929년 폐광과 함께 북극점으로 가는 비행선 발진 기지로 사용되었다. 지금은 관광과 북극 연구기지로 쓰이는 스발바르 제도의 4개 영구 거주지 중 하나이다. 상주인구는 30여 명 정도이나 여름에는 연구원이나 기술자들로 120여 명 정도가 거주한다.

툰드라 야생화가 피어있는 건물 주위나 연못가에서는 하얀 깃털과 붉은 부리와 발을 가진 북극제비갈매기 Arctic Tern 등이 많이 보였다. 알을 품고 있는 자리에 가까이 다가가면 머리 위를 쪼며 끈질기게 달려든다. 제비의 날렵한 모습을 보며 '물찬 제비'라는 말이 이 녀석들의 모습에서 유래되지 않았나 싶다.

어머니의 뜻으로 의과 대학에 다녔던 아문센은 모친이 타계하자, 자신의 꿈을 다시 살려 1897년 탐험대의 일등항해사가 되었다. 1899년 그는 2년 동안 빙산에 갇혀있던 탐험선 RV Belgica호를 선장을 대신해 지휘하여 빙산을 깨뜨려 탈출시킨 공로로 선장이 되었다. 1909년 Forward라는 뜻의 프램 Fram 호로 북극탐험을 계획

하고 있던 아문센은 그해 4월 미국 탐험가 Frederick Cook과 Robert Peary가 이미 북극에 도달했다는 소식을 듣고 목적지를 남극으로 바꾸었다. 1910년 6월 노르웨이를 출발한 그는 1911년 10월 19일 4명의 동료와 함께 출발하여 12월 14일 세계 최초로 남극점을 정복하였다.

북극 원주민들과 친했던 아문센은 순록 가죽으로 만든 원주민들의 옷을 입고 추위를 이겨낼 수 있었다. 그는 철저하게 군견 교관, 스키 대회와 개썰매 우승자, 포경선 사수 등으로 탐험대를 구성했다.

포경선 사수는 바다표범을 사냥하여 주식으로 하고 여의치 않을 때에만 지참한 식량을 먹었다. 그는 썰매견도 잡아먹어 출발할 때 52마리 중 귀환할 때 남은 개는 11마리였다.

아문센보다 먼저 남극탐험을 시도한 Shackleton [1874~1922] 은 식량을 많이 소비하고 달릴 때 흘린 땀으로 쉽게 얼어 죽는 조랑말을 이용하다 실패하였다. 남극정복으로 많은 기금을 모은 아문센은 조선업으로 성공을 거두었으나, 1918년 북극 항해에 실패한다.

1926년 미국 탐험가 Lincoln Ellsworth [1880~1951] 와 이탈리아 항공기술자 Umberto Nobile [1885~1978] 와 함께 탐험에 나섰다. 이탈리아에서 15만 불에 특별 제작해 온 비행선을 타고 이곳에서 출발하여 북극을 횡단하고 알래스카 Nome에 착륙하였다. 그리하여 서유럽과 아시아−북미대륙을 북극해와 연결하여 세계의 거리를 좁혔다. 2년 후, 아문센은 스피츠버겐 근처에서 비행선 사고를 당한 노빌레를 구하기 위해 그곳으로 날아가다 추락하여 56세의 나이로 산화하였다. 주요 저서로는 『The South Pole [1912] 』과 『First Crossing of the Polar Sea [1927] 』가 있다.

14th of July Glacier를 방문하였다. Zodiac을 탈 때에는 걸터앉은 채로 엉덩이로 미끄러지듯 이동하여야 한다. 내릴 때에도 앉은 채로 발을 물속에 먼저 담근다. 인솔자들이 총을 메고 경계를 서고 있는 가운데, 방한재킷과 방수바지, 고무장화에 구명조끼를 걸치고 비를 맞으며 1시간 반 트레일을 하였다. 노약자들이 아래에서 유빙과 북극새들을 감상하는 동안 우리는 숨을 몰아쉬며 반 마일가량 가파른 돌밭을 올랐다.

이곳은 모나코 왕자 Albert I세가 French National Day를 기념하여 이름 지은 곳이다. 위에서 내려다보는 빙하의 숨막히는 모습을 뒤로하고 내려와 조디악으로 절벽 위 바위 중간에 앙증맞게 뒤로 걸쳐 앉아있는 큰부리바다오리 등을 감상하였다. 연분홍빛 야생화들이 넓게 피어 절벽 아래로 흘러내리고 있는 가파른 산기슭에서는 스발바르 순록들이 파릇파릇 솟아나고 있는 먹거리들을 헤집고 있었다.

Virgohamma

최초의 북극 탐험가 안드레

~~~~~~

안드레^{Salomon Andree, 1854~1897}는 인류 역사상 처음으로 북극탐험을 시도한 스웨덴의 탐험가이다. 그는 스웨덴 국왕 오스카 2세, 노벨상 창시자 구스타프 노벨로부터 1백만 불의 재정 지원을 받아 이곳 Danskoya Island에 있는 Virgohamma에서 Hydrogen Balloon Ornen ^{Eagle}을 띄웠다.

엔지니어, 물리학자, 벌룬 조종사인 안드레는 1896년 첫 번째 시도에선 강풍으로 실패하였다. 다음 해 7월에 대형풍선에 썰매 3대와 보트 한 척, 3개월 치 식량을 싣고 2명의 동료와 출발하였다. 그러나 폭풍으로 너무 높이 떠오른 풍선에서 수소가 많이 빠져나가 475km를 운항하다 얼음 위에 비상 착륙하였다. 이륙할 때 Steering Rope가 끊어져 방향을 잡지 못하고 얼음판 위에 겨우 내린 그는 녹고 얼기를 반복해 표면이 불규칙해진 빙판에서 썰매를 끌고 물개 등을 사냥하며 탐험을 계속하였다. 식량이 있는 White Island ^{Kvitoya}에 2개월 만에 도착하였으나, 사냥한 곰 고기를 먹고 설사병으로 고생하다 그곳에서 동사하였다. 여기저기 흩어져 샛노랗게 부식되고 있는 안드레의 물건들이 그를 좀 더 오래 기억해 달라고 말하는 듯 보였다.

안드레는 세계 최초의 북극탐험 기자회견에서 추가적인 수소풍선 극지실험을 위해 출발을 미루기보다는 일단 떠나야 한다는 생각이 앞섰을 것이다. 국가의 위상만을 추구했던 스웨덴 국민들이 공명심에 사로잡혀 있던 젊은이들을 사지로 몰아갔다.

32년 뒤, 스발바르 Kvitoya섬, 텐트 안에서 2구와 텐트 밖 바위 사이에서 1구의 시신을 수습한 스웨덴 정부는 화장하여 함께 안장하는 성대한 장례를 치렀다.

이곳에도 세계 최초로 북극점 탐험을 시도한 그들의 추모탑을 세워 놓았다. 그들이 떠나야 했던 이유와 죽음에 대하여는 그들이 남긴 일기 등을 참고로 발간된 작가들의 소설과 다큐멘터리에 다양한 추측으로 남아있다. 거금을 지원한 노벨과 국왕을 볼 면목도 없고 실패에 따른 국민들의 원성을 감당할 수 없어 텐트 안에서 스토브의 일산화탄소로 자살했다는 설도 있으나 일기장에도 남기지 못했던 진짜 이유는 아무도 알 수 없다.

모선으로 돌아와 점심식사를 한 후, 다시 조디악을 타고 17세기 북해 포경 산업의 중심지 Smeerenburg에 들렀다. 16m 길이에 100톤 가까이 되는 몸무게의 40%가 지방인 참고래 Right Whale 는 단순한 작살로 포획이 가능할 정도로 동작이 느리다.

다른 종류의 고래는 죽으면 바닷속에 가라앉으나 참고래는 물 위에 뜨기 때문에 한꺼번에 여러 마리를 끌고 올 수 있다. 그들은 평평한 이 해변에 끌어 올린 참고래의 1m 지방층을 피부와 함께 잘라내어 놋쇠 오븐에 끓여 분리한다. 틀에 부어 식혀 벽돌처럼 단단해진 지방 덩어리를 유럽으로 가져가 고가에 팔았다.

참고래 몇 마리가 화를 면하여 지금은 북대서양에 3백, 북태평양에 2백 마리 정도가 서식하고 있다. 북해의 다른 종 고래가 8천여 마리인 점을 고려하면 유럽 대도시의 가로등 불꽃으로 사라진 북반구 참고래는 수만 마리로 추산된다. 해류를 따라 시베리아에서 이곳까지 떠내려온 통나무들이 여기저기 흩어져 있었다. 강추위로 부패 박테리아의 활동이 없어 오랜 세월 원형을 유지한 채 해변가를 가득 채우고 있었다.

해안 맨 끝에서 일광욕을 즐기고 있는 바다코끼리들이 보였다. 저들도 참고래와 함께 많이 포획되었으나, 일부가 살아남아 저렇게 옹기종기 모여 서로 체온을 유지하며 삶을 이어가고 있었다. 조용히 다가가 사진만 찍으라고 부탁하는 탐험 리더의 말에서 바다코끼리를 안심시키려는 따뜻한 마음이 느껴졌다. Walrus를 바다코끼리라고 부르는 이유 중 가장 뚜렷한 특징은 코로 들여 마시는 힘이 강하다는 것이다. 바닷속에서 홍합이나 조개들이 껍질을 벌리고 있을 때 순식간에 코로 빨아들여 알맹이만 빼서 먹는다.

인간의 이기심이 불러온 참고래 멸종 사건의 처참했던 과거를 잊고 북극 참고래 Right Whale들이 살았던 Right Place에 돌아오길 소망해 보았다. 그들이 좀 더 깨끗한 환경에서 예전처럼 살아가기를 기대하면서 우리는 이전 투어팀들이 미처 거두지 못하였던 쓰레기와 해류에 쓸려온 것까지 다 수거하여 모선으로 돌아왔다.

북해에 투영된 모나코 빙하

곰이 관측되어 상륙하지 않고 조디악으로 Worsleyneset 주위를 돌아보다 가 오후에 거인온천 Jotun Spring 을 방문하였다. 무릎까지 빠지는 눈밭을 지나 앨지 algae 와 횡기 fungi 로 예쁘게 수놓은 돌길을 올랐다. 정상 부근 돌 틈 사 이에는 이곳에서 가장 많이 보이는 Purple Saxifrage가 탐스럽게 피어있었다.

넓은 바위 두 군데에서 솟아오르는 미네랄이 풍부한 거인온천은 1년 내내 북위 80도 얼음 밭에서 섭씨 20도를 유지하고 있다. 온천 옆 흰 눈밭 위로 지나가고 있는 순록 일행은 옅은 회색으로 위장되어 있어 집중하여 보지 않으면 쉽게 놓친다.

탐사를 끝내고 모선으로 돌아오면 살균제가 들어있는 물통에 장화를 담그고 솔로 빡빡 문질러 세척한 후 들어간다. 주방, 조디악, 카약 관리는 30여 명의 필리핀 선원들이 하고, 선장, 항해사, 탐험 리더는 4개국어를 구사하는 독일, 러시아, 노르웨이, 스페인 사람들로, 더러는 박사학위를 갖춘 이 분야 전문가도 있었다.

모나코 빙하에 가까워지자 갑판으로 나오라는 방송이 나왔다. 무장하고 밖으로 나가니, 친구들이 벌써 나와 환호성을 지르고 있었다. 거울 같은 북해에 반영된 모나코 빙하와 바닷속에 잠겨진 태양이 우리에게 더없는 감동을 주었다.

쇄빙 기능을 갖춘 Ocean Nova가 바다를 가득 메운 얇은 유빙들을 가르며 항해하고 있었다. 여름 동안 이곳에서 활동한 저 배는 10월 한 달 동안 남극으로 달려가 점검을 마치고, 12월 우리를 만나 남극투어를 한다.

오늘 저녁은 식당을 닫고 오픈 덱에서 북극 바람을 맞으며 통돼지兒猪 바베큐를 하였다. 후식까지 정성껏 마련한 만찬 분위기 탓인지 섭씨 3도의 날씨가 그다지 춥게 느껴지지 않았다.

북극곰의 운명

북극점을 향하여 망망대해를 달려 북위 81도의 Seven Island로 접근하였다. 오전 9시 Ice Edge Zodiac Cruise가 있으니 독일어 그룹이 먼저 나오고 영어 그룹은 30분 뒤에 조디악 승선장으로 내려오라는 방송이 나왔다.

탐험은 3시간 이상을 밖에 머물지 않으며 하루에 두 번 있는 경우에는 일단 모선으로 돌아와 3시간 이상 몸을 녹인 뒤에 다시 나간다. 선미에 10인승 조디악을 탑재하고 다니다가 크레인으로 내려 전원을 동시에 승선시킨다. 그러나 승선대기 시간과 안전을 고려하여 독어, 영어, 러시아팀 등으로 나누어 타고 통역 없이 진행되었다.

마지막 파티에서 고별연설을 했던 뉴질랜드 폴 부부, 항상 뜨개질하던 영국 부부, 첫날 디너 파트너 로벗 부부, 둘째 날 우리한테 다가와 함께 저녁식사를 했던 호주 부부와 함께 10명이 조디악에 올랐다. 1시간 동안 인류 최초로 북극 탐험을 시도한 안드레가 2달 동안 헤매었던 유빙을 누비며 북극의 진수를 맛보았다.

리캡 시작 5분 전에 강의실에 들어섰지만 앞줄을 독일 친구들이 차지하였다. 그 뒤로는 15분 전에 가서 사진 찍기 좋은 스크린 바로 앞자리에 앉아 기다렸다. 독일 친구들과 자리 경쟁을 벌이면서 늦은 나이에 저들이 왜 이리 열심인가 생각해 보았다. 그들은 불과 70여 년 전 2차 세계대전을 벌였고, 세계 최고의 물건을 만들며, 최초로 원자폭탄을 거의 만든 사람들이었다.

동화책을 읽어주던 엄마의 추억이 떠오르는 책 읽어주기 시간에 참여하였다. 탐험 리더 중 최연장자인 62세 독일인 Peter가 Christiane Ritter[1897~2000]의 『A Woman in the Polar Night』를 구성지게 읽어 주었다. 책에서 크리스티안은 선장일을 잠시 접고 북극에 살고 있는 남편을 방문하여, 스토브도 제대로 다룰 줄 모르던 남편의 달라진 모습과 이곳의 신비스러운 자연에서 많은 영감을 얻는다. 유럽으로 돌아간 그녀는 인간의 수명이 그다지 길지 않았던 시절, 103세까지 살면서 왕성한 집필활동을 하였다.

잠옷으로 갈아입고 창밖을 내다보니 커다란 유빙 위에 북극곰 두 마리가 시야에 들어왔다. 선내전화 500번으로 직접 방송해도 되지만, 바로 옆방 안내데스크에 알려 주고 옷을 갈아입고 나갔다. 북극곰들은 먼 거리를 헤매었는지 많이 피곤해 보였다. 500kg이 넘는 몸무게로 발걸음을 내디딜 때마다 푹푹 꺼지는 빙판을 걷고 있는 북극곰을 이렇게 바라만 보는 것이 매우 안타까웠다.

하얀색인 북극곰은 나이가 들면서 약간 누런색으로 변하고 동작이 둔해진다. 사냥을 제대로 못해 죽은 동물의 사체를 찾아다니다가 병들어 죽는 경우가 일반적이다. 지금까지 관측된 야생 북극곰의 최장 수명은 41년이고 동물원에서 예방접종과 음식 등으로 관리를 받은 경우는 좀 더 오래 산다.

물 속으로 무작정 뛰어든 북극곰이 물개나 물고기를 잡는다는 것은 어림도 없는 일이다. 아사하기 전에 익사하면 어쩌나 싶어, 11시에 리캡 강의를 했던 북극동물 전문가 Dima에게 물으니 10km 거리의 먹거리 냄새를 감지한 곰이 그것을 찾아 움직인 것이며 한번에 30km를 수영할 수 있으니 걱정하지 말라 한다.

북극곰은 유빙 위에 숨구멍을 뚫어놓고 드나드는 물개들을 숨어서 기다리다 낚아채는 방법으로 먹이를 조달한다. 유빙이 줄어들어 그것도 쉽지 않아,

태어나 2년 뒤 독립한 새끼곰 2마리 중 1마리는 성년이 되지 못하고 죽는다. 먹이를 구하지 못해 아사하는 북극곰, 무리하게 수영을 하다 익사하는 북극곰의 수는 날로 늘어나는 추세다.

북극에 국경을 잇대고 있는 미국, 러시아, 캐나다, 덴마크, 노르웨이 등 여러 나라들은 북극곰 보호 법규를 제정, 국제적인 대책 마련에 열심이지만, 사람들의 호응과 협조가 더 중요할 듯하다. 투어항로 중 북극점에 가까운 동북 일부 구간에 빙산이 꽉 들어차 운항이 불가능하여 항로변경회의가 열렸다. Bird Cliff까지만 갔다가 되돌아 나와야 한다는 말에 일부 탐험대원들은 불같이 화를 내었다. 그러나 자세한 상황 설명을 들은 후에는 'Care is better than Sorry' 하며 오히려 유빙이 많이 쌓여 있다면 북극곰들에게 좋은 일이라고 기뻐하였다.

Reindeer, Kinnvica

산타썰매를 끄는 순록

산타의 썰매를 끄는 전설의 순록 Svalbard Reindeer를 만나기 위하여, Kinnvica에 있는 Svalbard Nature Research Center를 찾았다. 이곳은 1957년을 국제 지구물리학의 해로 정한 이래, 60개국에서 6만여 명의 과학자들이 참여하여 많은 연구를 했던, 작지만 중요한 연구 기지다. 모선에서 해안까지 조디악으로 이동하는 동안 세찬 바람에 뺨이 시려와, 털모자 위에 방한복 모자까지 눌러썼다.

첨벙거리며 밟았던 바닷물은 얼음처럼 차가웠으나, 고무장화 덕에 한기는 덜했다. 북극의 몇 안 되는 이곳 사막 넓은 평원은 하얀 눈으로 덮여있었다. 지구 온난화에 의한 기상 이변과 생태계 변화 등을 연구하던 한 통나무집 안에는 2010년에도 연구활동을 했던 흔적이 남아 있었다.

눈이 녹아 질척해진 평원을 건너 나지막한 눈밭을 한참 올랐다. 양보다 조금 큰 스발바르 레인디어 두 마리가 탐험대가 없는 쪽으로 옮겨 다니면서, 풀을 뜯는 척하며 사람 구경을 한다. 외각에서 장총을 메고 곰의 출현을 경계하던 탐험 리더들도 순록들이 탐험대 사이에서 더 머물도록 도와주었다.

혹독한 추위로 나무 한 그루 자라지 않는 스발바르는 돌밭과 얼음뿐이고 10% 정도의 땅에서만 여름 한철 툰드라 식물이 자란다. 5천 년 전에 이곳에 들어온 순록들은, 수컷은 170kg, 암컷은 100kg이었던 몸집이 78kg, 61kg으로 작아지고 땅에 바싹 붙어있는 툰드라 식물을 잘 뜯어 먹기 위하여 다리가 짧아졌다. 그들은 몸속에 10kg 이상의 지방을 저장하여 겨울을 이겨내는 에너지원으로 사용한다. 열 발산을 막기 위하여 몸 표면적을 줄이고 머리도 약간 동그랗게 변하여 패션처럼 검은 테두리 안에 선한 눈망울을 가진 스발바르 순록이 되었다. 식량이 부족한 환경에서 너무 많은 순록이 서식하면 생태계에 문제가 생긴다고 판단한 주 정부는 주민들의 단백질 공급 등을 위하여 1인당 1년에 1마리의 순록 사냥을 허용하고 있다.

점심식사로 여러 가지 야채와 함께 삶아 나온 순록 요리 Reindeer Stew는 그런대로 먹을만하였다. 힘겹게 겨울을 이기고 이제 조금 삶을 즐기고 있는 그들을 먹는 것이 유쾌하지 않아 남편 접시에서 조금만 떼어 맛만 보았다. 7년을 채 못사는 현실 속의 레인디어는 꽁꽁 얼어붙은 얼음과 눈밭 위에서 힘들게 살아가고 있었다.

10여 명의 탐험 리더들은 대장 Frantz를 비롯하여 막내 사진담당 Jonnathan까지 교대로 조디악을 운전하는 모습에서 프란츠가 리더십을 잃지 않고 오랜 세월 팀을 이루고 있음을 알 수 있었다. 사관들이 모범을 보이니 모든 크루들도 서로 아껴 이곳에서 일단 근무를 시작하면 좀처럼 떠나지 않고 십수 년째 재계약을 하여 가족처럼 지내고 있다.

외각 높은 곳에서 보초를 서며 담아낸 사진들을 우리에게 나누어 준 조나단에게서는, 처음 만난 크루즈 직원이 아니라 오래된 친구 같았다. 마지막 날, 선원 12불, 탐험 리더 5불의 팁을 합쳐, 17불에 11일 치를 곱한 것과 알콜음료, 쇼핑비용을 정산하였다. 승객들은 크루들의 인사고과에도 참여하여 구체적으로 크루의 이름을 적고 평가하도록 하고 있었다.

크루들이 정성으로 승객들에게 봉사하게 하는 원인이 여기에도 있는 것 같았다. 식사 때마다 음식 사진을 찍는 우리 모습을 본 홀 매니저는 우리 메모리스틱에 전 일정 메뉴를 넣어주었다. 저녁식사에 피클을 찾던 우리를 기억한 줄리어스는 우리 테이블을 찾아다니며 피클을 서빙해주기도 하였다.

좀처럼 디저트 먹을 기회가 없기에 끼니마다 골고루 주문하여 사진을 찍고 기억 속에 그 맛을 담았다. 아침 7시 반, 낮 12시 반, 저녁 7시 반에 문을 여는 식당에는 2인용부터 8인용까지 다양한 테이블이 있어 골라 앉을 수 있다. 바쁜 아침에는 2인용 테이블에서 실하게 먹고, 저녁에는 여러 사람들과 같이 앉아 이야기하며 느긋하게 식사를 즐겼다. 주로 자기들끼리 식사를 하는 러시아팀은 가끔 우리가 합석하면 손짓 발짓 섞어가며 성의있게 대화에 참여하였다.

천혜절벽 철새둥지

  80여만 새들이 모여드는 스발바르제도 140여 개의 철새 서식지 중 6만 쌍 이상이 둥지를 틀고 있는 Alkefjellet의 Bird Cliff를 찾았다. 그곳에 가까워 지자 수많은 새들이 V자로 나르며 화려한 군무로 우리를 환영하였다. 매서 운 칼바람을 차단하여 주는 뒷산과 높이 100m, 길이 3,000m의 앞쪽 깎아 지른 절벽이 북극여우의 접근을 막고 있었다.

  이런 천혜의 조건으로 스발바르제도에 가장 많은 큰부리바다오리들이 유 빙이 없는 넓은 앞바다에서 먹이 걱정 없이 아기새들을 양육하고 있었다. 조 디악으로 절벽에 접근하여 보니 멀리서 검은 줄처럼 보였던 것은, 절벽 좁은 틈새에 줄지어 앉아있는 큰부리바다오리들이었다.

수상한 세계여행 : 북극에서 남극까지

절벽을 향하여 앉아 엄마 아빠가 교대로 알을 품고 있으면 1달 정도 뒤에 부화가 된다. 부화 3주 후엔 엄마는 떠나고 아빠가 홀로 남아 아기새에게 절벽 아래 바다로 날아들어 먹이 잡는 요령을 가르쳐 준다. 2달 정도 훈련을 마친 아기새들은 해가 완전히 사라져 추위와 어둠이 생존을 위협하기 전에 아빠와 함께 따뜻한 북대서양이나 가끔은 한반도에서 겨울을 보내고 봄이 되면 스발바르로 다시 찾아온다.

바위 위에 자리를 차지하지 못한 약한 새들이 절벽에 붙어있는 얼음 위에 알을 낳고 부화를 하고 있다. 얼음 위에서 부화를 시키려면 한기를 밀어내고 온기를 채워가며 얼마나 열심히 조심스레 알을 굴려야 하는지 상상이 가지 않는다. 그때까지 얼음이 녹지 않고 엄마 아빠새도 지치지 않기를 바랄 뿐이다.

4~5월에 이곳에 온 어미새들은 5~6월에 부화를 하고, 6~8월 동안 아기새들을 양육하여 9월이면 남쪽으로 이동한다. 운 나쁜 아기새들이 천적인 갈매기에 희생되어 절벽 아래 바위나 물 위에 떠 있었다. 한두 달만 잘 견디었으면 아빠새와 남쪽나라 구경을 할 수 있었을 텐데… 차가운 날씨로 질병에 걸릴 위험이 적고, 천적이 적어 아기새들이 살아남을 기회가 많다. 물고기가 풍부한 북해는 종족을 번식하기에 최적의 장소이다.

Faksevagen

북극 툰드라 야생화

　북위 81도까지 올라가 Faksevagen에 있는 툰드라 야생화들을 만났다. 툰
드라는 핀란드 북부 랩족의 언어 tunturi로, 나무가 없는 한대지방의 '황무지'
라는 뜻이다. 지층의 온도가 섭씨 0도 이하인 영구동토층, 산림 한계선보다
북쪽에 해당되며 스발바르를 비롯하여 그린란드, 시베리아, 알래스카, 캐나
다 북부 지역이 포함된다.

표면의 얼음이 녹는 짧은 여름 동안, 야생화와 지의류는 화려한 꽃을 피워 열매를 맺는다. 거센 바람으로부터 식물의 건조를 막기 위해 납작하게 모여 있는 꽃이 있는가 하면, 좁은 돌 틈 사이에 피어나 레인디어들의 먹이로 희생되지 않은 운 좋은 꽃들도 보였다.

내려올 때에는 동심으로 돌아가 눈 위에 누워 미끄럼 타고 내려오자, 너도나도 눈밭으로 뛰어든다. 남편이 한 어르신한테 사진을 찍을 테니 한번 해보라고 권유하니 "Mr. Park, 내 나이에 할 수 있을까?" 반문하며 즐거운 듯 타고 내려갔다.

우리는 이름을 모르는데 그분은 우리의 이름을 알고 있었다. 모선에 돌아와 게시판을 보니 탐험팀의 리스트가 영어권과 독어권으로 나뉘어 붙어있었다. 유머가 있고 항상 웃는 모습의 폴 할아버지는 시간만 나면 도서관에서 책을 읽는다. 남을 배려하고 절제하는 하루하루를 살아갈 때, 다른 이들로부터 사랑을 받을 수 있다고 믿는다.

어찌할꼬? 대책이 없으니…

DNA 분석에 의하면, 알래스카 남쪽 끝 북위 57도 주노 지방의 ABC 섬에 살던 Brown Bear 한 종이 25만 년 전 북극으로 이동하였다. 그리고 오랜 세월 빙하를 터전으로 삼아 그곳의 환경에 적응하여 하얀 털을 가진 북극곰 Polar Bear이 되었다. 사냥꾼들의 남획으로 1만 마리까지 개체 수가 줄어든 북극곰을 보호하기 위하여 1968년 사냥을 금지하자 40여 년 만에 2만5천 마리 이상으로 늘어났다. 그러나 지구 온난화로 유빙이 줄어들어 먹이 사냥이 어려워진 북극곰들이 여름철에 많이 굶어 죽고 있다.

여유있게 느릿느릿 걷는 하얀 북극곰의 우아한 자태는 배고픔에서 온 맥 빠진 행동이다. 힘을 아꼈다가 순간적으로 사냥감을 덮쳐 반드시 잡지 못하면, 자신과 새끼들이 굶어 죽을 수밖에 없다는 북극곰의 절박함을 나타낸다. 유빙 위에서 밤에 활동하는 물개를 잡기 위해 북극곰도 주로 낮에 잠을 자고 밤에 물개 사냥에 나선다. 먹이 사슬에 엮여 어쩔 수 없이 얼음판 위에서 생존의 사투를 벌여야 하는 그들의 흔적을 찾아 유빙 탐험에 나섰다.

자녀가 없는 70대 초반의 로벗 부부는 아직도 열애 중인 커플처럼 둘만의 시간을 즐긴다. 호주에서 축구장을 짓고 있는 Mercel & Ingrid는 항상 8인용 식탁에 앉아 중역 조찬회의라도 하듯, 여러 사람들과 대화하기를 좋아한다. 폴 부부 등 네 커플이 함께한 조디악 빙산투어는 환상 그 자체이었다. 사진작가 잉그리드는 갤러리를 공개하여, 각자 본인의 사진 등 필요한 사진들을 가져갈 수 있도록 배려하여 주기도 하였다.

자연을 사랑하고 사진을 좋아하는 사람들끼리의 편안함을 느꼈다. 성공한 사람들에게서 묻어나오는 여유 있는 마음, 순수함과 검소함을 배우는 귀한 시간이었다. 의견이 다르다고 바로 반박하거나 자기 주장을 강하게 내세우지 않는 아내들의 남편 대하는 태도 또한 본받을만하였다. 한국 아내들이 남편에게 무조건 순종하던 그 방식과는 좀 다른, Win Win하는 그녀들의 대화 방식이 남편들을 성공의 길로 인도한 듯 보였다.

조디악 선장 Ryan은 좁은 유빙 사이를 능숙한 솜씨로 타고 넘어가며, 1시간 동안 기이한 형상의 유빙과 북극새들을 보여주었다. 최선을 다하는 그의 모습이 잘생긴 외모와 어울려 빛을 발하였다. 우리가 접근하자 어디론가 숨어 버렸거나, 좀 더 크고 사냥하기 좋은 유빙으로 옮겨간 북극곰의 집터들이 군데군데 보였다. 그들의 온기로 녹아 오목하게 패인 얼음 침대가 누런색으로 변한 채 남아있었다. 그들의 절박한 상황을 보는 듯하여, 신기한 장면에 마냥 들떠있던 마음이 갑자기 숙연해졌다.

지구 온난화로 인하여 생태계에 큰 위협이 되는 것은 북극곰뿐만이 아니다. 북해의 온도가 높아지면서 해수의 산성화로 물고기들이 위협을 받고 있다. 북극 대구 ^{Arctic Cod}의 경우, 해수 온도가 섭씨 2.5도 오르면 건강하게 성장하지 못하고, 5도가 오르면 알에 문제가 생겨 번식할 수 없다.

북극곰 ^{Polar Bear}들이 휴식, 사냥, 새끼를 기르는 Sea Ice가 기후 온난화로 점점 녹아 없어져, 2040년에는 북극에서 여름 동안 찾아볼 수 없을 것이라고도 한다. 1996년 북극 의정서 ^{Arctic Council}의 회원국 노르웨이, 덴마크, 러시아, 미국, 스웨덴, 아이슬란드, 캐나다, 핀란드가 이러한 북극 문제를 심도있게 논의하고 있다. 그러나 옵서버인 중국까지도 지하자원과 북해 항로개발을 위해 엄청난 자본을 투자하고 있어 좋은 결론이 나오기까지 시간이 오래 걸릴 듯하다. 북극의 얼음이 얇아지면 스웨즈 운하 대신 동해를 거쳐 베링해협을 통과하는 북극항로가 열리게 되어 환경오염 문제는 더욱 심각해질 것이다.

침입자를 공격하는 북극새

탐험 준비 중, 갑자기 조디악 상륙 취소 방송이 나왔다. 정찰 나갔던 리더가 곰을 발견하자 안전을 고려하여 조디악을 탄 채로, Magdalenefjord를 돌아본 다음, 오후에 2차 세계대전 유적지인 Signehamna에 상륙하기로 예정을 바꾼 것이다.

이곳에서 Nordvest-Spitsbergen 국립공원 야생동물의 이동경로 등을 파악하고 있던 연구원을 만났다. 총도 없이 화장실에서 나와 곰과 마주쳤던 긴박했던 순간의 이야기를 나누고 노르웨이 출신 조디악 선장은 우리에게 영어로 통역해 주었다.

조그만 오두막에서 외롭게 혼자 연구 관찰을 하던 노르웨이 젊은이는 짧은 만남에 매우 아쉬워했다. 정 많은 이 연구원은 멀어져가는 우리 조디악을 따라 차가운 북해 바닷물에 발목까지 잠겨가며 배웅하여 주었다.

연합군은 1940년 노르웨이가 독일에 점령되자 북유럽의 병참선을 확보하고, 바렌츠버그에서 채굴된 석탄이 나치 독일의 군수물자로 사용되는 것을 막기 위한 조치를 취한다. 그 작전의 일환으로 1941년 탄광 주민을 영국 스코틀랜드로 이주시켰다. 세계 2차대전이 유럽 전역으로 확장되어 가고 있는 1942년 여름, 영국에서 출발한 82명의 노르웨이 특수부대가 바렌츠버그를 점령하였다. 이어 스피츠버겐섬 서북쪽에 있는, 지금의 Nordvest-Spitsbergen 국립공원 안에 있는 독일군의 기상관측소를 불태워 버리자, 롱이어뷔엔에 주둔하고 있던 독일군은 전투를 벌이지 않고 떠났다. 1943년 9월, 2척의 전함과 9척의 구축함으로 이곳에 진입한 독일군은 화력발전소, 병원 등 4개 건물만 남기고, 온 도시를 함포사격으로 초토화시켰다.

롱이어뷔엔은 전쟁이 끝난 후, 지금의 모습으로 재건하여 시내 중앙에 기념탑을 세워 놓았다. 북해에서 산화한 12명 노르웨이 애국청년의 거룩한 희생으로 연합군은 북해에서 독일군을 견제할 수 있었다.

독일, 노르웨이, 러시아, 영국 탐험대들이 함께 그 역사의 현장을 찾아 서로들 말을 아끼며 그저 묵묵히, 비바람에 소멸되어 가고 있는 유적들을 돌아보았다. 자칫 잘못하면 독일군과 노르웨이군 등 연합군 후예들의 감정을 상하게 할 수 있는 민감한 문제 앞에서 탐험팀 리더들도 담담하고 짤막하게 역사적인 사실만 설명한다. 어색한 분위기를 바꾸어 보기 위하여 탐험대 전원이 함께 기념촬영을 하였다.

　일렬로 오던 길로 되돌아가는데 러시안 탐험대 유리가 북극 제비갈매기의
공격을 받으며 사진을 찍고 있었다. 그가 트레일을 벗어나 북극 제비갈매기
가 알을 품고 있는 지역으로 들어간 것이다. 노르웨이군의 기상관측소 습격
과 독일군의 롱이어뷔엔 폭격이 연상되는 장면이 유리와 제비갈매기 사이에
서 벌어진 것이다.

무병장수 신의 음식

여행 중에 접한 색다른 맛에 매료되어 집에 돌아오면 비슷하게 흉내를 내 보기도 한다. 그리스 터키 여행에서 색깔이 선명하고 잘 익은 과일과 채소로 만든 그리스식 샐러드를 맛본 후, 그것을 자주 만들어 먹고 있다. 이번 북극 크루즈 음식을 응용하여 고대 제사장들의 제례용품이었으며 주술사들이 만 병통치약으로 사용했던 올리브오일에, 수렵채취 시절부터 인류의 완전식품 이었던 달걀을 조합해 보았다. 살짝 익혀 체내 흡수를 30% 증가시킨 항암 식품 토마토와 함께 5분도 채 안 걸리는 초간단 요리를 만들어 신들의 음식 이라 부르며 즐기고 있다.

크루즈에서의 아침식사는 즉석에서 만들어 가져다주는 오믈렛과 뷔페로 샐러드, 과일, 스프, 빵, 소시지, 콘비프, 베이컨, 주스 등 다양하다. 과식으 로 인한 불편함을 없게 하려면 초인간적인 인내와 절제가 요구된다. 뷔페로 하는 점심도 다양한 음식들이 골고루 나오기 때문에 여러 가지를 조금씩 맛 만 보아도 금방 배가 불러온다.

살아온 환경들이 다른 사람들을 만나 열흘간 같은 공간에서 생활하며 그 들에게서 신선한 충격도 받고 많은 것들을 배울 수 있었다. 비행기 안에서 부터 뜨개질하던 70대 중반의 영국 부부는 치매 예방을 위해서라며 크루즈 중에도 틈틈이 계속하고 있었다. 이 북극탐험을 위하여 철저하게 준비를 하 였는지, 질문도 많고 배우려는 열정도 대단했다. 그 남편은 선박사업 관계로 서울에 여러 차례 다녀와, 회사에서 고선박 구매를 했던 남편과 쉽게 친해 져, 북극 생태계에 대한 많은 정보를 주고받았다.

Bellsund 지역에서 흰고래^{Beluga White Whale}를 처리하는 Bamsebu Whale Station을 찾았다. 1961년 노르웨이 정부가 흰고래 포획을 금지할 때까지 포경업자들은 4세기 동안, 이 처리장에서 기름과 가죽을 분리하고, 냉동기술이 발전하면서부터는 고기까지 발라내어 상품화하였다. 수생 포유동물로 이빨고래의 한 종류이며 참돌고래과에 속한다. 이 중 길이 4~5m, 무게 1~2톤으로 처리하기에 좋은 흰고래는 이동 경로와 시기가 거의 일정하고 느리게 움직이기 때문에 포획이 용이하여 참고래와 함께 북해 포경산업의 주종이 되었다.

사회성이 강하고 동료들과 소리로 소통하는 흰고래들은 주로 먹을거리가 풍부한 북극의 해안가를 따라 10여 마리가 함께 움직인다. 바다가 얼기 시작하면 북극곰의 먹이가 되기도 하는 흰고래는 북극권의 노르웨이 스발바르, 캐나다 북부, 러시아, 그린란드에 15만 마리 정도가 서식하고 있다.

1930년경 흰고래 사업을 위해 세워진 이 처리장에는 낡은 배 한 척과 두 개의 건물이 호황을 누렸던 당시의 모습을 보여주고 있었다. 흰고래들이 사 냥꾼의 작살에 걸려 온몸이 산산조각나, 그 뼈들이 해안가에 수북하게 쌓 여있었다. 그들이 우리를 바라보며, "너희들의 윤택한 삶을 위하여 희생했노 라" 말하는 것 같아 마음이 잠시 착잡해졌다.

유빙들의 세상

선조는 임진왜란 피난길에 맛있게 먹었던 생선 '묵'의 이름이 좀 별로라고
하여 '은어'라는 이름을 하사한다. 궁에 돌아온 왕은 그 맛이 생각나 '은어'
요리를 시켰더니, 옛날 피난 시절 맛 같지 않아 '은어'라는 이름을 거두고, 도
루 '묵'이라 부르라고 하여 도루묵이 되었다.

수년 전 예배 후 교인들과 함께 점심식사를 나누고 나면, 일회용 용기들이
산더미처럼 쌓여 쓰레기를 관리하는 일이 교인들의 자원봉사로는 어렵게 되
었다. 일반 주택이 아닌 교회에서는 그것들을 처리하는 데도 많은 비용이 들
었다. 담임목사가 충성스럽고 능력있는 교인한테 점심을 준비하는 봉사부를
부탁하면 보통은 믿음으로 잘 해내지만, 때로는 자존심 강한 교인이 목사가
자기를 무시했다고 분란을 일으킨다.

이에 생각해 낸 방법이 성경적이기도 한 제비뽑기이다. 생전 무슨 횡재에
는 운이 따르지 않던 남편이 당첨되어 난감한 사태가 발생하였다. 실무를 담
당할 봉사부장을 아무도 맡지 않으려 하기에 어쩔 수 없이 내가 부엌일을 맡
게 되었다.

조리장 제도와 대장금 시상 등 새로운 아이디어를 도입하고, 살균 세척기,
창문있는 냉장고, 교회로고 유니폼 등으로 교인들의 참여를 유도하였다. 목
사 사모를 시작으로 후덕한 교인들에게 매주 조리장을 부탁하고 게시판에
잘 보이게 붙여놓았다. 소그룹에서 봉사를 통하여 받은 은혜의 간증들이 나
오자, 교회는 기쁨에 넘쳐났다.

베이글과 커피로 아침을 대신하는 짧은 휴식시간에는 요리강좌가 열리기도 하였다. 교인들의 형편을 고려하여 힘들지 않도록, 그날의 주방 총책임을 맡는 조리장과 식재료 구매, 뒷정리팀 등으로 나누어 운영하니, 자연스레 웃음꽃이 피는 주방이 되었다.

재사용 그릇을 쓰면 2년 안에 비용이 상쇄되고, 일회용 쓰레기가 대폭 줄어든다. 남편은 환경보호를 위하여 믿는 자들이 먼저 나서야 한다며, 몇 주간의 토론 및 설득 기간을 거쳐 코닝웨어 1천 개를 주문하였다. 교인들의 참여도 등 타당성 검토를 거쳐, 물컵은 그냥 일회용 종이컵을 사용하였다.

이렇게 시작한 부엌봉사 사역이 서서히 자리를 잡아가자 약속된 1년이 지나갔다. 차기 책임자를 뽑기 전날, 지금 우리가 손을 떼면 이 제도가 흐트러질 수 있으니 좀 더 자리 잡을 때까지, 우리가 1년을 더 하자는 남편의 제의에 아멘으로 화답하였다.

2년 동안 휴가도 미룬 채, 주 6일 하루 12시간씩 일하다가 하루 쉬는 일요일, 가게에서 일 할 때보다 더 많은 체력을 소모해가며 다져놓았던 시스템이 위기를 맞이하였다. 세월이 몇 년 흘러 은혜롭게 기도하는 교인이 주방 책임자로 선출되자, 교회에서는 기도에 더 집중해야 한다며 6개월 만에 주방을 닫기로 한 것이다.

얼마나 많은 교회들이 주방시설을 위하여 기도하고 있는지 아느냐며, 늦게까지 봉사하는 사역자들의 점심을 걱정한 교인들의 설득으로 겨우 폐장을 면하였다. 그러나 주방 봉사를 속칭 3D업종으로 착각하는 교인들과 책임자의 소극적인 태도로, 교인들의 호응을 잃은 시스템은 탄력을 잃고 흔들리기 시작하였다.

소그룹 봉사자들도 힘들다고 불평하기 시작하면서, 봉사의 손길은 점점 더 줄어들었다. 힘들어하던 그 가정은 맡은 기간을 다 채우지 못한 채, 다른 일과 함께 시험이 들어 안타깝게도 30년 가까이 출석했던 교회를 떠나고 말았다.

주방 시스템은 다시 예전 방식으로 바뀌어 다이옥신 환경 호르몬이 녹아 나오는 일회용 국그릇에 뜨거운 국밥을 말아먹게 되었다. 짧은 기간이었지만 열정을 불태웠던 우리의 지구 온난화 방지 노력이 말짱 도루묵 되었음을 보고, 허탈한 마음을 달래고자 북극여행의 길에 올랐다.

그러나 함께 추구했던 선한 일들이 마음 밭에 뿌리를 내려, 어느 교회에서든 흩어진 젊은이들에 의해 다시 시도될 것을 믿는다. 선진국으로 가는 우리 조국과 교포사회 의식 속에 녹아들어, 생활의 한 부분으로 자리매김할 것을 기대해 본다.

곧 녹아 없어질 유빙들을 보면서, 아무리 귀한 것이라도 영원한 것은 없다는 생각이 들었다. 앞으로 얻어지는 것보다는, 하나씩 잃어가다가 사랑하는 이도 떠나보내고, 결국 내 목숨까지 내어놓아야 하는 것이 우리의 현실이다.

비호감에서 완전호감으로

1918~1920년 영국 탐사회사들이 석탄 매장량을 조사하는 동안 형성되었던 Calypsobyen을 찾았다. 여름 동안 폴란드 과학자들이 연구기지로 사용하고 있는 이곳 해안가 폐선 안에, 북극제비갈매기들이 둥지를 틀고 있었다. 그들은 알을 품고 있는 곳에 불청객들이 다가오자, 모두들 물러날 때까지 사람들의 머리를 쪼아대며 난리를 쳤다.

야생화들이 자갈밭 사이에 듬성듬성, 앙증맞고 동그랗게 모여 피어 있었다. 자세히 들여다보니 순록이나 북극곰의 배설물 속에 있던 씨앗이 배설물 위에 날아든 미세한 돌가루와 빙하수에 의해 싹이 나고 꽃을 피운 것이다. 더럽고 혐오스러운 것들 앞에 붙여주는 수식어 '똥'이, 이곳에서는 식물들이 자양분을 섭취하며 생명을 이어가는 유일한 삶의 터전이었다.

벌과 나비가 없는 곳에서 피어난 꽃들은 화려한 색상과 향기로 순록을 유
혹하여, 스스로 먹이가 되면서 바로 옆에 씨앗이 되어 버린 마른 풀도 함께
먹게 하고 있었다. 툰드라 식물들의 세계에서, 거룩한 살신성인의 정신을 배
웠다. 감언이설에 넘어간 서민들을 이용하여 부귀영화를 누리는 사람들 이
야기가 심심치 않게 뉴스에 등장하는 것을 보고 그런 행위가 순록의 배설물
만도 못하다는 것을, 이곳에 와서 실감하였다.

북극탐험 여정의 끝

위험을 무릅쓰고 미지의 땅을 찾아가 살피고 조사하는 일을 탐험^{探險,} ^{Expedition}이라 한다. 이번 투어가 Arctic Expedition인 만큼, Poseidon 측에서도 탐험에 비중을 두고, 프로그램을 짠 듯 보였다. 출장에서 돌아오면 게시판에, 그날 관찰된 야생동물 등을 표시하고, 방문한 지역도 지도에 기록하였다. 그 옛날 이곳을 탐험했던 탐험가들의 일상을 재현하여 탐험의 묘미를 즐기게 해주었다.

탐험의 역사는 '지중해 탐험의 시대'를 지나, 유럽인들이 중국으로 가는 바닷길을 찾다가 신세계를 발견한 '지리상의 발견의 시대'를 거쳐, 세계의 주요한 지형적 특징들을 밝혀낸 '근대 세계의 시대'로 구분된다. 지금은 나라마다 관광객 유치를 위하여, 박물관과 기념관 등을 만드는 관광전쟁시대라 할 수 있다.

북극여행에 대해서는 한국어 블로그는 물론 영어권에서도 찾아보기가 힘들었다. 롱이어뷔엔까지 다녀온 사람들은 더러 보였으나, 그 내용이 단지 최북단 도시라는 것에만 초점을 둔 것이라 별로 참고가 되지 않았다.

지구 온난화를 늦추기 위하여 우리 모두 어떤 노력을 해야 할지, 이곳에 직접 가서 느껴보기 위해 길을 나섰다. 그날 탐험하고 리캡으로 보충했던 정보들을 취합하여 글을 만들고, 사진과 동영상을 편집하다 보면, 어느새 잘 시간이 되곤 하였다.

　의복과 장비가 탐험가 안드레나 아문센의 시대보다 좋아졌고, 지구 온난
화로 옛날처럼 혹독한 환경을 견뎌낸 것은 아니지만, 그들과 같은 여름에 출
발하였다. 그들은 든든한 스폰서들의 지원으로 출발하여 탐험이 끝나면 부
와 영광이 뒤따랐지만, 우리는 자비량으로 최선을 다하였기에 힘주어 탐험
이라고 이야기한다.

　크루즈 마지막 날, 선장, 탐험 리더들과 송사, 답사를 주고받으며 샴페인
으로 성공적인 탐험을 자축하는 송별파티를 가졌다. 그동안의 일정을 막내
조나단이 영상으로 만들어 함께 감상하며, 지구 온난화 방지를 위한 결의를
다지기도 하였다.

이제 추억이 되어버린 탐험 영상도 Sea Spirit 모형의 USB에 담겨져 선물로 받았다. 40여 년 전 남편과 데이트를 시작할 무렵부터 갖고 싶었던 커플 재킷이 생겼다. 탐험을 마치고, 기념으로 받은 이 패딩은 2015년 12월 남극 탐험을 이끄는 여행사에서는 주지 않기에, 그때 더욱 요긴하게 입을 수 있게 되었다.

새벽 6시 전에 방 앞에 내어놓은 가방은 부두까지 운반되었고, 승객들은 승선할 때 이용했던 피어에 다른 배가 정박해 있어, 조디악으로 피어에 도착하였다. 각자 짐을 찾아 포세이돈에서 마련해 준 버스로 공항이나 주요 호텔에 내리게 되어 있으나, 항공편이 없을 때는 공항 건물이 잠겨 시내쪽 호텔로 갔다.

크루즈 직전 스발바르 박물관 락커에 넣었다가 앞쪽에 있던 배낭만 꺼내 들고 그냥 두고 나왔던 카메라 가방이 아직도 있을까 반신반의하며 마침 2시간 정도 시간이 있어 찾아가 보았다. 그곳 안내데스크에 자초지종을 설명하니 뒷방에서 얌전하게 가지고 나온다. 북극의 자연 만큼이나 순수한 이들의 마음을 헤아리지 못했던 우리의 개념 없는 생각에 부끄러움을 느꼈다.

스핏츠버겐 호텔 포세이돈 짐 보관소에서 가방을 찾아 공항 가는 버스나 택시를 찾는데, 캘리포니아에서 아들 부부, 고교생 손녀들과 함께 온 가정이 10인승 밴에 네 자리가 더 있으니 같이 타자고 했다. 독어, 영어권 팀들은 크루즈에서 아침식사를 마치고 9시쯤 피어에 도착, 버스로 호텔로 가 짐을 맡기고 걸어서 시내관광을 하였다.

러시아 팀은 추운 공항 밖에서 2시간 가까이 기다리다, 11시쯤 공항 안으로 들어가 또 2시간 더 기다렸다. 추위에 강하고 우직한 그들의 성품을 보는 듯하였다. 오후 1시 반에 출발하는 오슬로행 에어버스는 기내식이 없어, 공항 편의점에서 점심을 해결해야 한다. 우리는 열흘 동안 세끼를 꼬박 챙겨 늘어난 체중 조절을 위해 한 끼 금식에 들어갔다.

> 내 주 하나님 넓고 큰 은혜는 저 큰 바다보다 깊다 너 곧 닻줄을 끌러 깊은 데로 저 한가운데 가보라 언덕을 떠나서 창파에 배 띄워 내 주 예수 은혜의 바다로 네 맘껏 저어가라 왜 너 인생은 언제나 거기서 저 큰 바다 물결만 보고 그 밑 모르는 깊은 바닷속을 한번 헤아려 안 보나 많은 사람이 얕은 물가에서 저 큰 바다 가려다가 찰싹 거리는 작은 파도 보고 맘이 졸여서 못 가네 자 곧 가거라 이제 곧 가거라 저 큰 은혜 바다 향해 자 곧 네 노를 저어 깊은데로 가라 망망한 바다로…
> – 새찬송가 302장의 가사 中

어려움이 다가올 때마다 그 파도를 침착하게 넘고 나면, 어느덧 나의 세상은 기쁨으로 바뀌어 감동과 희열 속에 서 있는 자신을 발견하곤 한다. 웬만한 파도는 그저 즐길 수 있는 경지에 도달할 때까지 우리의 탐험은 계속될 것이다.

아이슬란드 자유여행

2017년 9월 15부터 26일까지 잉글랜드, 스코틀랜드, 북아일랜드, 아일랜드, 웨일즈 등 대영제국 5개국 투어를 마치고 이어서 1주일 동안 민박으로 아이슬란드를 돌아보았다.

Price Line의 반짝세일로 나온 런던 외곽 Gatwick-아이슬란드-JFK의 두 사람 항공료 750불은 Chase 5만 포인트로 지불하여 거의 공짜로 항공권을 얻었다.

정들었던 18명의 영국 여행팀과 헤어진 우리는 3시간을 날아 아이슬란드 국제공항에 도착하였다. 인터넷에 유난히 저렴하여 예약하였던 4x4 SUV는 10만km 이상 운행한 상태로 강풍에 문짝이 떨어져 나가 수리한 흔적도 있었다. 하루에 GPS 12불, 추가운전자 12불을 더하니, 7일 사용료가 800여 불이 나왔다. 눈 오기 전이어서 기본 보험만 들고 유리창 등 도로 사정에 의한 사고를 보상하는 자갈 pebble 보험은 들지 않았다. 1,000km 주행에 소요된 가솔린 비용 400여 불을 두 가정이 나누어, 600여 불로 해결하였다.

공항에서 50km 달려 아이슬란드의 수도 Reykjavik를 찾았다. 영국과 일본 등 섬나라들이 운전석이 오른쪽에 있는 반면에, 이곳은 유럽대륙의 영향으로 왼쪽에 있다. 인구 34만 명의 EU 국가로 고유 언어와 문자를 가지고 있는 아이슬란드는 인구의 반 이상이 레이캬비크 주위에 살고 있다. 노동력이 부족해서인지, 식당 등 서비스 업종 물가는 뉴욕의 3배 정도 비쌌다.

2011년 개관한 Harpa Concert Hall and Conference Centre를 찾았다. 벌집 모양의 유리로 지어진 그곳은, 마침 석양을 맞아 안으로부터 나오는 빛으로 더욱 멋진 장면을 연출하고 있었다. 유리창 너머로 푸른 하늘과 바다, 어선들이 만들어내는 풍경에 반하여 여러 자세로 인증 사진을 만들어 보았다. 매일 오후 3시 반에 있는 빌딩투어는 너무 늦어 할 수 없었지만, 우리끼리 이곳을 전세 내어 포토존으로 사용하였다.

하파 콘서트홀과 함께 이곳의 2대 명소인 Hallgrimskirkja Church를 찾았다. 빙하를 형상화한 높이 244ft의 루터란 파리쉬 교회는 시내 어느 곳에서도 보이는 레이캬비크의 랜드마크이다. 9불의 입장료를 내고 엘리베이터로 전망대에 올라 화려한 색상의 시내를 조망해 보았다. 저 멀리 북해와 하파 콘서트 홀이 보이고 깨끗하고 단아한 모습의 건물들이 북해의 청정함으로 다가왔다.

178불의 Northern Comfort Apart는 부부가 쓰기에는 딱이었다. 6명이 함께 식사하기 위해 각자의 방에서 우리 방으로 식탁과 의자를 날라야 하였지만, 여행이라는 오염되지 않은 공간에서 만난 순수한 영혼들이었기에 서로 배려하는 마음으로 즐거운 저녁식사를 할 수 있었다.

불과 얼음의 땅 골든서클

불과 얼음의 땅이라 불리는 아이슬란드의 명소, 싱벨리어 국립공원 Þingvellir National Park 과 게이시르 Geysir, 굴포스 Gullfoss 가 있는 골든서클을 달렸다. 레이캬비크에서 40km 거리의 싱벨리어, 아이슬란드를 가로지르는 화산대 위에 북아메리카판과 유라시아판이 갈라져 있는 환상적인 모습을 볼 수 있었다.

지금도 매년 2cm씩 벌어지고 있다는 두 지판의 바위틈에는 아름다운 색상의 식물들이 자라고 있었다. 10~18세기 아이슬란드 최초의 민주의회가 열렸던 곳에 커다란 국기가 게양되어 있었다. 이들이 마음의 고향으로 여기고 있는 이곳에서 최초의 교회 앞으로 트레일을 돌며 9월 말의 가을 풍경에 흠뻑 취했다.

　싱벨리어에서 62km 거리의 게이시르를 찾아, 휴면상태로 김만 솟아오르고 있는 간헐천 주위를 돌아보았다. 다행히도 바로 옆에 있는 Strokkur에서 5~10분마다 20m 높이의 수증기 물기둥을 뿜어 올려주어 대분출 장관을 카메라에 담을 수 있었다.

　게이시르에서 10km 떨어져 있는 굴포스_{황금의 폭포}는 아이슬란드에서 가장 아름다운 폭포 중 하나이다. 이 폭포 바로 옆까지 접근할 수 있는 하단 트레일로 깊숙이 들어가 굉음을 내며 흘러내리는 폭포의 힘찬 에너지를 느껴보았다.

　1875년부터 관광이 시작된 이곳에 수력발전소 건설계획이 발표되었다. 하단 트레일을 처음 만들었던 Sigriqur는 투신자살하겠다며 댐 건설 저지운동을 벌였다. 그녀의 목숨을 건 용기있는 행동으로 이 아름다운 폭포는 보존될 수 있었다.

상단 트레일을 따라 위로 올라가 폭포의 도도하고 거침없는 모습을 한참 동안 바라보았다. Olfusa강 협곡 32m 아래까지 떨어져 내리는 멋진 폭포를 보며 인생길의 망설임과 두려움을 떨쳐버렸다.

굴포스에서 56km 떨어진 케리드Kerid 분화구에서 Rim 트레일을 하였다. 400크로나⁴불의 입장료를 받고 있는 분화구를 한 바퀴 돌면서 다양한 색상의 바위와 이끼, 붉은색 토양과 희귀 야생화들을 만났다.

폭 270m 깊이 55m의 분화구 안에 있는 초록빛 호수로 내려가 태고의 신비를 맛보았다. 레이캬비크에서 오전 8시 출발하는 골든 서클과 케리드 분화구 1일투어 요금은 100불 정도이다. 하루밖에 시간이 없을 경우 이 투어는 부득이한 선택의 한 방법이다.

131불짜리 Selfoss Bella Apartments는 부엌이 없었다. 셰익스피어 생가 앞에서 넘어져 손을 크게 다친 오늘 당번 그레이스는 길 건너 KFC에서 치킨 12개, 코울슬로, 비스켓, 1리터 콜라에 80불을 지불하여 저녁을 해결하였다. 마켓의 식재료 값은 뉴욕보다 약간 비싼 정도이고 패스트푸드는 미국보다 두 배 이상 비싸다. 식당에서의 1인당 식사비는 50불 정도이다.

오로라와 주상절리대

Seljalandsfoss 폭포를 찾아 세계에서 유일하게 폭포 뒤쪽으로 있는 트레일을 걸었다. 끊임없이 몰아치는 물보라로 미끄러워진 계단을 조심스럽게 밟으며 1시간가량 트레일 삼매경에 빠져 보았다. 우비를 입고 폭포 뒤쪽으로 들어가자, 폭포에서 분사된 안개비가 눈을 뜰 수 없을 만큼 세차게 몰아쳤다.

풍부한 수분은 형형색색의 이끼와 엘지들을 자라게 하여, 이 트레일을 최고로 만들어가고 있었다. 지축을 울리는 폭포의 굉음이 내 심장을 마구 흔들어대어 몸 안의 모든 혈관들이 뻥 뚫리는 느낌을 받았다. 열심히 렌즈를 닦아가며 사진을 찍었다.

　50여km 떨어진 Dyrhikaey에 들러 망망대해와 절벽에 파도가 부딪히며 하 얀 물보라를 일으키는 검은모래 해변을 감상하였다. 조금 아래에서는 파도 가 밀려 들어와 하늘로 솟구치는 장관을 연출하고 있었다. Natural bridge가 내려다보이는 등대 주위를 걸으며 진풍경들을 감상하였다.

　시기가 맞지 않아 팝핀새는 보지 못했지만, 저 멀리 검은 돌섬 옆에서 분 수를 만들고 있는 고래를 보는 것으로 만족하였다. 주차장에 두 차를 나란 히 배치하고, 빵에 스팸과 스프레드를 발라 마음에 점만 찍는 식사를 하였 다. 조박사 댁이 건네준 한국산 캠핑용 전투식량은 숙소에서 출발할 때 뜨 거운 물을 부어가지고 나와 간편하게 먹었다.

그곳에서 20km 거리의 검은 모래 해변 Reynisfjara 으로 갔다. 해변에 잇대어 있는 커다란 산 쪽으로 다가가니 신비로운 모양의 주상절리대 Reynisdrangar 가 나타났다. 계단식 절리대로 올라가 저마다의 인생사진을 만들었다.

30여km 정도 되돌아서 Skógafoss로 갔다. 폭포 근처에 있는 Hotel Skogafoss는 위치 때문인지 방값이 150불이나 하였다. 방은 많이 비좁았으나 공동 부엌과 탁자들이 있어 세 가정이 저녁을 준비하여 먹었다.

잠깐 쉬었다가 밤 9시경 오로라가 나타난다는 정보를 얻어, 차 한 대에 함께 타고 가로등 하나 없는 캄캄한 곳으로 갔다. 차를 안전하게 세우고 구름 사이로 나타난 오로라를 감상하였다. 겨울 만큼 화려하진 않았지만, 오로라가 느리게 춤을 추는 광경에 나도 모르게 탄성이 나왔다.

　1천 불을 들여 파나소닉 G-85 카메라를 장만하여 왔지만, 우리 실력으로
는 오로라를 잡을 수 없었다. S7 스마트폰으로 흐릿하게 사진과 동영상을 찍
었다. 오로라의 출현에 흥분된 주위 젊은이들은 오로라가 사라진 뒤에도 연
신 괴성을 지르며 그 기분을 유지하고 있었다. 저 청춘들을 보며, 여행은 한
살이라도 더 젊을 때 해야 한다는 생각이 들었다. 두세 번 더 나타난 오로라
는 이내 구름에 가려 버렸다.

요쿨살론 다이아몬드 비치

　요쿨살론을 향하여 1번 도로로 226km를 달려, Skeidararsandur Bridge Monument에 들렀다. 그곳에는 화산 폭발로 녹은 빙하수가 흘러내려와, 무참하게 파괴해 버린 880m 다리의 휘어진 철 구조물이 전시되어 있었다.

　거센 비바람 속에서도 요쿨살론의 유빙들은 장관을 이루고 있었다. Land & Sea boat를 타고, 바닷속으로 들어가는 관광객들이 보였다.

검은 모래가 아름다운 다이아몬드 비치에는 강한 바람과 파도에 의해 부수어진 유빙 조각들이 끝없이 흩어져있었다. 해변 위에서 반짝이는 환상적인 보석들에 이끌리어 마냥 걸었다. 얼음조각 사이로 북해 대구들이 수없이 보였다.

몇 마리를 가져간다면 이곳을 방문하는 사람들에게 얼마나 큰 실례가 될까? 국립공원에서의 어패류 채취가 불법이고 호스텔까지 가는 동안 차 속에서 금세 상하는 문제와 냄새 등 격에 맞지 않는 행위로 매운탕 생각을 머릿속에서 바로 지웠다.

　요쿨살론을 나와 아이슬란드 일주를 위해 1시간쯤 북상하자 경찰이 길을 막아섰다. 외길인 1번 도로의 다리가 지난밤 폭우로 파손되어 북상할 수 없다 한다. 다시 요쿨살론으로 내려와 커피하우스에서 와이파이를 사서 Vik 근처 Sólheimahjáleiga Guesthouse를 예약하고 오늘 묵으려 했던 숙소를 취소하였다.

　가로등이 없는 이곳에서는 해 지기 전에 숙소에 들어가는 것이 좋다. 깨끗하게 지어진 농가의 공동 부엌에서 푸짐한 저녁 식사를 하였다. 와이파이가 되는 공동거실에 모여 북쪽 두 군데 숙소를 취소하고 새로운 방문지와 숙소를 정하였다.

　다음 날 아침, 맑게 갠 농가 마을 빨간 축사 위로 떠오른 무지개를 보며, 북쪽 길이 막힌 것이 오히려 잘 되었다는 생각이 들었다. 현지 여행사의 10일 일정을 7일로 줄이느라 남은 이틀은 하루에 335km, 519km를 달려야 했었다.

아이슬란드를 한 바퀴 돌며 북쪽의 명소들을 방문하지 못하는 것이 조금 아쉬웠다. 그러나 여행이란 조금씩 미련을 두고 떠나야 다시 꿈을 꾸게 된다.

West Iceland를 향하여 내려가는 길에 화산활동으로 발생한 지열을 이용하여 전기를 만들고 있는 Hellisheidi Geothermal 지열 발전소에 들렀다. 일단 시설만 해 놓으면 거의 비용이 안 드는 이곳을 돌아보며 자연이 준 혜택이 부러웠다.

화산과 빙하의 나라답게 땅 속에서 뜨거운 수증기가 솟아오르는 곳이 많이 보였다. 민가에서는 그런 곳에서 음식을 조리하기도 하며, 외딴곳에서는 그 수증기로 전기를 만들어 쓴다.

스나이펠스네스 국립공원

해안선을 따라 북서쪽 방향의 스나이펠스네스 반도로 갔다. 1998년에 개통된, 길이 5.8km 깊이 165m로, 통행료가 9불인 크발피외르뒤르 해저 터널을 지나자 아이슬란드의 새로운 모습이 보이기 시작했다. 큰길을 벗어나 말 사육장으로 들어가니 통통한 말들이 차를 에워쌌다. 바나나를 주자, 멀리 있던 다른 녀석들까지 차로 다가왔다. 바나나를 얻지 못한 말이 차 앞을 가로막고 시위를 벌였다.

오지로 갈수록 신용카드를 받지 않는 주유소가 많아, 눈에 많이 띄는 N1 주유소에서 신용카드로 N1 카드를 사서 주유하였다.

스나이펠스네스 국립공원을 지름길로 가기 위하여, 산등성이를 가로질러 비포장 산길 F570을 택했다. 거친 자갈길에 뒤따라오는 승용차 타이어가 걱정되었으나, 다행히 국립공원 근처 게스트하우스에 무사히 도착할 수 있었다.

앞바다가 훤히 보이는 Olafsvik 호스텔 2층 부엌에서 냄비를 천천히 돌려가며 맛있는 밥을 지었던 조박사는, 아직도 개업 중인 의사이다. 여유가 있는 분들이지만, 몸속 깊이 배어있는 그들의 근검절약 정신에서 많은 것을 배웠다. 렌터카를 4x4로 해야 한다고 누차 이메일하였으나, 저렴한 승용차를 빌리는 바람에, 비포장도로에선 6명이 우리 SUV를 이용하기도 하였다. 17불 하는 심카드를 샀으나, 가져온 워키토키로 차량 간 연락을 하자 하여 뜯지 않은 심카드를 환불받았다.

2단 폭포가 아름다운 Kirkjufellsfoss폭포 주위를 걸으며 세계 10대 명산인 화살촉 모양의 Kirkjufell를 감상하였다. 마침 일요일이라 오전 11시쯤 동네 교회에 들렀으나 문이 굳게 닫혀있어 오던 길로 되돌아가 국립공원 관광을 시작하였다.

Saxholl Crater를 찾아 황갈색 분화구와 절묘하게 조화를 이룬 계단으로 올랐다. 한 계단씩 오를 때마다 화산활동으로 만들어진 신비로운 경관이 눈앞에 펼쳐졌다. 그 사이를 가득 메운 툰드라 야생화들이 곧 다가올 하얀 겨울에 묻히기 전에 가을옷으로 갈아입은 자신들의 화려한 모습을 마음껏 자랑하고 있었다.

마지막 날, 공항 근처 재향군인회 디너파티가 열리고 있는 멋진 레스토랑에 자리 잡았다. 1인분에 70여 불 하는 Lobster Seafood를 큰 접시 하나에 3인분 이상을 주문하면 40불로 할인해 주는 오늘의 특별 메뉴에 와인과 양고기 요리 3인분을 추가하였다. 개인 접시에 양고기, 랍스터, 감자, 야채 등을 골고루 나누어 담아 아이슬란드에서 처음이자 마지막으로 식사다운 만찬을 즐겼다.

훤하게 내려다보이는 아래층 Live 밴드의 생일 축하 음악에 맞추어 사라의 70회 생일 노래를 함께 불렀다. 식사 비용은 생일을 축하받은 Mrs. 조가 부담하려 하였으나, 이번 일정을 알뜰하게 기획하여 여행경비를 절약하게 해준 우리에게 감사하는 마음으로 두 가정이 나누자는 공사장의 제안으로 해결되었다. 같은 지붕 아래에서 자고 한솥밥을 먹으며 지냈던 아이슬란드 자유여행은 이렇게 막을 내렸다.

북극과 아이슬란드

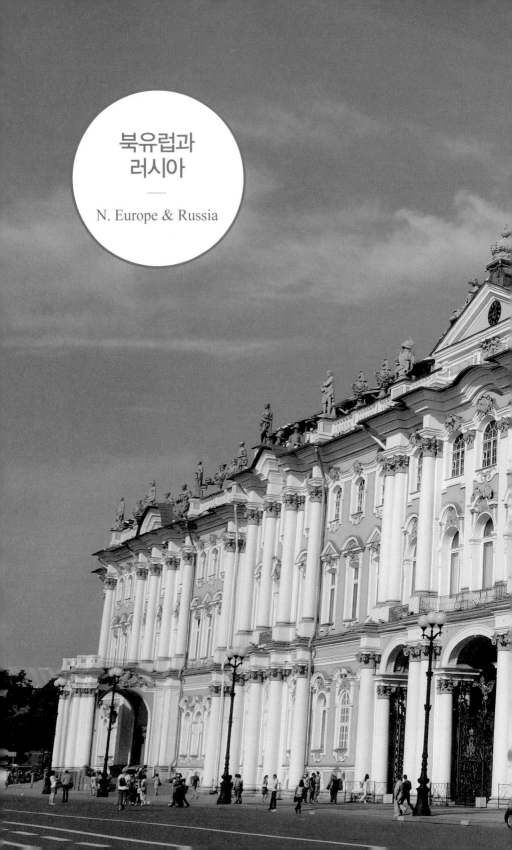

북유럽과
러시아

N. Europe & Russia

코펜하겐

2013년 7월 덴마크의 수도 코펜하겐에서 북유럽여행을 시작하였다. 남한의 절반도 안 되는 국토에 550만 명이 살고 있는 덴마크는, 한때 스칸디나비아 반도를 지배했던 작은 거인이다.

두 인어공주가 아래층을 내려다보고 있는 공항을 나와 셰익스피어 햄릿의 엘시노어성으로 알려진 Castle Elsinore Kronborg에 들렀다. 고성 해자에서는 백조 두 마리가 한여름 낮의 더위를 식히고 있었다.

동화의 아버지 안데르센이 살았던 Nyhavn 항구를 찾았다. '새로운 항구'라는 뜻의 '뉘하운'은 안데르센 거리로 불리우며 페인트 색까지도 바꾸지 않고 옛 모습을 간직하고 있었다. 악사들의 연주를 들으며 그곳을 나와, 여왕 Margrethe 2세가 살고 있는 Amalienborg 궁전으로 갔으나, 정오 교대식은 특별한 의식 없이 소박하게 끝났다.

덴마크 신화에 나오는 여신 게피온이 스웨덴 왕과 내기를 하여, 하루 동안 갈아엎은 땅 만큼을 갖기로 하였다. 그녀는 네 아들을 소로 변신시켜, 열심히 일한 결과 얻은 땅을 끌고 나와 코펜하겐이 있는 셸란섬 sjaelland 을 만들었다. 그 떼어낸 자리는 스웨덴의 베레네 호수라고 한다. 덴마크 사람들은 이 지역을 건국신화가 있는 성지로 여겨, 제2차 세계대전 때에는 유린되지 않도록 영국에 보호를 부탁하였다.

게피온 분수대 Gefionspringvan 옆에 있는 처칠 공원에는 이곳을 기도로 지
켰던 영국 교회와 처칠 수상의 동상이 있다. 처칠의 세계 평화를 위한 정치
적인 공로를 인정하였다면 노벨 평화상이 수여되었어야 했을 텐데, 1953년
노벨 문학상이 수여되어 많은 사람들을 의아하게 하였다.

100년 전 에릭슨이 만든 1m 크기의 안데르센 동화 속의 인어공주 동상은
Langelinie Pier에 있는 덴마크의 랜드마크이다. 그러나 이 동상은 브뤼셀의
오줌싸개 동상과 라인강의 로렐라이 언덕과 함께 유럽의 3대 썰렁명소로 불
리기도 한다. 그로 인해, 시드니 오페라 하우스와 견줄만하다는 코펜하겐 오
페라 하우스의 인기가 더 높아졌다.

오후 4시경, 코펜하겐에서 오슬로행 DFDS Seaways 크루즈에 올랐다. 배
안에는 샌드위치 가게와 다양한 메뉴의 레스토랑 등이 있고, 신선한 해물이
풍성한 뷔페는 55불 정도 하였다. 1,800여 명의 승객과 300여 대의 차를 태
운 크루즈는 15시간을 항해하여, 다음 날 아침 9시 반에 오슬로항에 도착하
였다.

효스폭포

밤새 오슬로까지 올라온 크루즈에서 아침식사를 하고 하선하였다. 낭만열차라고 불리우는 Flamsbana 기차를 타기 위하여, 아름다운 자작나무 숲과 에메랄드빛 호수들을 보면서 반나절을 달렸다.

2000년 11월에 개통되어 자동차 터널로서는 세계에서 제일 긴 24.5km의 래르달 터널에는, 매연과 유독가스를 뽑아내는 거대한 환풍기와 긴급 구조장치가 있었다. 차를 돌려 나갈 수 있도록 6·12·18km 지점에는 넓은 공간도 있었다. 어두운 곳에 오래 있을 때 생기는 우울증으로 사고가 발생하는 것을 방지하기 위하여, 신선한 공기의 느낌을 갖도록 각각 다른 색깔의 조명이 설치되어 있었다.

크루즈가 정박되어 있는 플램역에서 플름바나를 타고 20km의 긴 선로를 따라, 900m 높이의 미르달역까지 올라갔다. 고도가 높아지면서 빙하의 무게로 가라앉아 만들어진 협곡을 볼 수 있었다. 정상에 가까이에 있는 93m 높이의 거대한 2단 효스폭포 Kjosfossen 앞에 기차가 정차하였다. 음악과 함께 빨간 옷을 입고 금발을 풀어헤친 숲의 요정이 폭포 사이에서 춤을 추었다.

미르달역에서 오슬로까지 가는 사람들은 기차를 갈아타야 한다. 우리는 오던 길로 플름으로 되돌아왔다. 겨울이 길고 눈이 많이 오는 피요르드 지역에는 난방을 위하여 지붕 위에 흙을 덮어 놓고, 그 위에 여러 가지 야생화를 심어놓은 집들이 보였다. 피요르드를 배경으로 작은 캐빈들이 줄지어 서 있는 호숫가 Voss Park Hotel에 여장을 풀었다. 그림처럼 떠 있는 작은 배들과 나지막한 언덕 위 예쁜 집들을 보며, 평화로운 자연이 나의 몸속으로 스며들어와 힐링되는 느낌을 받았다.

베르겐 바이킹 왕국

바이킹 ^{Viking} 족은 800년경부터 유럽 전역에 출몰하여, 2백여 년 동안 카스피해와 흑해까지 세력을 떨쳤다. 그러나 그들은 피해국들의 철저한 대응과 부상당한 전사들의 현지 정착으로 세력이 약화되어, 약탈 생활에 어려움을 겪게 된다. 1070년 베르겐을 거점으로 왕국을 건설한 올라브 퀴레 ^{Olav Kyrre} 왕은 이곳을 노르웨이의 수도로 만들었다.

후니쿨라로 해발 320m의 플루엔산에 올랐다. 놀이터에는 사람들의 눈을 피해 숲속에서 살다가 죽을 때에는 나무나 돌 같은 자연물로 변한다는 트롤 상이 서 있었다.

노르웨이 숲의 요정 트롤은 코가 길고 손가락 발가락이 네 개씩이며 꼬리가 있는 상상 속의 괴물이다. 사람들은 숲 속에서 길을 잃고 실종되면 트롤이 잡아갔다고 믿었다.

1350년 한자동맹시 독일사람들이 이주해 와, 200년 동안 서해안의 무역을 지배하였던 항만도시 베르겐을 둘러보았다.

베르겐은 노르웨이가 16~19세기 초까지 덴마크와, 19세기 중반에는 스웨덴과 연합함으로써 수도의 기능을 상실하였으나, 활발한 무역 활동으로 스칸디나비아 반도의 중요한 상업 도시로 자리매김 되었다.

1905년 스웨덴으로부터 독립하여 오슬로가 새로운 수도가 될 때까지 노르웨이 수도였던 베르겐은 2차 대전 중 독일군의 폭격으로 폐허가 되었다. 1970년대 북해 유전의 전진기지로 활기를 다시 찾아, 지금은 피요르드 관광의 베이스캠프가 되어있다. 파격적인 색감과 독특한 디자인의 건물들이 인상적이었다.

어시장에 들러 풍성하게 진열되어 있는 새우, 연어, 말린 대구, 훈제연어 등을 시식해 보았다. 고래고기의 색깔은 검었지만 맛은 그런대로 먹을만하였다. 즉석에서 구운 생선과 샌드위치는 불티나게 팔리고 있었다.

애절한 곡조의 〈솔베이지의 노래〉를 작곡한 노르웨이 민족주의자로 북유럽의 쇼팽이라 불리우는 Edward Grieg의 생가를 찾아보려 했으나, 어시장 구경에 시간을 다 빼앗겨 지척에 두고도 방문하지 못하였다.

송네 피요르드 유람선을 타러 가는 길에, 협곡으로 한참 올라가 Stalheim Hotel에 들렀다. 관광객들이 화장실만 사용하고 훌쩍 떠나자, 호텔 측에서는 언제부터인가 입장료를 받고 있다. 입장료를 내고 들어가 뒤뜰에서 커피 음료를 제공받아 여유 있게 즐기면서 멋진 한 폭의 그림 같은 아름다운 절경을 감상하였다. 버스 한 대가 겨우 지나가는 가파른 계곡 길을 지그재그로 내려오면서 멋진 폭포도 볼 수 있었다.

송네 피요르드

길이 200km, 수심 1,200m로 세계에서 가장 깊고 긴 Sognefjord 유람선을 타기 위하여 Gudvangen으로 갔다. 빙하가 깎아낸 깊은 산골짜기에 바다가 들어온 양쪽 해안은 U자 모양의 급경사를 이룬 피요르드이다. 이 송네 피요르드 선착장에서 풋풋한 향기와 대자연의 아름다움에 취해 보았다.

구드방겐 계곡 안으로 여러 개의 긴 폭포들이 쏟아져 내려오고 있었다. 폭포수가 바닷물을 밀어내어 이곳은 염도가 거의 없다. 낚싯대를 드리기 무섭게 민물송어가 걸려든다는 피요르드 낮은 언덕에는 몇 가구씩의 마을이 보였다. 하얀 교회건물과 국기가 걸려있는 공공건물이 카메라의 세례를 받았다.

8월 초인데도 느껴지는 찬 기운을 온몸으로 받으며 2시간 동안 갑판 위에서, 꼬리에 꼬리를 무는 비경을 감상하였다. 피요르드 유람 후 30여 분 버스로 이동하여, 피요르드 깊숙한 곳 Sogndal 호텔에 여장을 풀었다. 예쁜 상점과 특이한 조형물들이 자연과 잘 어우러져 아름답게 다가왔다.

브릭스달빙하

유럽대륙에서 가장 큰 빙원을 가진 Jostedalsbreen 국립공원의 브릭스달 푸른빙하를 찾았다. 피요르드를 끼고 돌다가 터널을 지나, 가파른 산을 오르내리면서 창밖으로 펼쳐지는 풍경들이 우리의 마음을 자연 속으로 깊이 녹아들게 하였다. Olden을 지나자, 저 멀리 빙원과 폭포가 보이기 시작했다. 안쪽으로 30여 분 더 들어가니, 마치 하늘에서 떨어지는 듯한 장대한 폭포가 나타났다. 유난히 Fireweeds가 많이 피어있는 이곳 검은 목조건물 식당으로 들어가 뷔페로 점심을 먹었다.

빙하까지 왕복 5km의 트레일 중, 폭포 앞을 지날 때에는 눈을 뜰 수 없을 정도의 세찬 물보라가 몰아쳤다. 천둥소리를 내며 쏟아져 내리는 폭포 옆의 가파른 언덕에, 노약자들도 쉽게 올라갈 수 있도록 지그재그로 만들어 놓은 길을 걸으며, 여러 각도에서 폭포를 감상할 수 있었다.

폭포를 등지고 걷다가 다시 마주 보게 될 때 더 큰 감동을 가져다주는 트레일로, 위로 올라가면서 전체를 조망할 수 있다. 물보라를 머금고 자란 이끼와 야생화가 풍성하게 덮여 있는 바위들에 부딪혀, 포말을 일으키고 있는 폭포가 한 편의 Wild Life를 연출하고 있었다.

겨울의 칼바람과 추위를 이기고, 세찬 물보라 속에서 당당하게 서 있는 나무들을 보며 자연의 귀한 가르침을 얻었다. 중간쯤 왔을 때, 빗방울이 너무 굵어 잠시 대피소에 몸을 피했다가, 무거워진 몸을 추스르고 다시 발길을 재촉하였다. 지구 온난화 현상과 적설량 부족으로 빙하의 끝자락이 산골짜기 위로 말려 올라가고 있었다.

　최근 들어 빙하의 녹는 속도가 빨라져, 커다란 빙하 호수가 쏟아져 내려오는 빙하수를 받아내고 있었다. 트레일 초입부터 빙하가 있었던 지점을 알려주는 이정표를 보며 줄어드는 빙하를 실감하였다.

　이 빙하는 지난 100년 동안, 매년 10m 이상 줄어들었다. 화석연료 사용이 지구 온난화를 부추겨 이렇게 눈에 띄게 빙하가 녹아내리고 있었다. 호수가 많은 노르웨이의 전력은 98%가 수력 발전에 의존한다.

짙은 구름과 비로 빙하는 푸르게 보이지 않았다. 빙하 트레일을 기대하고 끝까지 올라왔던 우리는, 빙하호수 앞에서 인증 사진만 찍고 돌아왔다. 이런 속도로 브릭스달 빙하가 녹는다면 머지않아 Jostadal 빙원으로부터 분리되어 더 이상 빙하를 공급받지 못하고 사라진다고 한다. 착잡한 마음과 한편으로, 참 멋지다라는 생각을 하면서 우리 생전에 다시 볼 수 있을까 싶어, 뒤를 자주 돌아보며 내려왔다.

바이킹 선박박물관

보르군드의 전통 스타브 목조교회^{Borgund Stave Church}는 12~14세기 바이킹 시대 배를 만들던 공인들의 전통기술과 외국에서 도입된 교회 건축기술이 복합되어 만들어졌다. 외관은 노르웨이에서 쉽게 구할 수 있는 타르로 검게 칠하여 벌레나 눈과 비에 의한 훼손을 막았다.

석조바닥을 기반으로 삼아 주 버팀목인 스타브들로 세워진 1천여 개의 스타브 목조양식의 교회는 현재 28개만이 남아있다. 잘 보존된 보르군도 교회 박물관에서 전통교회 건물과 장식 만드는 과정과 도구들을 볼 수 있었다.

Viking Ships Museum을 찾았다. 이곳에는 Oslofjord 지역 농장에서 발굴된 세척의 바이킹 배와 유물이 전시되어 있었다. 이 배들은 세계에서 가장 잘 보존된 배로, 바이킹의 전성기인 850~900년 사이에 사용되었던 것이라고 추정한다.

박물관 중앙에는 복원 상태가 가장 좋은 길이 22m의 Oseberg가 전시되어 있었다. 노를 젓는데 30명이 필요했던 이 배는 멋지게 생긴 모양이 투박한 해적들이 만든 배라고 느껴지지 않을 정도로 예술적이었다.

선두와 선미를 용솟음치는 파도처럼 유선형으로 말아올린 배는 정교한 용의 무늬를 새긴 부조로 장식되어 있었다. 관으로도 사용했던 이 배에는 발굴 당시 귀족과 시종의 유해가 묻혀 있었고 정교한 보석과 장식품, 가구 등도 함께 나왔다.

왼쪽 방에 있는 24m 길이의 Gokstad는 세계에서 가장 아름다운 북유럽식 긴 배 ^{Galley Ship}라 평가받는다. 오른쪽 방에 있던 Tune은 아쉽게도 바닥 부분만 남아있었다. 세계에서 가장 빠른 배를 건조할 수 있는 기술력을 보유한 야만족 바이킹은 북유럽의 신비로운 자연을 미적으로 잘 표현한 예술가들이었다.

콜럼버스가 신대륙을 발견하기 400여 년 전, 바이킹들이 아메리카 대륙에 건너와 살았던 증거들이 발견되고 있으나, 세계인의 주목을 받지 못하고 있다. 이 사실을 역사적으로 남기기 위하여 평생을 바친 노부부의 흉상이 박물관 앞 정원에 쓸쓸히 서 있었다.

9천 년 전부터 사람이 거주하기 시작한 노르웨이는 농사를 지을 수 있는 땅이 전 국토의 3%밖에 안 되었다. 춥고 먹거리가 부족했던 이곳 사람들은 환경에 적응하여 신장 155cm 정도에 가벼운 몸무게를 갖게 되었다.

그들은 그 신체적 조건으로 많은 전사가 승선하여 배를 빠르게 움직여 기습 공격에 성공하고, 퇴각할 때 추격을 쉽게 따돌릴 수 있었다. 강 지류를 따라 올라가다가 물길이 막히면 배를 뒤집어 메고 산을 넘어 물길을 찾아 다시 노를 저어 나갔다.

바이킹들은 살아남기 위하여 Be brave and aggressive, Be Prepared, Be a good Merchant, Keep the camp in order 등의 법을 만들었다.

1952년 동계올림픽을 개최한 오슬로는 세계 10대 스키 리조트이다. 북해와 시내가 한눈에 들어오는 Holmenkollen Park 호텔 로비에는 실내 온도가 올라가면 눈 결정체 장식이 녹는 것처럼 하얀색이 사라지는 신기한 조형물이 설치되어 있었다.

스키 리조트로 품격을 갖춘 깔끔한 레스토랑의 아침 식사는 환상적이었다. 2011년 건설된 국제 규격의 스키 점프대로, 매년 FIS월드컵 스키대회가 열리는 스키장을 찾아 용솟음치듯 솟아오른 웅장한 점프대 주위를 돌아보았다.

행복지수 1위 오슬로

인구 5백만의 노르웨이의 수도 오슬로는 65여만 명의 시민들이 행복한 삶을 이어가고 있는 평화로운 도시로, 6년째 행복지수 세계 1위를 유지하고 있다. 이곳에서 아문센 등 탐험가들의 발자취를 볼 수 있는 Fram 박물관, 현대 건축의 진수 Opera House, 뭉크의 〈절규〉 등이 전시되어 있는 뭉크 미술관과 국립 미술관 등을 돌아보았다.

화사한 꽃들로 단장된 오슬로의 중심가 카를 요한 Karl Johan 거리를 걷다가 공원으로 들어섰다. 분수 한편에 천진하게 놀고 있는 아이들의 조각상이 운치를 더해주고 있었다. 이곳에서는 아이들에게 "밥 먹어라"는 명령형보다는 "몇 시에 밥 먹고 싶으냐?"라고 질문형으로 말한다. 어려서부터 스스로 결정하고 판단하는 습관을 길러 창의력과 개성을 겸비한 일당백의 인물을 길러내고 있었다.

시청에서 5분 거리의 오슬로 항구에서 특이한 모습의 레스토랑, 유람선들의 멋진 자태를 보며, 나무 산책로를 따라 바닷바람을 즐겼다. 그 길 끝 현대미술작품들이 전시되어 있는 Astrup Fearnley 박물관과 바로 옆 다이빙대가 있는 Outdoor Bath에서 수영을 즐기는 젊은이들을 부럽게 바라보았다.

성공한 이슬람계 고급 빌라가 있는 The Thief에는 저마다 개성있는 외관을 갖고 있는 레지던스 아파트, 쇼핑센터, 바 등이 있다. 건축물들은 그 어느 도시와는 다른, 차별화된 모습을 하고 있었다. 뛰어난 창의력으로 독특한 디자인을 선보이는 오슬로의 건물들은 피요르드, 빙하 등 자연을 형상화한 작품들이다.

도시 자체가 크지 않아 도보로도 관광이 가능하며, Hop on & Hop off Bus로 타고 내리며, 시내 구경을 할 수 있다. 시간이 없을 때에는 기본요금 150크로네[20불] 들여, 시내를 택시로 이동하는 방법도 있다. 노르웨이 이민자 중 다수 그룹에 속하는 34,000여 명의 파키스탄인들은 주로 택시 영업에 종사하고 있었다.

국왕 헤럴드 5세 왕궁은, 예약해야 가이드 투어가 가능하다. 1시간 정도 소요되는 투어비는 95크로네, 시니어는 85크로네이다. 티켓은 중앙역 방문자센터에서 구입할 수 있다. 근위병과 인증사진도 찍고, 숲 속의 호젓한 산책길을 걸으며 왕궁 정원 Slotts Garden 을 돌아보았다.

오슬로 시청사에는 사람이 태어나서 성장하여 결혼하고 행복한 생활을 즐기다가 하늘나라로 가는, 시민들의 평범한 일상을 그린 벽화들로 유명하다. 국민 개개인의 행복한 삶을 가장 소중하게 여기고, 복지사회 국가를 지상 목표로 삼아, 시청 내부의 벽마다 삶의 모습들을 가득 채워 놓았다. 2층에 있는 유물과 벽화 등을 돌아보며 노르웨이 역사를 엿볼 수 있다.

물리학, 화학, 생리·의학, 문학, 경제학 등 5개 분야의 노벨상은 노벨의 모국인 스웨덴의 스톡홀름 시청에서 수여하고, 노벨 평화상만은 노르웨이 의회에서 결정하여 매년 12월 10일 오슬로 시청에서 수여하고 있다. 다이너마이트를 발명한 노벨이 주로 노르웨이에서 부를 쌓았기 때문에 그 윤리적인 차원에서 그리하도록 유언했다고도 하며, 노르웨이가 세계에서 가장 평화와 인권을 귀하게 여기는 나라이기 때문이라는 설도 있다.

시청사 앞에서 항구 쪽으로 걸어서 5분 거리에 있는 노벨 평화센터는 오전 10시부터 오후 6시까지 개관하며, 입장료는 13불이고 시니어[67+]는 반값이다. 1층에서는 'Listen to the Children'이라는 기획전이 열리고 있었다. 아동노동반대 운동으로 2014년 노벨 평화상을 수상한 Kailash Satyarthi의 호소문과 활동하는 그의 모습을 담은 사진들을 볼 수 있었다.

2층에는 마틴 루터 킹, 만델라, 김대중 대통령 등 역대 수상자들의 사진과 프로필이 전시되고 있다. 노벨 평화상을 받은 테레사 수녀는 만찬 비용으로 받은 7천 불을 빈민구제병원에 기부했다.

오슬로 피어 언덕 위에 있는 Akershus Fortress는 1,300년에 만든 요새로, 지금도 군사시설로 쓰이고 있으며 군사 박물관이 있다. 오슬로 항구가 한눈에 내려다보이는 이 언덕 위의 성채 내부 곳곳에는, 대포와 관측소가 설치되어 있다.

오슬로 오페라 하우스

여행자들의 천국은, 소매치기가 없고 편리한 대중교통과 저렴한 숙박비, 수려한 자연풍광과 풍부한 볼거리가 있는 곳이다. 오슬로는 공항과 시내를 오가는 고속열차와 공항버스 시스템, 바이킹 시대 유물, 북극탐험의 역사박물관, 노벨 평화상이 시상되는 시청 등이 있어, 여러 계층으로부터 사랑을 받고 있다.

1350년 인구의 4분의 3 이상이 죽어 나간 흑사병을 겪은 오슬로는 1624년과 1686년의 대화재로 도시의 4분의 1 이상이 불탔다. 그들은 재건에 재건을 거듭하여 매년 2,200만 명의 방문객을 맞는 관광 대국이 되었다.

공항버스 운전기사로부터 노르웨이 크로네나 신용카드로, 550크로네의 왕복 티켓을 사면 각각 편도로 살 때보다 20불을 절약할 수 있다. 20분 간격으로 출발하는 버스에는 무료 와이파이가 있어, 10여 일 동안 카톡조차도 되지 않던 북극여행 중 밀린 일들을 처리하다 보니, 40분 만에 종점 Radisson Blue 호텔에 도착하였다. 하루 종일 북극을 빠져나오느라고 지친 몸을 추스르고, 고급스럽게 차려진 뷔페 아침식사를 든든히 먹고 시내로 나갔다.

오슬로 공항 고속기차는 10분마다 출발, 20분 만에 오슬로 중앙역에 도착한다. 요금은 180크로네, 시니어는 반값이고, 가방을 쉽게 오르내릴 수 있도록 되어 있다. 중앙역에서 호텔까지 가방을 끌고 걸어가거나, 20여 불을 들여 택시를 타야 하기에 버스나 기차의 호텔에 도착하는 시간과 비용은 결국 비슷하였다.

6월~9월까지만 있는 Mini Cruise Hop on & Hop off는 오전 9시 45분부터 오후 3시 15분까지 운행한다. 190크로네를 지불하면 오슬로 시청 뒤 피어에서 출발하여, 오페라 하우스와 Bygdoy 반도의 여러 박물관들을 방문할 수 있다.

시청사 앞에서 출발한 배를 타고 시계 방향으로 해안선을 돌아, 유빙을 모티브로 설계하여 2008년에 개관한 초현대식 오페라 하우스가 보이는 선착장에서 내렸다. 다음 배가 올 때까지 경사로를 따라 오페라 하우스 지붕 꼭대기까지 올라갔다. 가이드 실내투어는 못했지만, 외관과 공연장을 제외한 내부를 볼 수 있었다.

노르웨이는 성구매자만 처벌하는 다소 완화된 관련법으로 성범죄를 줄여가고 있다. 성매매를 자유화한 독일과 네덜란드, 성공급자와 성구매자를 모두 처벌하는 한국이나 미국과는 다르다. 성에 대하여 개방적인 북구의 나라답게 낮 뜨거운 노출 팸플릿으로, 오페라 광고를 하고 있었다.

Mini Cruise 다음 기착지인 프램 박물관으로 가는 선상에서 바라본 피요르드 해안가에는 물놀이와 선탠을 즐기는 남녀노소들이 가득했다. 피부가 하얀 이곳 북구 사람들에게는, 오늘처럼 화씨 80도를 웃도는 날씨는 대단한 축복이다.

프램박물관

　10세기경 유럽을 공포에 떨게 했던 전설 속의 바이킹은 30여 명이 탈 수 있는 소형 쪽배로 수백km 떨어진 유럽대륙을 습격하여 재물을 강탈한 자들이었다. 그러나 이곳에 살고 있는 후손들은 그 역사를 부끄러워하지 않았다.

　바이킹들은 척박한 자연환경과 추운 날씨로 농사를 지을 수 없기에 북해의 거친 파도를 헤쳐가며 생명을 건 항해 끝에, 비옥하고 따뜻한 유럽대륙에 상륙하였다. 그들은 주로 성당의 금은 제례기구나 귀족들의 보석류들을 탈취하여 굶주리는 가족들에게 가져왔던 약탈 행위를 어쩔 수 없는 생존 방식으로 여겼다.

목숨을 건 조상들의 위대한 개척 정신은 북극과 남극탐험으로 이어졌다. 후손들은 Fridtjof Nansen [1861~1930]과 Roald Amundsen [1872~1928] 등이 이용했던 탐험선 프램[Fram]호를 박물관으로 만들었다.

미니 크루즈로 Bygdoy 반도 선착장에 내리면, 경사가 급한 지붕으로 된 프램박물관이 나타난다. 일반입장료는 100크로네, 시니어는 70크로네로 오전 10시부터 오후 5시까지 365일 개관한다. 노르웨이어로 '앞으로'라는 뜻의 프램호는 난센이 북극탐험을 위해 건조한 배이다. 오슬로에서 출발하여 남극해까지 4개월을 항해하여 아문센팀이 세계 최초로 남극 대륙을 정복하도록 도왔다.

건물 중앙의 프램호를 중심으로, 아래층은 전시관 입구와 기념품센터, 2층 벽에는 사진과 동영상 등 프램호에 관한 자료들이 전시되어 있다. 한국어 등 8개국어로 언어 선택이 되며, 다리로 연결되어 있는 프램호에 직접 들어갈 수 있다.

칠흑 같은 밤, 남극의 혹한과 매서운 바람소리, 풍랑에 깨어질 듯 흔들리는 프램호의 지옥과 같은 상황을 연출하는 방에 들어갔다가, 너무 무섭고 멀미가 날 것 같아 바로 나왔다. 호기심 많은 남편은 동영상과 사진까지 번갈아 찍어가며, 감기 걸리기 직전까지 머물다가 활짝 웃으며 나타났다.

바로 어제 북극 탐험을 마친 우리는 아문센의 서명이 들어있는 서신 원본과 그 당시 사용하던 카메라 등을 마주하니, 마치 아문센을 만난 기분이 들었다. 바이킹의 정신은 북극과 남극탐험을 거쳐 디자인을 리드하는 현대의 노르웨이 후손들에게 이어진 듯, 이곳에서 마주치는 모든 것이 새롭다.

여름에 스발바르, 그린란드, 아이슬란드, 러시아 프란츠 섬을 돌며 북극을 돌던 탐험선들은, 아르헨티나의 Ushuaia로 항해하여, 남반구의 여름인 12월부터 남극탐험을 시작한다. 초기 노르웨이 탐험가들에게 120일 이상 걸렸던 남극 항해가 지금은 30일이면 족하다.

프램박물관 이외에도 Norsk Maritimt Museum과 Norwegian Museum of Cultural History 등이 있으나, 오후 3시 15분 마지막 크루즈를 타야 하기에 돌아서야 했다. 과거를 현재로 끌어내 미래를 만들어 가고 있는 프램박물관 투어로, 오슬로 사람들의 개척 정신을 가늠해 볼 수 있었다.

뭉크미술관과 국립박물관

뭉크 탄생 100주년 기념으로 1963년 개관된 뭉크미술관은 세계에서 뭉크의 작품이 가장 많은 곳이다. 아담하게 지어진 뭉크미술관에서는 암스테르담의 반 고흐 미술관에서 옮겨온 반 고흐의 작품들과 뭉크의 작품들이 함께 전시되고 있었다. 월요일은 휴관이고 입장료는 어른 120크로네, 시니어는 반값이다.

표현주의의 선구자 뭉크 Edvard Munch, 1863~1944 는 인간의 슬픔과 불안한 감정을 주제로 작품 활동을 하였다. 그는 왜곡된 형태와 다양한 색감을 통해 인간의 감정을 강렬하게 표현하였다. 다섯 살 때 어머니, 26세 때에 아버지를 잃으면서 죽음에 대한 공포에 시달렸던 뭉크는 심리적 고통을 작품에 잘 나타내었다.

〈The Scream〉 등 그의 작품들은 1836년 개관한 오슬로 국립 미술관과 The Munch Museum에 전시되어 있다. 네 번 그려진 〈절규〉 중 한점은 오슬로 국립미술관에, 세 점은 이 뭉크 미술관에 소장되어 있었으나, 1895년 작품 파스텔화 한점이 2012년에 그 당시 미술 경매 역사상 최고가인 1,315억 원에 팔렸다.

평일은 10시, 주말은 11시에 개관하는 오슬로 국립미술관 입장료는 100크로네이며 일요일은 무료입장이다. 일요일 개관시간 훨씬 전부터 늘어선, 긴 줄 뒤에서 기다리는 동안 장미정원에 있는 로댕의 작품을 감상하였다. 락커에 백팩을 넣고 2층으로 올라가, 'Start!'라고 쓰여진 전시실부터 관람을 시작하였다.

로댕이 세상의 근원을 표현한 〈Iris, Messenger of Gods 1895〉, 뉴욕의 메트에서는 마룻바닥에 낮게 전시되어 있으나, 이곳에서는 중앙 홀에 사람들의 눈높이에 맞추어져 있었다. Iris는 아름다움의 소유자, 신비한 사람이라는 의미가 있다. 누드 작품들이 외설로 비난받던 시절, 이 작품은 로댕이 제자이자 모델이었던 카미유와 뜨거운 사랑을 나누었던 시기에 구상된 것이다.

4년 후에 완성된 이 작품은 머리가 없고 팔이 한 개뿐이나 원초적 에너지를 발산하는 도발적인 정면 누드로 관람자들을 압도한다. 18호실 뭉크관은 시차를 두고 30명씩 입장하기에 바로 앞 큰 방에서 남편과 교대로 줄을 서가며, Vigeland의 〈The Sleepwalker〉 등을 감상하였다. 뭉크 미술관과 이곳 뭉크관 18호실은 촬영금지이다.

조각가 Gustav Vigeland $^{1869~1943}$ 의 작품 200여 점이 있는 The Vigeland Park을 찾았다. 한 작가의 작품만 전시되어있는 공원으로는 세계에서 가장 큰 이 조각공원에는 어린아이들의 다채로운 표정들을 소재로 만든 작품들이 많았다. 만지면 소원이 이루어진다고 믿는 방문객들이 저렇게 아이가 아파 울 정도로 만져대어 아이의 손과 발은 반들반들 윤이 난다.

스위스와 노르웨이는 정치적 중립을 위해서 EU에 가입하지 않는다. 그러나 노르웨이는 엄청나게 긴 해안선을 따라 펼쳐진 황금 어장과 북해유전을 EU 국가들과 나누기를 원치 않는 또 하나의 이유를 가지고 있다. 2013년 IMF 통계에 의하면, 1970년대 북해유전 발견으로 노르웨이는 인구 1백만 명 이상 나라 중 1인당 국민소득이 세계에서 가장 높은 100,300불이다. 이는 한국에 비하여 3배 이상, 미국 독일 프랑스보다 2배나 높다.

사회사업학과를 졸업하고 첫 애를 가져 입덧이 심해질 때까지 미국 재단의 H아동복지회에 다녔다. 해외여행이 힘들었던 70년대 북유럽 입양아들과 파리로 출장하여 양부모 품에 아이들을 안겨주고 돌아오는 길에 30일 휴가를 내어 유로패스로 여행하면서 많은 유럽인들을 접할 수 있었다.

인간의 존엄함을 귀하게 여기며 신체적 장애가 있는 아이들을 많이 입양하는 이들은 사진으로만 보아오던 아기를 공항에서 만나자마자 눈물을 흘리며 반가워하였다. 그 모습을 보며 이 사람들은 정말 복 받을만한 사람들이라는 생각이 들었다.

노르웨이는 북해유전에서 번 돈을 석유기금으로 적립한다. 그들은 이윤만을 추구하는 기업보다는 사회 환원을 모토로 하는 회사들에게 투자하여, 그 이익금으로 무료병원과 학교를 운영한다. 전 세계 전력의 70% 이상이 화력발전에 의존하고 있는 반면, 천연가스 생산 세계 3위로 5대 산유국인 노르웨이는 환경오염 방지를 위하여 호수와 강물을 이용한 수력 발전으로만 전기를 생산하고 있다.

스톡홀름

 스웨덴을 스페인, 영국과 함께 세계 3대 강국 반열에 올려, '대왕'이 된 구스타프 2세[1594~1632]는 발틱해의 패권을 장악하려는 계획을 세운다. 당시 선박 제조기술이 가장 발달한 덴마크의 장인들을 불러, 길이 69m, 폭 12m, 높이 53m, 배수량이 1,200톤에 이르는, 발틱해에서 가장 거대하고 화려한 전함 바사Vasa 호를 건조한다.

 그는 국력 과시를 위해 기술자들의 반대에도 불구하고, 1층 좌우에 16문씩 설치하려는 설계를 바꾼다. 2층 구조로 총 64문의 11kg짜리 포탄을 장전할 수 있는 대포를 설치하여 가까스로 균형을 유지한 바사호를 만든다.

1천 그루의 참나무로 3년 동안 건조된 바사호는, 1628년에 주변국의 귀빈들을 초대하여 성대한 진수식을 마치고 출항한다. 그러나 1,200m 정도 전진하다 갑자기 불어닥친 돌풍에 중심을 잃고 침몰하여, 30여 명의 젊은이들이 사망하였다. 구스타프 2세 자신도 4년 뒤, 독일과의 전투에서 38세 나이로 전사한다.

바사호는 333년 동안 수심 300m 바다 밑 6m 갯벌 속에 묻혀있다가 2년간의 인양 작업 끝에 건조되었던 조선소로 옮겨진다. 바사호 위에 6층 건물을 세워놓고, 17년간의 복원 작업 끝에 지금의 Vasa 박물관을 만들었다. 1990년 개관된 이 박물관은 지금까지 3천만 명 이상이 방문하였다.

구시가지 감라스탄 Gamla stan 에 있는 왕궁에서는 근위대의 절도있는 교대식 모습과 우렁찬 밴드 소리가 관광객들을 불러모아 인산인해를 이루고 있었다.

1521년 덴마크 통치하에 있던 스웨덴에 독립의 기운이 감지되자, 덴마크 왕은 스톡홀름으로 출병한다. 감라스탄에 있는 한 호텔에 머무는 동안, 스웨덴 독립군들에 의해 피습을 받는다. 포탄의 불발로 암살 위기를 가까스로 모면한 덴마크왕은 그 음모에 가담한 스웨덴 귀족 82명을 가족들이 보는 앞에서 참수하여 그 머리들을 스토르토리에트 Stortorget 광장에 있는 우물에 던져 넣는다. 스웨덴 사람들은 그 위에 탑을 세워 '피의 우물'이라고 부른다.

덴마크에 유학 중인 구스타프 1세 1496~1560 는 원로원 의원으로 독립을 주장했던 아버지와 두 삼촌들이 처형당한 후, 스웨덴으로 비밀리에 귀국한다. 독립군 장군으로 덴마크와의 전쟁에서 승리하여 1523년 27세에 왕위에 올라 바사왕조를 창건한다.

14개의 섬으로 이루어져 있는 물 위의 도시 스웨덴 수도 스톡홀름은 북구의 베니스라 불리운다. 매년 12월 10일에 노벨상 시상식이 있는 시청을 찾았다. 시민들과 함께하는 공간을 갖춘 시청사 앞 광장은 주변의 자연환경과 잘 어울렸다.

노벨상 시상식 후 만찬이 열리는 블루홀은 평소에는 음악 콘서트 등 많은 행사가 열린다. 아래 홀에서 연주되는 음악은 2층 블루홀 천장에 부딪혀 청명한 소리가 온 실내에 울려퍼진다. 시의회실에서는 물리학, 화학, 생리 의학, 문학, 경제학 등 5개 분야의 노벨상 수상자를 선정한다. 골든홀은 노벨상 시상식과 만찬 후 무도회가 열리는 곳으로, 시민들이 기증한 금으로 만든 1,800만 개의 금박으로 되어있다.

인구 1천만 명의 스웨덴은 특유의 디자인과 단단함으로 센스있는 자동차의 대명사 Volvo와 Saab를 만들고 있다.

헬싱키

핀란드의 헬싱키로 가기 위하여 스톡홀름 Silja Line Pier로 갔다. 2,800명의 승객과 대형 버스 60대, 승용차 300대를 태울 수 있는 5,000톤급, 13층 높이, 길이 200m의 대형 유람선에 올랐다. 오후 5시 출발, 밤새 발틱해 수면을 미끄러지듯 달려온 유람선은 다음 날 아침 9시 반, 헬싱키항에 도착하였다.

배가 큰 탓인지 거의 요동을 느끼지 못하여 호텔에서처럼 숙면을 취할 수 있었다. 싱싱한 해물 위주의 저녁식사도 최상급이었다. 핀란드 민족 정기가 서려 있는 Sibelius 공원으로 갔다. 24톤의 강철 파이프 올갠 모양 기념비와 시벨리우스 두상을 보며 그가 음악으로 핀란드 국민을 하나되게 한 위대한 업적을 살펴보았다.

12세기부터 650년 동안 스웨덴의 통치하에 있었던 핀란드는 1809년 스웨덴이 러시아와의 전쟁에서 패함으로써, 다시 100여 년 동안 러시아에 종속된다. 1917년 러시아에 공산주의 혁명이 일어나 내부 단속에 여념이 없었던 틈을 타, 그해 독립을 선언한다.

1922년 3억의 인구와 5백만의 병력으로 세계 최대의 공산주의 국가가 된 소련은, 1939년 팽창 정책으로 주위에 있는 나라들을 위성국가로 만들며 핀란드를 침공한다. 국민이 5백만밖에 되지 않는 핀란드는 1944년까지 힘겨운 국토보존전쟁을 치렀다.

그 중심에는 민족주의 음악가 시벨리우스[1865~1957]가 있었다. 그가 작곡한 〈핀란디아〉는 러시아의 지배를 받던 시기에 조국애를 담아 교향시를 만든 모국 찬가이다. 핀란드의 멜로디와 리듬을 사용하여 애국심을 고취시킨 이 곡은 1948년 중간부 선율에 가사를 붙여 합창곡으로 만들어져 제2의 국가로 사랑받고 있다.

1917년 역사상 처음으로 독립국가를 건설한 핀란드는 자국의 영원한 독립과 국민의 자유와 평등을 지키기 위하여, 1944년 영세 중립국을 선언한다. 핀란드가 공산화되었다면 선진 복지국가 대열에 서보지도 못하고 스웨덴과 노르웨이도 위험하였을 것이다.

핀란드는 수많은 사람들의 처형과 유배로 이루어 낸 급진적, 무신론적 공산주의 체제 대신, 국민 각 개인의 의식과 기독교적 자유 평등사상에 입각한 사회복지 민주주의 노선을 택하였다. 그 선택으로 지금의 번영을 이룬 핀란드는 1995년 EU에 가입함으로써, 경제적으로 안정되고 정치적으로도 어느 국가도 넘보지 못하는 단단한 국가가 되었다.

1969년 투오모 형제는 바위를 그대로 보존하면서 교회 건축의 특징을 살려 암석교회 Temppeliaukion Church를 설계하였다. 핀란드의 건축 디자인이 돋보이는 실내 장식은 암석벽과 33,000m의 구리선 천장으로 음향 효과를 극대화하였다.

　헬싱키의 우스펜스키 사원 Uspenskin Katedraali 을 찾았다. 러시아 알렉산드르 2세가 통치하던 1868년에 완공된 핀란드 정교회 성당에서 찬란했던 동로마 제국의 문화를 감상할 수 있었다. 양파 모양의 교회 타워는 타오르는 성령의 불길을, 가운데 큰 모습은 예수 그리스도를, 그 주위의 작은 것들은 열두 제자를 의미한다. 지금도 미사가 드려지고 있는 이 성당으로 들어가려면 남자들은 모자를 벗어 예를 갖추어야 한다.

　원로원 광장 Senaatintori 에는 핀란드를 스웨덴으로부터 양도받아 러시아 대공국으로 격상시키고, 헬싱키를 정치, 경제, 문화의 중심지로 발전시킨 러시아 황제 알렉산드르 2세의 동상이 서 있다. 원로원 광장 뒤쪽 언덕 위 Helsinki Cathedral은 1822~1852년에 건축된, 전 국민의 83%를 차지하는 핀란드 루터교의 총본산이다. 신고전주의 왕궁 스타일의 이 성당은 헬싱키 어느 곳에서나 잘 보이는 랜드마크이다.

광장에서 항구 쪽으로 내려가 전통시장에 들러, 러시아로 가는 고속열차에서 먹을 싱싱한 체리와 블루베리를 샀다. 인구 밀도가 매우 낮은 핀란드는, 멀리 떨어진 이웃집에 가다가, 눈 속에서 길을 잃어도 생존할 수 있도록, 숲의 68%를 차지하는 자작나무와 순록의 뿔로 생활도구들을 만들어 지니고 다닌다.

디자인이 창조적이고 실용적이어서, 지금도 수공예품을 만들어 시장에 내어놓고 팔고 있었다. 1년의 반을 눈 속에 파묻혀 사는 추운 곳이기에, 모자와 목도리가 유난히 눈에 많이 띄었다. 독특한 디자인으로 휴대전화 시장을 휩쓸어, 2009년 점유율이 세계 1위였던 Nokia도 핀란드 제품이다.

만남과 헤어짐이 교차하는 기차역 대합실은 우리네 마음을 공연히 설레게 한다. 음악용어로 '빠르게'라는 뜻의 이 알레그로 ^{Allegro} 고속열차를 타면 시속 220km로 달려 3시간 반 만에 370km 떨어진 상트페테르부르크에 도착한다.

테이블이 있는 일등석 ^{100유로}에 앉아, 차창 밖으로 펼쳐지는 자작나무 숲을 감상하였다. 탑승하는 역의 이름은 핀란드의 상트페테르부르크, 도착하는 상트페테르부르크역 이름은 헬싱키이다. 러시아 사람들은 도착하는 도시의 이름을 출발역 이름으로 사용한다. 이렇게 생각하는 것이 러시아식 발상이다.

상트페테르부르크

100여 개의 박물관과 80여 개의 극장을 가진 문화 예술의 도시 상트페테르부르크는 최근 수 세기 동안 러시아의 수도이었다. 지금도 인구 5백만으로 러시아 제2의 도시로 예술적 형상을 갖춘 독특한 건물과 역사와 전통을 자랑한다. 18세기 초 러시아는 유럽의 변방국가로 경제적, 문화적으로도 많이 뒤처져 있었다. 그러나 북방의 거인이라 불리었던 표트르 Peter 1세 1682~1725 의 진보적이고 개방적인 통치로 유럽의 맹주 반열에 올랐다.

대학도 없는 상황에서 외국학자들을 불러들여, 학술 연구를 장려하고 그들의 정착을 도왔다. 유럽에서 온 학자들과 예술가들은 자연스럽게 러시아인과 어우러져 새로운 러시아 문화를 만들어갔다.

정열적이며 자신감에 불타던 신세대를 영입하여, 1703년 상트페테르부르크의 건설이라는 러시아 역사의 새로운 지평을 열었다. 그는 '도시를 건설하는 일에 인간의 의식있는 창조 작업의 증표가 남도록 하자'고 외치며, 웅장한 인공적 풍경들을 만들었다. 네바강변의 늪지대에 도시를 건설코자, 네바강을 드나드는 선박들에게 일정량의 돌을 배에 실어오게 하여 그 돌로 세금을 대신하였다. 그 돌들 위에 지어진 이 도시는 1724년 이후 100년 간격으로 발생한 대홍수를 이겨내었다.

2차대전 중 1941년부터 1944년까지 872일 동안 계속된 나치의 도시 봉쇄로 40만 명이 아사한다. 그러나 끝까지 견디어 낸 상트페테르부르크는 300여 년 동안 러시아 문화의 꽃을 피우며, 가장 아름다운 도시로 발전한다.

1917년 10월 볼쉐비키 혁명의 신호탄을 발사하여, 제정 러시아를 무너뜨린 역사적 유물로 네바강 한편에 정박해 있는 오로라 군함을 찾았다. 이 순양함은 1905년 러일전쟁에 참전하기 위하여 발틱해에서 남아공을 돌아 대한해협까지 왔으나, 일본 군함의 포격으로 옆구리에 구멍이 뚫렸다.

상트페테르부르크는 바로크 양식의 유럽풍 건물들이 외형과 색상이 각기 특이하면서도 조화를 이루어, 시가지 전체가 유네스코 문화유산으로 지정되어 있다. 네바강 삼각주 섬 위에 도시를 방어하도록 설치된 베드로바울 성채는 한 번도 그 용도로 사용되지 못하고, 정치범 수용소로 쓰였다.

표트르 1세는 러시아를 유럽의 강대국으로 키워낸 공로로 피터 대제가 된다. 그러나 그렇게 위대했던 그도 가정 문제에 있어서는 평탄치 못하였다.

모반을 꾀한 황태자 알렉세이를 이 성채에 가두고, 고문과 함께 처형하였다. 후계자를 잃은 표트르 1세가 죽자, 황후인 예카테리나가 황위를 이어받았으나 정치적인 혼란으로 여러 번 황제가 바뀌다가, 외손자 며느리인 예카테리나 2세가 집권하면서부터 다시 안정을 찾기 시작한다.

알렉산드르 2세 1818~1881 가 농노법을 개혁하는 과정에서 불만을 품은 세력들에 의해 피습을 당해 죽은 자리에, 그 아들이 아버지의 부활을 기원하여 지은 그리스도 부활성당을 찾았다. 저격범을 체포하여 그 자리에서 처형, 또 다른 피를 본 곳으로 피의 성당으로 불리기도 한다. 러시아 사람들은 결혼식 같은 특별한 날에 이런 관광지에서 기념촬영을 많이 한다.

성 이삭 성당은 러시아 정교회를 대표하는 성당으로, 1818년부터 40년 동안 연인원 50만 명이 동원되어 완공된 이곳의 랜드마크이다. 성 이삭 주교의

축일인 5월 30일과 피터 대제의 생일이 같아, 대제의 탄생을 기념하여 성 이삭 성당으로 명명하였다.

14,000명을 수용하는 성 이삭 성당은 천장 돔 지름 22m, 높이 102m, 30층 높이의 건물로 로마의 성베드로 성당, 이스탄불의 성소피아 성당과 함께 세계 3대 성당으로 손꼽힌다. 황금의 돔은 무려 120kg의 금으로 만들어졌다. 이 돔을 만들기 위하여 수은과 아말감을 다루던 장인 60명이 수은 중독으로 죽었다.

건물을 받치고 있는 원주기둥들은 그 무게가 각각 64~117톤에 이른다. 성당 앞을 장식한 핀란드산 붉은색 대리석은 한 개의 무게가 무려 125톤으로, 72개의 원주기둥 등을 운반하는데 120만 마리의 말이 동원되었다.

프랑스와의 전쟁에서 나폴레옹을 격퇴한 러시아의 쿠투조프 Kutuzov 장군의 유해가 안치되어 있는 승전 기념관과 카잔 성당을 찾았다. 폴란드와 스웨덴의 침공이 있었을 때, 이 카잔 성당의 성모상을 모시고 나가 외적을 물리쳤고, 나폴레옹과의 전쟁 때에도 이 성모상을 앞세워 전쟁을 승리로 이끌었다. 쿠투조프는 프랑스에서 반역죄로 몰린 부모가 단두대에서 처형되자, 러시아에 귀화하여 훗날 장군이 되었다. 그는 나폴레옹군이 러시아를 쳐들어오자, 계속 후퇴하면서 그 지역을 불사르며 모스크바를 내어준다. 니콜라이 1세의 항복을 기다리던 나폴레옹은 겨울을 맞이하여 보급품의 현지 조달이 어려워지게 된다.

설상가상으로 모스크바에 대화재가 발생하여 도시의 70%가 잿더미로 변한다. 나폴레옹은 더 버티지 못하고 프랑스로 퇴각한다. 이에 반격을 시작한 쿠투조프는 대승을 거두고 프랑스 군기 107개를 빼앗아, 이 카잔성당에 보관하였다. 비록 성모상은 도난당하여 모사품이 모셔져 있지만, 이 성당은 러시아인들의 신앙과 호국의 성지가 되었다.

신데렐라 여름궁전

'무슨 일을 하든지 정성을 다하여 주께 하듯 하고,
사람에게 하듯 하지 말라.' 골 3:23

리투아니아 가난한 농군의 딸로 북방전쟁 중에 포로로 잡혀 온 예카테리
나는 피터 대제의 캠프에서 노예로 일하고 있었다. 어느 날 사냥을 나왔던
대제가 시장기를 느끼고 먹을 것을 찾을 때, 이 여인은 콩죽을 끓여 대접한
다. 그녀의 콩죽맛에 반한 대제는 신분 차이로 반대하는 신하들의 만류에도
이 여인을 아내로 맞아 황후로 봉한다.

동화에만 존재하던 러시아판 신데렐라가 된 예카테리나는 피터 대제와 함
께 이 여름궁전에서 꿈 같은 삶을 즐겼다. 피터 대제는 젊어서 신분을 위장
하고, 영국과 네덜란드의 조선소에서 노동자로 일하면서 조선기술을 배울 정
도로 적극적이고 실질적인 인물이었다. 왕궁의 사치에 익숙한 공주보다 예카
테리나를 선택한 것은 그의 성정으로 보아, 그리 놀랄 일도 아니다.

콩죽 한 그릇을 끓여도 정성을 다하며, 여성 호르몬이 풍부한 콩을 많이
먹고 자라 아름답고 건강하였던 그녀는, 2m 거구의 피터 대제 사랑을 감당
할 수 있는 자질을 갖춘 여성이었다. 신앙심까지 좋았던 그녀는 북방 전쟁에
자주 출정하는 남편을 위해 진심으로 기도하였다고 한다. 피터 대제는 황후
사랑이 각별했던 만큼, 이 여름궁전 건설에도 정성을 쏟았다. 1714년 착공하
여 9년 만에 완공된 1,000헥타르의 정원을 프랑스식으로 꾸미며, 루이 14세가
만든 베르사유 궁전에 견줄 수 있도록 만들었다. 1725년 피터 대제는 숨을

거두면서 황권을 예카테리나에게 물려줄 만큼, 그녀를 의지하고 사랑하였다. 예카테리나 역시 피터 대제를 그리워하다가, 2년 후 남편의 뒤를 따라갔다.

11시가 되면 〈상트페테르부르크〉의 노래와 함께 대궁전 아래쪽 분수에서 차례로 물이 뿜어져 나온다. 이 분수는 궁전 뒤쪽의 높은 언덕에 있는 저수지에서 물을 한꺼번에 흘러내리게 하여, 동력 없이 수압에 의하여 물이 솟아 오르도록 설계되었다.

이곳의 가장 큰 건축물은 언덕 위 대궁전과 그 앞의 7개 계단식 폭포이다. 주위에는 그리스 로마 신화에 나오는 260명의 황금색 조각상이 있고, 그 사이로 64개의 분수가 있다. 계단을 따라 흘러내린 물은 반원형의 작은 연못에 모인다. 연못 중앙에는 러시아를 상징하는 삼손이 스웨덴으로 표현된 사자의 입을 찢고 있는 분수가 있다. 사자 입에서는 20m 높이의 분수가 뿜어져 나온다.

이곳에는 20여 개의 크고 작은 궁전과 140개의 분수들, 그리고 7개의 정원이 있다. 언덕 위에 세워진 대궁전의 왕관 모양 지붕 장식에, 2톤의 순금이 들어갔다. 궁전을 기준으로 위 정원과 아래 정원으로 나누어진다. 핀란드만으로 이어지는 아래 정원에는, 멋진 가로수 길과 여러 모양의 분수들 그리고 작은 별궁들이 배치되어 있다. 분수들이 숲 속 별궁 주위에 적절하게 들어서 있어, 전체적으로 아름답게 조화를 이루고 있다.

공적인 일에서는 아들을 처형할 만큼 엄격했던 피터 대제이었지만, 연인 예카테리나 앞에서는 천진난만한 소년이 되었다. 그는 정원 곳곳에 분수를 만들어 놓고, 숲 속에서 갑자기 물줄기가 튀어나오게 하여 그녀를 놀라게 하였다. 관광객들은, 마치 자신이 예카테리나가 된 것처럼 물세례를 맞으면서도 마냥 즐거워하였다. 대분수에서 핀란드만까지 직선으로 연결되어 있는 운하의 끝에는, 삼지창을 든 바다의 신 '포세이돈'이 여름궁전을 지키고 있다.

예카테리나 궁전

피터 대제가 죽자, 황권은 부인, 손자, 조카딸 그리고 딸 엘리자베타로 이어진다. 후사가 없었던 그녀는, 독일에 살던 피터 대제의 외손자 표트르 3세를 불러들여 프로이센의 몰락한 귀족의 딸 소피아와 정략결혼을 시킨다. 1761년 엘리자베타 여왕이 죽자 표트르 3세가 황제에 등극하였으나, 독일에서 태어나 그곳에서 성장하여 러시아에 별 애정이 없었던 그는 나약하고 무능하여 귀족들의 신임을 받지 못하다가 황위를 박탈당한다.

소피아는 피터 대제의 부인 예카테리나와 같은 이름으로 개명하여 대제의 후광을 등에 업는다. 친가, 외가가 모두 독일계인 그녀는 러시아 궁중 예절과 학문을 꾸준히 몸에 익혀, 군주의 자질과 의무에 통달한 러시아인이 된다. 성불구였던 표트르 3세와의 8년 결혼 생활을 잘 버텨낸 소피아는 26세가 되었을 때 근위대 중위 오를로프와 사랑에 빠진다. 타고난 미모와 지성으로 러시아 귀족들의 사랑과 신임을 받던 그녀는, 첫사랑의 도움으로 쿠데타에 성공하여 황제가 된다.

유럽에서 일고 있는 계몽사상을 선택적으로 받아들인 그녀는 진보적이고 개방적인 정치를 폈다. 가난한 러시아를 부강한 나라로 만들기 위하여, 자유로운 인간을 노비로 삼는 것은 기독교 교리에 맞지 않는다 하여 농노제를 폐지하였다. 34년의 치세 동안, 예카테리나 2세는 에르미타주 박물관을 만드는 등 러시아의 문화 예술을 크게 발전시켰다. 그녀는 영토를 많이 확장한 시할아버지 피터 대제에 이어, 러시아 역사상 둘밖에 없는 대제가 되었다.

집권 5년 만에 대제가 된 그녀는 터키, 폴란드, 체코와의 전쟁에서 승리한 장군들에게 점령국의 왕위를 하사했다. 그들은 여제가 지루한 기색을 보이면 즉시 물러나 후임 남자친구를 소개하기도 하였다. 로맨스나 불륜을 넘어 통치 차원에서 젊고 패기있는 장군들과 애정 행각을 벌였던 그녀는 그들의 충성심으로 전쟁을 치르게 하여 영토를 확장하였다.

그녀는 터키와의 크림반도 전투로 피터 대제의 꿈이었던 흑해 지역의 부동항을 확보하고, 지하자원의 보고인 우크라이나와 백러시아를 합병하였다. 프랑스의 계몽사상가 볼테르가 중국의 측천무후의 화신이라 불리우며 여성 상위의 짜릿함을 즐기던 그녀를 비판하자, "나는, 아름다운 젊은이들에게 정절을 지키고 있소. 그들의 생기 넘치는 얼굴을 보고 있으면 언제나 가슴이 설렙니다"라고 말했다.

그녀는 베링해협을 건너 알래스카를 정복하는 등 고구려의 광개토태왕처럼 러시아 영토를 가장 많이 넓힌 황제로 이름을 남겼다. 그녀는 정치 희생물로 성불구자와 결혼하여 불행하게 끝났을 결혼생활에서 자포자기하거나 도피하기보다는 그 외롭고 긴 시간들을 자기개발에 전념하였다. 그리하여 기회가 왔을 때 황제라는 최고의 지위에 올라 세계 역사의 한 획을 그었다.

시인 푸시킨의 이름을 붙인 도시 푸시킨에 있는 예카테리나 궁전은 예카테리나 2세의 이름을 따서 지은 또 하나의 여름궁전이다. 18세기 바로크풍의 대표적 궁전으로 1756년 라스트 렐리에 의해 설계되었다. 유럽의 왕실에서 청나라 푸른빛 도자기 난로가 유행하자 러시아도 이것들을 사들여 방마다 설치하여 놓았다.

프랑스식 정원을 갖춘 길이 306m의 이 궁전 55개 방은 각 기둥의 색깔에 따라 푸른 기둥의 방, 붉은 기둥의 방, 호박방 등으로 불린다. 서로 다른 나무의 결을 정교하게 맞추어 무늬를 만들어 놓은 마룻바닥은 손상 방지를 위해 비치된 신발 덮개를 신고 다니도록 되어 있다.

보석의 일종인 호박 6톤을 사용하여 정교하고 화려하게 만든 사방 14m 높이 5m의 호박방은 22개의 호박판으로 장식되어 있다. 세계에서 가장 호화로운 이 호박방은 세계 8대 불가사의의 하나로 꼽힌다. 호박은 다양한 색상으로 접촉의 느낌이 온화하고 부드러우며 나쁜 것으로부터 몸을 보호하고 행운을 가져온다고 한다.

2차 세계대전 때 2만여 점의 유물이 있던 이곳을 점령한 독일군은, 호박방 벽 전체를 잘라서 가져갔다. 종전 후, 50여 명의 장인들이 50만 개의 호박조각을 모자이크로 붙여 25년 만에 완성하였다. 호박방은 사진 촬영 금지라서 도록 한 권을 샀다.

유럽대륙에서 가장 큰 민족 슬라브족, 그중에서도 러시아와 우크라이나에 살고 있는 동슬라브족들의 전통춤을 보기 위하여 찾아간 극장은 매우 장중하고 우아해 보였다. 전통 무대복을 입은 무용수들이 직접 관객들을 반갑게 맞이하였다.

다이나믹한 춤사위가 펼쳐지는 무대 한쪽에서는 악사들이 러시아 전통악기로 음악과 효과음을 내고 있었다. 그런데 한국에서 온 단체관광팀의 일원으로 보이는 한 여성이 공연 내내 맨발을 뻗어 무대 벽에 대고 있었다. 행여나 저들에게 무시하는 태도로 보일까 봐 신경이 쓰였다. 물론 관광하느라 피곤한 것은 이해하지만, 명품 옷차림보다 관객으로서 예의를 지키는 것이 선진 한국인의 이미지에 더 좋을 듯싶었다.

에르미타주 미술관

　10시에 문을 여는 에르미타주 박물관에 9시쯤 도착하여 광장을 지나 안으로 들어가니, 이미 방문객들이 긴 줄을 만들고 있었다. 연록색의 건물에 흰 기둥과 금색 조각품들이 조화를 이루고 있는 겨울궁전 앞에서, 40여 분 기다리다 입장하였다. 예카테리나 2세는 결혼한 처녀로 살면서 외로움을 달래기 위하여 미술품을 모으고 소수의 선택된 사람들만 초청, 까다로운 규칙에 따라 관람토록 하였다. 이곳에는 세계역사와 문화를 망라하는 걸작 3백만 점 이상이 소장되어 있다.

　예카테리나는 1762년 황위를 계승 받으면서 후일 박물관으로 바뀐 이 겨울궁전의 설계와 실내장식을 명령한다. 1774년 처음 도록을 발행할 때 이미 2천여 점 이상의 작품들을 소장하고 있었다.

　2차대전 시 900일 가까이 독일군에 의해 포위되었을 때에도, 도시가 봉쇄되기 직전 기차를 이용해 그림들을 우랄산맥으로 피신시켰다. 나머지들은 회랑에 은폐시켜 런던의 대영, 파리의 루브르, 뉴욕의 메트와 함께 세계 4대 박물관 반열에 올랐다.

　피터 대제 홀에는 지혜의 여신 미네르바와 나란히 서 있는 〈표트르와 미네르바〉가 가운데 자리하고 있다. 그 위로는 대제의 왕관, 쌍두 독수리 등 황제를 표현하는 상징들로 장식되어 있고, 그 아래에는 국가 문장이 수놓아져 있는 목조 왕좌가 있다.

렘브란트의 〈돌아온 탕자〉는 세상에 나가 방탕한 생활로 육신과 영혼이 피
폐해진 아들을 용서하고 위로하는 하나님 아버지의 마음을 그렸다. 렘브란트
특유의 기법인 빛과 색상으로 그 분위기를 표현하였으며 눈먼 아버지의 왼손
은 큰 남자 손, 오른손은 자애로운 어머니의 작은 손으로 표현되었다.

그리스신화에서 아르고스 왕은 손자의 손에 죽을 것이라는 예언을 믿고
딸 다나에를 청동탑 안에 가두어 남자들의 접근을 막는다. 바람둥이 제우스
신이 황금비로 변하여 좁은 창살을 통과, 다나에와 사랑을 나눈 후 페르세
우스를 낳는다. 제우스가 두려웠던 왕은 차마 죽이지 못하고, 두 모자를 상
자에 넣어 바다에 던진다. 폴리덱테스왕은 다나에와 결혼하기 위하여, 다나
에의 아들 페르세우스를 죽이고자 그에게 메두사를 베어오라는 위험한 임
무를 준다. 아테나 여신의 도움으로 메두사를 죽인 그는 라리사에서 열린
창 던지기 대회에 참가한다. 그가 던진 창이 우연히 그 자리에 있던 외할아
버지 아크리시우스에게 꽂혀 예언자의 신탁이 실현된다.

티치아노는 〈Danae, 1550〉에서 그녀의 몽환적이고 순수한 기쁨에 찬 얼굴과 황금을 보자기에 담는 노파의 탐욕을 절묘하게 그려냈다. 이 소재는 렘브란트 1636, 클림트 1907 등에 의해 여러 번 표현되었다. 이곳에서 본 티치아노 작품은 제우스가 변신한 황금비에 포인트를 둔 반면에, 뉴욕 메트로폴리탄 뮤지엄에 있는 오라지오의 1621년 작품에서는 적극적으로 손을 뻗어 남자를 받아들이는 다나에의 모습이 부각되었다. 마치 결혼 초기의 소피아와 훗날 여제가 된 예카테리나의 모습을 보는 듯하였다.

황금나무와 공작새 시계는 18세기 영국의 공학자 제임스 콕스가 만든 작품으로, 2층 러시아 황제가 귀빈들을 초대하여 파티를 열던 파빌리온 안쪽에 있다. 금빛 공작새가 시간마다 화려한 날개를 펴며 시간을 알린다.

예카테리나 여제는 자신의 궁전을 불후의 미술관으로 바꾸어 세계인의 문화 산책 공간으로 만들어 놓았다. 한인 유학생 가이드의 해박한 설명과 짜임새 있는 시간 관리로 알찬 투어를 할 수 있었다. 10년 가까이 공부 중인 그 아가씨의 뼈있는 한마디, "주식을 하면 집안이 한방에 가고, 예체능을 하면 서서히 망한다…"

모스크바 크렘린궁

항공편으로 모스크바에 도착하여 2박 3일 일정의 첫 방문지로 크렘린 궁전을 찾았다. 러시아의 역사는 동유럽의 슬라브 민족이 정착하면서 올레그왕이 882년 현재의 우크라이나 수도인 키에프에, 루릭왕조를 세우며 시작되었다.

블라디미르 대공이 988년 동로마제국으로부터 기독교를 받아들여 국교로 정하면서 비잔틴 문화가 들어와 꽃을 피우게 되었다. 루릭왕조는 후에 권력투쟁으로 여러 세력으로 분할되어 그 중심 세력이 동북지역으로 이동하였다. 그들 중 모스크바에 정착한 돌고루키왕이 세운 로마노프 왕조가 제정 러시아의 시조가 되었다.

1917년 볼셰비키 혁명을 거치면서 소련이라는 거대한 범슬라브국가로 성장하였으나, 다시 옛날의 러시아로 돌아갔다. 인구 900만의 세계적인 대도시 모스크바는 러시아 역사의 주요 무대이자 정치, 경제, 학술, 문화, 교통의 중심지가 되어왔다. 1991년 소련이 붕괴한 후에도 러시아의 수도이자 행정중심지 역할을 담당하고 있다. 크렘린궁과 성벽을 사이에 둔 붉은광장은 길이 695m, 폭 130m의 직사각형 모양의 시장이었다. 목조건물에서 화재가 자주 발생하자, 15세기 말 이반 3세가 건물을 철거하고 지금과 같은 광장을 만들었다. 본래의 이름은 아름답다는 뜻의 '크리스나야' 광장이었는데 17세기에 붉은광장으로 바뀌었다. 제정 러시아의 황제가 칙령을 선포하던 이 광장에서는 종교 행사가 열리고, 사형이 집행되기도 하였다. 붉은색으로 된 크렘린궁의 높은 성벽과 그 앞의 레닌묘에는 참배객들의 긴 추모행렬도 보였다.

이반 4세의 명령으로, 건축가 보스토니크와 파르마에 의하여 1555년에 착공하고 1561년에 완성된 성 바실리 대성당을 찾았다. 이 성당은 러시아 정교 예술의 가장 뛰어난 기념물로, 200년간의 몽고카잔 지배로부터 해방된 것을 기념하여 지은 것이다. 높은 돔 모양의 탑 주위에 여러 가지 색깔로 아름답게 채색된 양파 모양의 지붕을 가진 건물들이 서로 조화를 이루고 있다. 이 성당이 완성되자 이반 4세는 장인들이 다른 곳에 가서 똑같은 사원을 짓지 못하도록 장님으로 만들었다고 한다.

1812년 모스크바를 점령한 나폴레옹은 러시아 황제의 항복을 기다리면서, 붉은광장에서 열병식을 가졌다. 그러나 그는 러시아의 초토화 작전과 모스크바 대화재로 더 견디지 못하고 프랑스로 퇴각하였다. 후퇴하면서 많은 무기와 병력을 잃은 나폴레옹은 얼마 뒤 실각되었다. 모스크바로 복귀한 알렉산드로 1세는 전후 복구를 다 하지 못한 채 죽고, 조카인 알렉산드로 2세가 황위를 물려받았다. 그 역시 재정난을 해결하기 위하여 증조할머니인 예카테리나 대제가 정복해 놓은 알래스카를 미국에 팔 수밖에 없었다. 1867년 720만 불에 알래스카를 구입한 미국 정부는 국민들로부터 천문학적인 돈을 들여 세계에서 가장 큰 냉장고를 샀다고 혹독한 비난을 받았다. 그러나 미국은 이 땅에서 유전을 개발하고 엄청난 돈을 벌어 그 수익금의 일부를 알래스카 주민들에게 해마다 생활보조금 Grant 으로 주고 있다.

러시아 비자 발급비로 거금 550불을 들인 우리는 비자 없이 알래스카에 갈 수 있으니 이것도 혜택 중의 하나이다. 그러나 러시아도 72시간 무비자 규정을 이용하여 일정을 잘 짜면 별도의 비자발급 비용 없이 다녀올 수도 있다.

모스크바 강변 언덕 위에 위치한 '성채'를 뜻하는 크렘린궁의 면적은 한국의 경복궁보다 작은 규모이다. 850여 년의 역사를 가진 크렘린궁은 역대 황제들의 거처이었으며 러시아 정교회의 중심지였고 지금은 대통령이 거주하고 있다.

황제의 위엄을 나타내기 위해 만든 황제대포는 전시용이다. 길이 5.34m, 구경 89cm, 무게 40톤의 이 거대한 대포는 1586년 안드레이 체홉에 의해 만들어진 당시 세계 최대의 대포이었다. 앞에 놓여 있는 3개의 대포알은 지름이 105cm, 무게가 1톤으로, 대포 구경보다 대포알이 더 크다.

1735년 제조된 황제의 종은 높이 6.14m, 지름 6.6m, 무게 200톤으로 금 72kg, 은 525kg이 들어가 있다. 1737년의 화재 당시 급하게 진화하면서 종에 찬물을 붓는 바람에 균열이 생기면서 깨졌는데 떨어져 나간 부분이 무려 11.5톤이다.

15세기에 지어진 모스크바에서 가장 높은 탑인 이반 4세의 종루는 높이 81m로 당시 외적의 감시용으로 사용되었다. 종루에 매달려있는 21개의 종 중에서 가장 큰 종의 무게는 64톤이나 된다.

가장 높은 레닌 언덕에 올라 모스크바강과 1980년 올림픽 메인스타디움 등을 바라보았다. 1755년 설립된 모스크바 국립대학은 이곳에서 가장 높은 화강석 건물로 세계문화유산에 등재되어 있다. 기초과학 분야가 튼튼한 이 대학은 10명의 노벨상 수상자를 배출한 세계 15위권의 대학이다. 러시아 방문 중에 한국인들이 꼭 들리는 명소인 고려인 3세 록가수 빅토르 최의 추모 벽을 찾았다. 팬들의 사인으로 한 블럭의 벽이 가득 메워져 있는 가운데 그의 얼굴이 보였다.

세계 최고의 발레쇼를 보기 위하여 볼쇼이 극장을 찾았으나, 주연급 배우들이 7, 8월 휴가를 떠나는 바람에 부득이 다른 공연장을 찾았다. 〈잠자는 미녀〉 관람에 1인당 200유로가 넘는 거금이 들었지만, 언제 이런 기회가 또 있을까 싶어 주머니를 털었다.

실내가 덥고 저녁으로 먹은 한식이 좀 짰는지 갈증이 나서 생수를 사러 매점에 갔으나, 자국 통화 루블만 받고 있어 황당했으나, 마침 한국인 커플을 만나 생명수를 마실 수 있었다. 발레공연은 촬영이 금지되어 있어서 집중하여 감명깊게 감상할 수 있었다.

흑백 논리 속에서 그 속을 알 수 없는 사람들을 크렘린 같다고 비하하는 속언이 있을 정도로 우리 마음속에 러시아에 대한 좋지 않은 감정이 있다. 그러나 가이드 설명과 포스팅을 위하여 읽었던 책과 인터넷 검색 등으로, 러시아에 대하여 많은 것을 새롭게 알게 되었다.

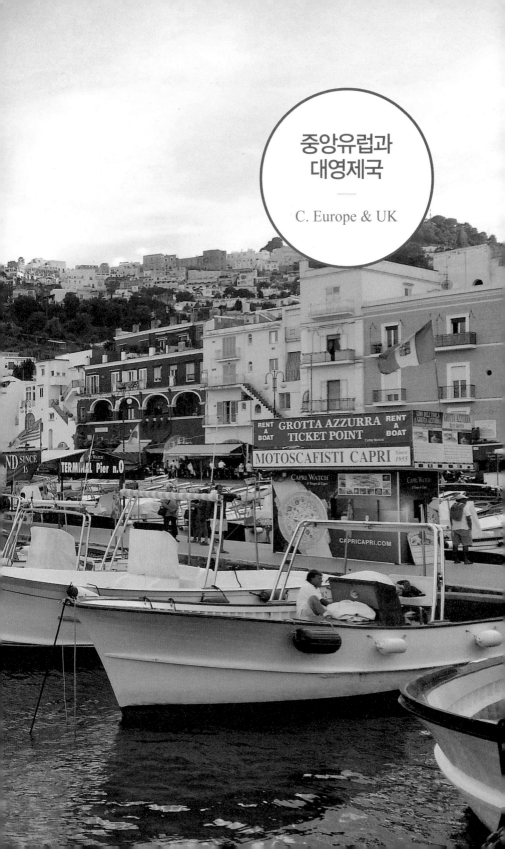

중앙유럽과
대영제국

C. Europe & UK

하이델베르그

2014년 10월 동유럽 투어를 마친 호주와 한국팀과 헤어지고, 캐나다팀을 새로 만나 독일과 이탈리아 등 중앙유럽의 명소를 돌아보았다. 유럽연합 EU 중앙은행이 있는 프랑크푸르트에는 독일의 경제 수도답게 잘 정돈된 거리에 마천루가 하늘 높이 솟아있었다. 뢰머 광장에 있는 모나리자 커피하우스에서 커피 한 잔을 마신 다음, 『젊은 베르테르의 슬픔』과 『파우스트』의 저자인 괴테 ^{Goethe, 1749~1832} 의 생가를 방문하였다.

두 번의 세계대전 패전에도 반세기 만에 라인강의 기적을 일구어낸 독일은 유럽 최강국으로 부상하여 EU 창설을 주도하였다. 이제는 경제력으로 유럽을 이끌어가는 그들에게서 자신감과 소탈함과 성실함을 엿볼 수 있었다.

　주민의 20%가 대학생인 하이델베르그는 젊은이들의 열정이 넘쳐나는 곳으로 라인강의 지류인 Necker 강변에 자리잡고 있다. 하이델베르그 대학은 독일에서 가장 오래된 대학으로, 프라하 대학과 빈 대학과 함께 중부유럽에서 명문대학으로 손꼽힌다.

　추억의 명화 〈황태자의 첫사랑〉은 아름다운 이 중세도시를 배경으로 하고 있다. 작센왕국 궁전의 답답한 분위기에서 성장한 황태자 칼 하인리히는 하이델베르그 대학으로 유학을 온다. 자유롭고 활기찬 대학생활의 분위기에 매료된 그는 아름답고 활달한 성격의 바 종업원 케이티를 만나 사랑에 빠진다. 부친인 황제의 중병으로 궁전으로 돌아갔지만 웃음을 잃어버린 황태자는 정략결혼을 하는 날, 케이티와의 추억이 깃든 곳으로 찾아와 그녀와의 감격적인 재회를 한다. 하지만 나라를 위하여 사랑을 포기해야만 하는 운명을 서로 알아차리고….

　이 영화에는 대학생활의 낭만과 사랑을 노래하는 고전적인 음악들이 넘쳐흐른다. 신입생 황태자가 선배들 앞에서 전통적인 신고식으로 대형 컵에 담긴 맥주를 마실 때, 마리오란자의 〈축배의 노래〉가 울려퍼지고 Drink, Drink, Drink…

　후니쿨라를 타고 윗동네 고성마을로 올라가 하이델베르그 성채를 둘러보았다. 전쟁과 두 번의 벼락으로 폐허가 된 고성은 나름의 운치가 있었다. 하이델베르그 성의 서쪽에 위치한 엘리자베스문은 괴테가 마리안네를 만나 사랑에 빠진 곳이다. 고성의 무너진 성곽 사이로 가을 단풍이 무르익고 있었다.

  약사 박물관에서 고대의 민간요법이나 생약으로 시작한 약의 역사를 돌아
보았다. 예부터 와인을 즐겨 마셨던 독일인답게 세계에서 가장 큰 22만 리터
의 와인 저장고는 계단을 타고 올라가 저장고 뒤쪽으로 돌아 앞으로 나오도
록 설치되어 있었다.

로렐라이 언덕

중세의 고성들이 즐비한 고성가도를 따라 뤼데스하임^{Rüdesheim} 으로 갔다. 가곡 〈로렐라이 언덕〉을 콧노래로 부르며 오르는 동안, 그리운 친구들을 떠올려보았다. 전설 속의 로렐라이 언덕에서 도도하게 흐르는 라인강을 굽어보았다. 연인에게 배신당하고 강물에 투신자살한 아가씨가 요정이 되어 로렐라이 언덕에 나타나 슬픈 노래를 불렀다. 이곳을 지나가던 많은 뱃사공들이 그 노랫소리에 홀려 암초에 부딪혀 죽었다.

언덕 위 트레일에서 내려다본 라인강은 급하게 휘어져 흐르고 있었다. '사랑의 바위'라는 뜻의 로렐라이 언덕 바로 아래에는, 방파제가 설치되어 있었다.

이 전설을 토대로 시인 하이네 Heinrich Heine, 1797~1856 의 시에 질허 Friedrich Silcher 가 곡을 붙여 독일 민요가 탄생하였다. 이로 인해 이 로렐라이 언덕은 매년 수백만 명의 관광객들이 찾는 명소가 되었다. 〈로렐라이 언덕〉의 작시자 시인 하이네의 흉상이 있는 곳에는 고목을 예쁘게 다듬어 그 위에 로렐라이 악보를 새겨놓았다.

옛날부터 전해오는 쓸쓸한 이 말이 가슴속에 그립게도 끝없이 떠오른다.

'구름 걷힌 하늘 아래 고요한 라인강 저녁빛이 찬란하다 로렐라이 언덕 저편 언덕 바위 위에 어여쁜 그 처녀 황금빛이 빛나는 옷 보기에 황홀하다. 고운 머리 빗으면서 부르는 그 노래 마음 끄는 이상한 힘 노래에 흐른다 오고 가는 뱃사공이 정신을 잃고서 그 처녀 바라보다 바위에 부딪혀서 배와 함께 뱃사공이 설운이 되었네 이상하게 마음에 드는 로렐라이 언덕.'

　언덕을 내려와 독일 전통식당에서 점심식사를 하였다. 아름다운 실내장식 만큼이나, 음식 맛 또한 일품이었다. 포도밭 사이에 알록달록한 담장이 덩굴로 화려하게 치장한 와인박물관이 보였다. 그 뒷마당에는 오래된 와인농기구들이 전시되어 있었다.

　라인강 크루즈에서 흑맥주를 주문하고 상갑판 오픈 데크에 자리를 잡았다. 강바람을 맞으며, 한잔 쭈~욱, 그 맥주맛은 지금도 잊을 수가 없다. 고성가도 주변의 아름다운 마을들, 언덕 위의 고성들과 그 산자락에 포도밭이 끊임없이 펼쳐졌다.

　전쟁이 잦았던 이곳에서는 적군을 효과적으로 방어하기 위하여 산 위에 성채를 짓고, 성 주위로 밀밭, 채소밭, 포도밭 등을 만들어 자급자족하였다. 고속화물기차에 실려가는 수백 대의 벤츠, 아우디를 보며 독일의 성장속도를 가늠해 보았다.

백조의 성

　디즈니랜드 신데렐라 성의 모델이 된, 슈방가우에 있는 백조의 성을 찾았다. 이 성은 19세에 왕위에 올라 17년 동안 3개의 화려한 성을 지은 바이에른의 왕 루트비히 2세가, 바그너의 오페라 〈로엔그린〉 중 백조의 전설에서 영감을 얻어 1886년에 로마네스크 양식으로 지은 곳이다.

　셔틀버스로 New Swan Castle made of Stones이라는 뜻의 노이슈반슈타인성이 잘 보이는 마리엔 다리 앞에 도착하였다. 돌아올 때에는 낙엽이 쌓인 오솔길을 걸어 알프호수로 내려왔다.

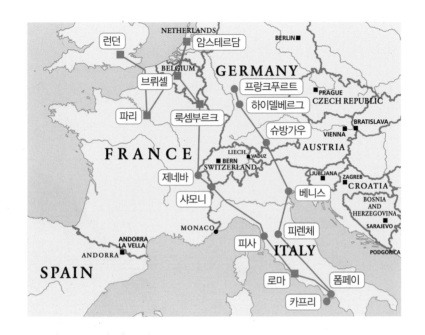

　국고를 탕진한 대가로 정신병자로 몰린 왕은 입궁한 지 172일 만에 폐위되었고, 베르크성으로 유배된 며칠 뒤, 호수에서 주치의와 함께 익사체로 발견되었다. 비록, 그는 타살 의혹을 받을 정도로 비참하게 죽었지만, 그가 지은 백조의 성은 매년 1백만 이상의 관광객을 불러들이는 독일의 효자 관광상품이 되었다.

　2012년 스키장 옆에 초현대식으로 지은 Mc Tirol 호텔에 여정을 풀었다. 호텔 앞에 펼쳐지는 티롤 지방 Biberwier의 만년설산 알프스와 어울린 호텔 내부의 색유리는 Deco Art의 극치를 보여주고 있었다. 지하층에 당구, 게임룸, 1층에는 실내 수영장, 분위기 있는 스탠드바 등을 갖추고 있다. 4층에는 전통 독일식 남녀 혼탕인 사우나가 있었지만, 동방예의지국 출신 마인드로는 영 내키지 않아, 결국 입실을 포기하고 말았다. 스키철인 12, 1, 2월을 피하면 벙크베드가 있는 4인용 방을 120유로에 얻을 수 있고, 맛있고 다양한 메뉴의 아침과 저녁 뷔페를 50유로에 즐길 수 있다.

카사노바가 진정 사랑한 것은?
베니스

물 위의 도시 베니스는 6세기 몽골계 유목민 훈족에게 쫓겨온 이탈리아 사람들이, 이곳 작은 섬 위에 살면서 시작되었다. 그들은 늪지대에 수백만 개의 말뚝을 둥그렇게 박고 돌과 흙으로 메워 118개의 섬을 400여 개의 다리로 이어 놓았다.

도시가 커지면서 697년 초대 총독을 선출, 베네치아 공화국이 탄생하였다. 그러나 이탈리아반도 동북부 해안에 위치하여, 1815년 오스트리아의 지배하에 들어갔다가, 1866년 이탈리아 왕국에 편입되었다.

11세기 십자군 원정 때, 예루살렘으로 보급물자를 보냈던 베니스는 운하의 도시로 세계적인 관광지가 되었다. 산마르코 광장 한쪽 100m 종루가 몇년 전에 무너졌으나 다행히 인명피해는 없었다. 돌 무게로 광장주위가 가라앉고 있어 큰 파도가 오면 가끔 이곳이 침수된다. 베니스의 상인들은 알렉산드리아에 있던 성 마르코의 유해를 들여와 이곳 대성당에 안치하였다. 그는 베니스의 수호신이 되어있다.

두칼레 궁전 Palazzo Ducale 은 9세기경의 고딕양식 건물이었으나, 화재 이후 1309년부터 115년에 걸쳐 르네상스 양식이 도입되어 지금의 모습이 되었다.

리알토 다리는 지금도 베니스의 중심지 역할을 하고 있다. 악사와 가수가 동승한 곤도라를 타고 이탈리아 가곡들을 청하여 들으며 베니스를 가로 지르는 대운하까지 나갔다. 대운하 사이에는, 지류처럼 나 있는 좁은 수로 Rio 들은 물이 썩지 않도록 신선한 바닷물을 공급하고 있었다. 곤도라 탑승 가격은 혼자 타거나 여럿이 타거나 관계없이 한 척에 100유로이다.

바람둥이의 전설 카사노바 Giacomo Girolamo Casanova, 1725~1798 는 17세에 법학박사 학위를 받은 천재로 예술과 풍류를 즐기며, 평생 122명의 여인과 사랑을 나누었다. 16세 때 신학 강의와 추기경 비서까지 지냈으나, 두 자매를 동시에 유혹하는 등 넘치는 육체적 욕망을 버리지 못하여 결국 성직을 떠났다. 희극배우 아들로 열등의식이 있던 그는 신분상승을 위해 사제가 되어 보았지만 실패한 것이다.

21세 때 심장 발작을 일으킨 귀족 브라가딘을 구하고 양자가 된 그는 사치와 도박으로 많은 재산을 탕진하였다. 자유와 평등을 주장하며 계몽주의 사상을 전파하다가 귀족들의 심기를 건드려 신성 모독죄로 종교재판에서 5년형을 선고받았다.

복역 중, 사랑했던 여인의 도움으로 베니스 감옥을 탈출하면서 "당신들이 나를 이곳에 가둘 때 나의 동의를 구하지 않았듯이, 이제 나도 자유를 찾아 떠나며 당신들의 동의를 구하지 않겠소"라는 메시지를 남겼다.

그가 1785년부터 13년간 보헤미아의 발트슈타인 백작의 성에서 사서 일을 하면서 기록한 글들이 지금도 체코의 둑스성 카사노바 기념관에 남아있다. 그는 『제이코 사메론』이라는 공상과학 소설과 40여 편의 저서 등 다양한 장르의 책을 썼다. 정치가, 시인이었던 카사노바의 이름이 애석하게도 성과 쾌락의 탐닉자로 세기의 바람둥이로만 부각된 것이 아쉬웠다.

저서 『나의 삶의 이야기』는 그 묘사가 외설적이고 사실적이어서 출판이 금지된 적도 있었다. 그러나 그의 이름은 '여성을 유혹하는 기술'과 동의어로 남아있다. 양다리를 걸치지 않았던 그는 여자들과 헤어진 후에도 도움을 주고받는 좋은 관계를 유지하였다.

번번이 사랑에 실패하던 친구가 끈질기게 그 비결을 물어오자 "친구여, 그렇게 욕심만 부려가며 서둘지 말고 침착하게나. 나는 여자를 만날 때 항상 숫총각의 떨리는 마음으로 대하였고, 정성을 다해 사랑하였다네."라고 답하였다.

'나는 여성을 사랑했다. 그러나 내가 진정 사랑한 것은 자유였다.'

− 카사노바

르네상스 도시 피렌체

이탈리아 동북부 베니스에서 남서쪽 2시간 거리에 있는 '꽃 피는 마을'이라는 뜻의 피렌체^{Firenze} 영어로는 Florence를 찾았다. 토지가 비옥하고 날씨가 좋아 문예부흥의 원동력이 되었던 이곳은, 로마시대 북방 원정을 떠나던 군인들이 쉬어가던 숙영지로, 꽃이 많아 군인들이 향수를 달래던 곳이다.

지금도 시청사로 사용되고 있는 베키오 궁전 앞 시뇨리아 광장을 찾았다. 광장 한 코너에 있는 Loggia dei Lanzi에서 Giambologna^{1529~1608}의 〈Rape of the Sabines〉을 감상하였다. 로마의 시조 로물로스는 인구가 늘어나지 않자, 사비니를 습격하여 여인들을 약탈한다. 그의 팔에 들려 올려진 헤르실리아의 표정은 날 구해 달라고 소리치는 것 같지만, 그에게 반해버린 그녀의 두 다리는 이미 그의 몸을 휘감듯 감싸고 있다.

4m의 대형 대리석 조각품은 여러 방향에서 감상할 수 있도록 회전하며 위로 올라가는 듯한 움직임을 나타낸다. 납치를 당하는 여인, 납치하는 로마 군인, 그리고 며느리를 뺏기지 않으려 달려드는 시아버지가 하나의 동작으로 결합되었다. 신화와 역사 속으로 들어가, 와 보지 않고는 결코 체험할 수 없는 진한 감동을 느꼈다.

15세기 피렌체를 강력한 도시국가로 만든 피렌체 공국의 대공 코시모 메디치^{1389~1464}는, 아버지로부터 물려받은 은행을 유럽 전역으로 확장하였다. 교황청 금고 대행으로 부를 쌓아, 18세기까지 피렌체를 이끌었다. 그가 죽자 피렌체 시민들은 국부 Pater Patriae로 받들었다.

그의 손자 로렌초 데 메디치 1449~1492 때에는 피렌체의 번영과 예술부흥이 절정에 달해 '위대한 자 로렌초 Lorenzo il Magnifico'라 불리었다. 그는 열세 살 된 미켈란젤로를 발굴하여 적극 후원하였다. 조각학교를 졸업한 Michelangelo 1475~1564는 피렌체 대성당으로부터 다비드상 조각을 의뢰받아 3년 동안 5.5m의 거대한 작품을 완성하였다. 원본은 아카데미 박물관에 전시되어 있다.

다빈치 Leonardo Da Vinci, 1452~1519는 피렌체 남서쪽 30km 떨어진 빈치 마을의 공증인 베르 피에로의 서자로 태어나 성을 가질 수 없어 빈치 마을의 레오나르도라 불리었다. 이 소년은 14세 때 메디치 가문에 발탁되어 수학한 후, 1503년부터 3년 동안 불후의 명작 〈모나리자〉를 그렸다. 원근법과 인간 신체의 해부학적 구조, 수학적 비율 등을 연구한 그는 르네상스 운동을 주도하였다.

피렌체를 대표하는 시인 단테의 생가를 찾았다. 그의 명작 『신곡』은 평생 단 두 번밖에 만나지 못했으며, 신분의 차이로 결혼하지 못했던 귀족의 딸 베아트리체를 그리워하면서 쓴 것이다. 단테는 황제와 교황에 맞서다가 피렌체에서 쫓겨나 이탈리아를 떠돌다가 객사하였다.

산타마리아 성당은 Cambio가 고대 로마 판테온의 건축기술을 원용한 것으로, 1296년에 착공하여 1436년에 완공된, 3만 명 규모의 대성당이다. 1420년, Brunelleschi[1377~1446]는 캄비오가 만들어 놓은 돔을 왕관 모양의 Cupola로 설계하고 개축하였다. 1461년에 완공된 지금의 팔각형 돔 성당은, 신소재 건축자재가 개발될 때까지, 300년 동안 '가장 크다'라는 의미의 두오모라는 별칭을 갖게 되었다. 107m 정상까지 463계단을 일렬로 서서 올라갈 수 있다.

남한의 3배 면적에 인구 5,900만 명의 이탈리아는 전 세계 문화유산의 60%를 보유하고 있는 세계 7대 관광대국이다. 예술이 이름없는 작은 도시를 세계적인 명소로 끌어올릴 수도 있다고 믿었던 선각자들은 예술가들을 적극 후원하였다. 메디치가는 미켈란젤로, 다빈치 같은 쟁쟁한 거장들을 피렌체에서 활동하게 하여 르네상스의 꽃을 피울 수 있었다.

자연재해인가? 신의 진노인가?
폼페이

　　로마에서 남쪽으로 2시간, 나폴리에서 기차로 20여 분 거리의 폼페이는 귀족들의 별장이 많았던 향락도시로 로마판 소돔과 고모라로 불리었다. 베수비우스 화산폭발로 인구 2만 명 중 2천여 명의 희생자를 내며 화산재에 묻혀 역사에서 사라졌던 곳을 찾았다. 1861년에 발굴을 시작하여 80% 이상 복원된 이곳에서 2천 년 전 로마인들의 목욕탕, 술집, 원형극장 등을 돌아보았다.

　79년 8월 24일 베스비우스 화산은 수백억 톤의 화산재를 주위 도시에 소나기처럼 퍼부었다. 폭발 압력으로 15km 이상 하늘로 솟아오른 분출물들은 찬 공기를 만나, 물에 뜨는 부석 화산암으로 변해 무서운 속도로 지상으로 떨어지면서, 사람과 가축을 죽이고 건물을 파괴하였다.

　다음 날 아침, 엄청난 폭발과 함께 쏟아져 나온 용암은 화쇄난류를 형성, 낮은 곳으로 흘러내리면서 모든 것들을 태워 삼켜버렸다. 불운하게도 폼페이 쪽으로 바람이 불어, 폼페이는 4m 이상의 화산암 volcanic rocks, 부석 pumice, 화산재 ash 등에 묻혀 1,500년 동안 잊혀버린 도시가 되었다.

　바람의 방향을 보고 대피했던 사람들은 살아남았지만, 많은 재산에 대한 미련을 못 버린 사람들과 만삭의 임신부나 노약자들은 희생될 수밖에 없었다. 폼페이 서북쪽 60km 거리의 Misenum의 함대 사령관이며『자연 역사』의 저자 Pliny 23~79는 56세의 나이에 선두에서 구조활동을 지휘하다가 유독가스에 질식하여 순직하였다.

고고학자 Fiorelli는 사람 모양의 동공에 석고를 부어 굳힌 다음 떼어내, 죽어가는 모습을 하고 있는 사람들의 형상을 찾아내었다. 고조선 시대 말기인 2500여 년 전에 만들어진 납파이프 상수도에서는 지금도 식수가 흐르고 있었다. 야간 마차운행을 위해 야광돌이 박혀있는 차도 옆에는, 인도가 따로 있었다. 마차 바퀴자국들이 생생한 길 가운데에는 건널목 돌들이 있었다. 인도 끝에 구멍을 뚫어놓은 바위가 있어, 마차의 말고삐를 매어 놓도록 하였다. 로마의 문명은 경이로움 그 자체였다.

문패 아래 양각으로 큼직하게 조각된 남자의 성기는 자신의 힘을 과시하며 잡귀가 들어오지 못하도록 하였다. 1,500명 규모의 소 원형극장과 5천 명을 수용하는 대 원형극장이 복원되어 있었다. 원형 경기장에서는 검투사와 맹수의 혈투에 흥분한 2만여 명 관중들의 함성이 들리는 듯하였다.

폼페이 홍등가는 마케팅 전략으로 한국 사람들의 많은 방문을 예견하고 붙여 놓았는지 번지수가 18번이다. 홍등가다운 벽화가 선명하게 남아 있는 방은 일을 끝내고 얼른 자리를 뜨도록  아주 좁고 불편하게 만들어 놓았다.

반반한 여자 노예들은 귀족이나 부자들이 다 차지하는 바람에 가난한 일반인들은 이곳을 찾았지만, 앞머리를 쥐어 뜯겨가며 푸대접받기는 역시 마찬가지로 보였다. 20대 후반에 이곳에 왔을 때는 사람들로 인산인해를 이루고 있는 건물 밖에서 서성거리다가 그냥 되돌아 나왔다. 이제는 춘화벽화를 담아와 구구절절 설명까지 하고 있다. 늙으면서 염치廉恥가 많이 없어졌다.

쏘렌토에서 카프리섬을 거쳐
나폴리로

폼페이에서 전동차로 1시간 반을 달려 가곡 〈돌아오라 쏘렌토로〉로 유명한 쏘렌토에 도착하였다. 30여 년 전 아름다운 자연 속에 묻혀있는 매혹적인 이곳 지중해 해변에서, 비를 맞아가며 감상에 빠져있었던 기억이 떠오른다.

이제는 복잡한 관광도시가 되어, 내 추억 속의 쏘렌토는 그 어디에서도 찾아보기 힘들었다. 벼랑에 매달아 놓은 듯한 좁은 길을 따라 선착장으로 내려왔다. 배를 기다리면서 본 쏘렌토는 또 다른 매력을 발산하고 있었다. 지중해 연안의 기암절벽에 아슬아슬하게 붙어있는 건물들이, 위험하다기보다는 아름다운 풍경으로 다가왔다.

신혼 초, 유럽 출장길에 혼자 여기까지 왔었으나 풍랑으로 배가 묶여 돌아섰던 카프리섬을 35년 만에 남편과 함께 찾았다. 쏘렌토에서 1시간가량 배를 타고 카프리섬으로 가는 동안 앞쪽에 앉아있던 스위스 두 남성이 노래를 부르기 시작한다. 처음엔 함께 기분을 맞추어 주던 주위 사람들이 너무 길어지자 이내 불쾌한 표정을 지었다. 과유불급….

포구에서 Monte Solaro까지 가려면 마을버스로 섬 중턱까지 올라가야 한다. 그 길이 너무 좁아 마주 오는 차와 거의 부딪힐 정도의 절벽 도로이기에 웬만한 운전 실력으로는 힘들 것 같았다. 산 중턱에서 리프트로 아나카프리와 지중해를 바라보며 15분 만에 정상에 올랐다. 리프트 편도는 8유로, 왕복엔 11유로이다. 왼쪽 손목이 잘린 아우구스투스의 조각상이 있는 솔라몬테 전망대에서 카프리의 비경을 감상하였다.

다시 리프트로 내려와, 섬 반대편에 있는 항구에서 배를 타고 나폴리에 내렸다. 시드니 등과 세계 3대 미항으로 손꼽히는 나폴리는 많이 쇠락해 있었다. 소매치기가 많아 포구에서 식당으로 갈 때에는 긴장해야 했고, 지저분한 길거리를 걸을 때는, 마음속에 곱게 단장되어 있던 나폴리가 무너져 내려오는 듯하였다.

로마의 휴일

기원전 4세기부터 300여 년 지속된 헬레니즘 문화에 전성기가 지나고, 로마가 그리스를 점령하게 된다. 신들의 왕인 그리스의 제우스신은 로마의 쥬피터, 사랑의 신 에로스는 큐피드, 미의 여신 아프로디테는 비너스로 바뀐다. 태양, 음악의 신 아폴론은 아폴로, 술의 신 디오니소스는 바쿠스, 아테네의 수호신이며 지혜의 신인 아테나는 미네르바가 되면서 그리스의 헬레니즘 문화는 로마를 점령하였다.

목마 계략으로 트로이가 함락될 때, 트로이의 장군이며 미의 여신 아프로디테의 아들인 아이네이아스는 트로이를 빠져나와 지중해를 떠돌다가 아프리카 카르타고의 여왕 디도와 사랑에 빠진다. 그러나 고대 유명한 예언자 Sibyla로부터 로마를 수도로 새로운 나라를 세울 것이라는 신탁을 받은 이 영웅은, 티베리스강에 상륙하여 세력을 확장해 나갔다.

그의 후손 두 아들 간의 권력 싸움으로 티베리스강에 버려졌던 쌍둥이 로물르스와 레무스는 늑대에게 발견되어 늑대의 젖을 먹고 자라, 훗날 자신들이 버려진 곳에서 새로운 도시 로마를 세웠다. 로물르스의 후손인 줄리어스 시저는 누이의 손자인 옥타비아누스를 양자로 삼아 로마제국의 기틀을 세운다.

옥타비아누스 기원전 63~14 는 기원전 30년에 권력을 장악한 뒤, 로마제국의 초대 황제로서 로마를 통치한 실질적인 로마제국의 창립자가 되었다. 로마제국은 약 3백 년간 평화로운 번성기를 누리면서 로마의 평화 Pax Romana 라 불리는 시기를 맞이한다.

정복지에서 잡아 온 포로가 많아 인구 30% 이상이 노예이었던 로마는 엄청난 경제적 발전을 이루었다. 로마에는 제국의 모든 지역으로 통하는 군사, 교역대로가 건축되어 '모든 길은 로마로 통한다'는 말이 이때 나왔다. 현재의 로마 시내 교통은 매우 혼잡하여 대형버스는 출입할 수 없어, SUV에 나누어 타고 시내를 돌아보았다.

원형경기장 Colosseum 은 70년경 베스파시아누스 황제에 의해 건설되기 시작하여 10년 만에 완공되었다. 많은 기독교인들이 순교한 성지로 기억되고 있는 콜로세움은 로마의 랜드마크가 되어있다.

높이 48m, 둘레 500m, 경기장 내부 길이 87m, 폭 55m로 그 당시 최대의 건축물로 5만 명 정도의 관객을 수용할 수 있었다. 중세에는 교회로 사용된 적이 있었으며, 요새로도 이용되었다. 검투사들끼리의 대결이나 맹수들과의 싸움을 사람들에게 보여줌으로써 공포심을 갖게 하는 정치적인 목적으로 사용되기도 하였다.

그 옆에는 콘스탄티누스 대제가 밀리안 다리 전투에서 승리한 것을 기념하여 315년 세워진 개선문이 있다. 콜로세움 곁에 있는 Palatine Hill, 베네치아 광장과 통일기념관을 돌아보았다. 거짓말을 하면 손목이 잘린다는 진실의 입 앞에서는 인증사진을 찍으려는 사람들이 너무 많아 줄서기를 포기하고, 영화 〈로마의 휴일〉에서 두 남녀 주인공이 함께했던 계단 위에서의 추억의 장면으로 대신하였다.

높이 26m, 너비 20m로 로마에서 가장 큰 바로크 양식의 트레비분수 Fontana di Trevi는, 동전을 던지면 소원이 이루어지거나 언젠가 다시 로마에 오게 된다는 전설이 있다. 35년 만에 로마를 다시 방문하여, 파울로 코엘료의 "내가 꿈을 꾸는 순간부터 내 꿈을 위해, 우주가 움직이기 시작한다"라는 말을 실감하게 됐다.

Vatican City

세계에서 영향력이 가장 큰
최소국 바티칸

세계에서 가장 작지만 그 영향력은 대단히 큰 나라 바티칸 시티는, 이탈리아의 로마 시내에 있는 도시국가이다. 여의도의 절반밖에 안 되는 면적에 거주하는 인구 500여 명의 시민들은, 대부분 성직자나 수도자들인 특수한 나라이다.

바티칸 시국은 교황이 통치하는 신권국가로 전 세계 가톨릭 교회의 총본부이다. 이곳에는 바티칸 언덕, 세계 최대의 성 베드로 대성당, 사도 궁전, 지금도 교황을 선출하고 있는 시스티나 소성당, 바티칸 미술관 등이 있다.

바티칸의 역사는 2세기경, 바티카누스 평원의 공동묘지에 안장된 베드로의 무덤 위에 조그만 성당이 세워지면서 시작되었다. 콘스탄티누스 대제가 329년, 그 위에 초대 교황 베드로 대성당을 지었다.

중앙유럽과 대영제국

　광장에 장식된 오벨리스크는 칼리굴라 황제가 원형경기장을 꾸미기 위해 서기 37년에 콘스탄티노플에서 가져온 것이다. 천년의 세월 동안 이교도의 침입으로 훼손된 옛 성당은 1305~1377년의 아비뇽 유수시대에는 방치되었다.

　1505년 교황 율리우스 2세에 의해 계획되어 미켈란젤로로 이어져 포르타에 의해 1626년에 완공된 베드로 성당은 공사자금 조달을 위해 면죄부를 팔아 종교개혁의 단초가 되었다.

　1503년 율리우스 2세가 스위스에 용병 200명을 요청하여 근위대가 된 용병은 목숨을 걸고 열심히 충성하여 '교회의 수호자'라는 칭호를 받았다. 스위스의 용병은 그 신뢰도가 높아 지금도 바티칸의 유일한 근위대가 되어있다.

　교황의 소장품이 있는 바티칸 박물관과 베드로 대성당 내부를 돌아보았다. 시스티나 소성당에 있는 미켈란젤로의 〈천지창조〉와 〈최후의 심판〉 천장화는 14년 동안 복원해 주고 3년 동안 저작권을 가졌던 일본 NHK에 의해 사진 촬영이 금지되어 있었다. 스마트폰을 이용하여 슬쩍 사진을 찍는 사람들이 많아지는 만큼 사진을 찍지 말라는 안내방송도 더 자주 나오고 있었다.

1508년, 천장에 매달려 불편한 자세로, 시스티나 소성당의 천장화 〈천지창조〉를 그렸던, 미켈란젤로 1475~1564 는 후에 목 디스크로 많은 고생을 했다. 그는 4년 동안의 작업을 마치고 서명을 한 뒤, 흡족한 마음으로 성당 밖으로 나왔다. 그때, 눈부신 햇살과 푸른 하늘 그리고 높게 날고 있는 새들을 보면서 "아름다운 자연을 창조하신 하나님은, 어디에도 자신의 솜씨임을 알리는 흔적을 남기지 않았는데, 나는 벽화 하나 그려놓고 나를 자랑하려 서명을 하다니" 하며, 그는 다시 성당으로 들어가 자신의 서명을 지워버렸다. 그 이후 어느 작품에도 자신의 서명을 남기지 않아, 〈피에타〉를 제외하고는 그 어느 것에도 서명이 없다.

토스카나 주 피사에 들렀다. 대성당의 종루는 1173년 8월 착공 시에는 수직이었으나, 100년쯤 뒤에 기울어짐이 발견되었다. 기울기의 진행은 여러 차례 보수공사로 5.5도에서 멈추어섰다. 그로 인해 이 피사의 사탑은 세계 7대 불가사의가 되어, 297개 계단으로 55m 사탑 꼭대기층까지 올라가는 투어가 인기를 누리고 있다.

알프스에서 풍차마을
Zaanse Schans까지

프랑스어로 '하얀 산'이란 뜻을 가진 몽블랑 Mont-Blanc 은 스위스 서부, 이탈리아 북부, 프랑스 남부의 국경지대에 위치하여, 알프스에서 가장 높은 4,810m로 유럽의 지붕이라 불리운다. 나폴레옹이 "나의 사전에는 불가능이란 없다"라는 유명한 말을 남기고, 군대를 이끌고 넘었던 알프스 산맥의 한 봉우리이다.

1992년에 몽블랑을 관통하는 12km의 터널이 개통되어 지금은 산을 넘지 않고도 25분이면 프랑스에서 이탈리아로 통과할 수 있다. 스위스와 프랑스, 이탈리아의 접경지대에 있는 프랑스의 샤모니 몽블랑 Chamonix-Mont-Blanc 에서 톱니바퀴 기차를 타고, 몽땅베르 전망대에 올랐다. 전망대 옆 시원한 동굴 안에는 여러 가지 모양의 수정 결정체들이 전시되어 있었다.

알프스의 스키 리조트로 각광받고 있는 샤모니 시가지의 아름다운 건물들을 돌아보았다. 레스토랑에는 전통적인 조리 기구들을 장식품으로 전시해 놓아, 식사를 기다리면서도 눈으로 즐길 수 있었다. 수명을 다한 기관차를 예쁘게 색칠해 놓은 후니쿨라 기차역은, 포토존으로 방문객들의 사랑을 받고 있었다.

스위스에서 가장 큰 레만호수를 찾아, 150m까지 솟아오르는 분수와 제네바의 상징인 꽃시계 그리고 영국정원을 돌아보았다. 롤렉스 시계 본점에 들러, 명품으로 자리 잡은 여러 모양의 시계들을 감상하였다.

제주도의 1.5배밖에 안 되는 작은 나라지만, 1인당 국민소득이 세계 1위로 10만 불이 넘는 부자나라 Luxembourg를 찾았다. 저 멀리 아돌프 다리 Point Adolphe가 보이고 다리 아래 울창한 계곡 숲 속에는 멋진 주택들이 들어서 있었다.

전몰자 위령비를 지나, 스테인드글라스가 아름다운 노트르담 대성당에서 신성한 분위기를 느껴보았다. 성당 뒷문으로 나가, 홍등 거리의 예쁜 상점들이 있는 좁은 골목을 걸었다.

그랑뒤칼 왕궁 Palais Grand Ducal 은 한적해 보였으며, 근위대도 서 있지 않고 화려하지 않았다. 룩셈부르크에서 점심식사를 하고, EU의 본부가 있는 Belgium의 수도 Brussels로 향했다. 빅토르 위고가 세상에서 가장 아름다운 광장이라고 극찬한 그랑 폴라스 광장은, 고딕과 바로크 양식의 화려하고 멋진 건물들이 둘러싸고 있었다. 길드 하우스 건물 꼭대기의 조형물은, 취급하는 물건을 한눈에 알아보기 쉽게 하였다.

광장을 지나 골목으로 내려가 오줌싸개 동상을 찾았다. 작은 모양이 다소 실망스럽긴 했지만, 그 유명세에는 변함이 없었다. 와플 가게들이 줄지어 서 있는 골목 쇼윈도우마다 마스코트처럼 오줌싸개 동상들을 세워놓고 있었다.

17세기 건축물인 중앙역 앞에서 도시를 거미줄처럼 잇는 암스테르담 운하 크루즈를 시작하였다. 크루즈에서 바라본 암스테르담 시내는 평화롭고 한적해 보였다. 안네의 집 앞을 지나, 암스테르담 북쪽 15km에 있는 잔세스칸스 Zaanse Schans 민속촌을 찾았다. 동화나라 분위기를 자아내는 마을에는 17세기의 목조 가옥들과 잔강 강변에 크고 작은 4개의 풍차들이 돌고 있었다. 치즈공장을 나와 들린 나막신 가게에는 나막신과 제작도구 등이 전시되어 있었다. 판매대에 진열되어 있는 다양한 모습의 알록달록한 나막신들은 일본의 나막신과는 또 다른 멋스러움이 있었다.

예술과 낭만의 도시 파리

　암스테르담에서 4시간을 달려 파리 콩코드 혁명광장, 파리 최대 번화가 샹젤리제 거리, 나폴레옹 개선문을 찾았다. 프랑스 영광의 상징인 높이 50m의 웅장한 개선문 바로 아래에는 프랑스의 평등과 자유를 지키기 위하여 산화한 무명용사들의 추모비가 있었다. 이곳의 등불은 1년 내내 꺼지지 않으며 헌화는 시들지 않는다.

런던의 대영 박물관, 로마의 바티칸 박물관과 함께 세계 3대 박물관의 하나로 꼽히는 루브르 박물관Louvre Museum을 찾았다. 중국 자금성 박물관에 이어 세계 두 번째로 방문객이 많은 루브르 박물관은 연간 1천만 명이 찾는 곳이다.

루브르 왕궁이 1793년부터 박물관으로 변모하기 시작하였으며 현재는 약 40만 점의 작품이 소장되어 있다. 1993년 완성된 유리 피라미드가 있는 나폴레옹홀로 들어가 〈밀로의 비너스〉, 〈니케 여신〉, 〈모나리자〉 등을 감상하였다.

작은 골목길 안쪽에 있는 프랑스 전통식당으로 들어갔다. 한국말을 하는 프랑스인 웨이터가 재미있게 서빙을 하며 식사 분위기를 띄워주었다. 달팽이 요리가 처음인 우리는 쉘에서 속살을 꺼내다가 미숙한 솜씨로 바닥에 떨어뜨리기도 하였다.

세느강 유람선 야경투어에 올랐다. 세계 3대 야경으로 꼽히는 홍콩과 부다페스트에서는 건물에서 발산되는 빛으로 환상적인 야경을 즐길 수 있었으나, 파리는 빛이 조금 약했다. 그러나 에펠탑을 지날 때는 파리스러운 화려함을 보여주었다.

다음 날 아침, 멀리서 바라만 보았던 에펠탑으로 다가갔다. 오래 기다린 끝에 겨우 승강기에 올라 인파에 끼인 채 에펠탑 전망대에 올랐다. 쌀쌀한 가을바람은 사람들과 부대끼며 생긴 열기를 식히기에 안성맞춤이었다. 30여 년 만에 다시 올라온 탑 위에서 내려다본 파리 시내는 여전히 아름다웠다.

파리의 번화가에서는 집시들이 미인계로 생계형 절도행위를 한다. 설문조사하는 척 다가와 상대방 정신을 흐려놓은 다음, 노련한 소매치기 집시가 지갑이나 귀중품을 슬쩍한다. 가방을 뒤로 들고 다니면 남의 것, 옆에 들고 다니면 우리의 것, 앞으로 들어야 비로소 내 것이라 한다.

베르사유 궁전 Château de Versailles 은 왕이 사냥할 때 머무는 여름별장으로, 1682년 루이 14세가 파리에서 이곳으로 거처를 옮긴 후 왕궁이 되었다. 베르사유는 원래 파리의 시골마을 중 하나였으나, 궁전이 세워진 이후부터 자치권을 가지는 파리 외곽의 도시가 되었다. 바로크 건축의 대표작품으로 호화로운 건물과 광대하고 아름다운 정원과 거울의 방으로 유명하다. 벽과 천장이 거울로 된 길이 73m의 초대형 방에서는 매일 호사스러운 댄스파티가 열렸다. 1차 세계대전을 마무리 지었던 베르사유 조약도 1919년 6월 28일에 이 거울의 방에서 이루어졌다.

1783년 세계 최초의 열기구가 떠올랐던 넓은 정원을 돌아보았다. 수백만 평의 대정원을 걸어서 돌아보기에는 너무 시간이 부족하여, 다음 기회로 미루었다.

버스에서 내려 10여 분 가파른 계단을 올라 몽마르뜨 언덕에 올랐다. 기량을 연마하여 훗날 대가로 성장하는 화가들의 꿈이 있는 이곳에서, 초상화를 그려주는 화가들의 화려한 붓놀림으로 모델의 얼굴이 개성있게 나타나는 마술을 볼 수 있었다.

몽마르뜨 언덕 가장 높은 곳에 성심성당이 랜드마크처럼 서 있었다. 성당 아래 계단 곳곳에서는 각종 마술과 공연이 펼쳐져 이 언덕의 분위기를 한층 들뜨게 만들었다. 북노드역에서 밤 8시 반에 출발하는 유로스타를 타고, 도버 해협의 해저 터널을 건너 2시간 만에 런던에 도착하였다.

런던에서 대영제국
일주를 꿈꾸다

경도 0도로 세계표준시각 기준점인 그리니치와 버킹엄 궁전, 웨스트민스터 사원과 많은 박물관 등이 있는 런던에 도착하였다. Buckingham Palace 는 1703년 버킹엄 공작 존 셰필드의 저택으로, 1837년 빅토리아 여왕 즉위식 때 궁전으로 격상된 후, 역대 군주들이 상주하는 곳이다. 왕실 근위병 교대식을 관람하고, 궁전 앞 원형 광장에서 호수를 따라 세인트 제임스 공원과 트라팔가 스퀘어로 이어지는 산책로를 걸었다.

성공회 성당인 고딕양식의 웨스트민스터 사원은 대관식 등 왕실 행사를 거행하는 장소로 헨리 3세와 엘리자베스 1세 등, 영국의 군주와 배우자들이 안치되어 있다.

세계에서 가장 오랜 역사를 자랑하는 British Museum을 찾았다. 고대세계관, 서구세계관, 동양세계관 등 3개의 큰 전시관이 있는 대영 박물관에는 1799년 나폴레옹의 이집트 원정시 나일강변에서 발견된 세기의 보물 로제타석이 있다. 기원전 196년에 프톨레마이오스 5세의 즉위를 기념해 쓰인 이 비문에는 세 종류의 문자로 기록되어있다.

신전의 사제들을 위해서는 상형문자로, 백성들을 위하여 민용문자로, 당시 이집트에 사는 그리스어 문화권의 사람들을 위해 그리스어 문자로 기록되어, 이집트 상형문자를 해석하는 열쇠를 마련해 주었다.

많은 유물을 프랑스로 가져와 루브르 박물관을 가득 채워 놓았던 나폴레옹은 이 로제타석을 이집트에 남겨 놓았다. 프랑스가 워털루 전쟁에서 패전하여 이집트를 영국에 넘겨줄 때 이 비문도 영국의 손에 들어갔다.

　　대영박물관의 한 전시실에는 오스만 터키군의 화약창고로 쓰이다, 폭발사고로 산산조각난 아테네의 파르테논 신전 파편들이, 마치 신전처럼 꾸며진 방에 가득 채워져 있었다. 대리석을 조각하여 생명을 불어넣었던 세계문화유산 1호 작품들이 되살아나, 보는 이들에게 커다란 감동을 선물하고 있었다.

　　유럽 열강이 터키, 이집트 등에서 많은 유물들을 강탈해왔다는 비난을 받고 있다. 그러나 관리를 제대로 못해 훼손되고 마모되어 지구상에서 없어지는 것보다는 이렇게라도 가져다가 보존되어 볼 수 있는 것이 다행이라 생각되었다.

템즈강변을 걸으며 타워브릿지, 런던아이 등을 돌아보고, 번화가 피카딜리
로 갔다. 수많은 사람들이 신호를 기다렸다가 용수철처럼 튕기듯이, 활기있
게 횡단보도를 건너는 모습이 보기 좋아 우리도 함께 그 속을 걸었다.

3주 동안 정들었던 일행들과 작별하였다. 반나절의 시간을 구경으로 채울까 하다가 여러 가지로 번거로워, 공항 라운지에서 LA YTN 방송국에 보낼 여행기 원고를 정리하며 유럽여행의 대단원을 끝냈다.

옥스퍼드에서 시작된
영국여행

2014년 10월, 18일간의 동서유럽 단체여행에서는 마지막 이틀을 런던에서 머물며 대영박물관과 시내만 돌아보았다. 2017년 9월 영국을 제대로 돌아보고자 12일간의 영국 여행길에 올랐다. 밤 10시 히드로 공항에 도착하여 스마트폰을 켜 보았으나 우버가 작동되지 않아, 1마일 거리에 있는 호텔까지 13파운드를 들여 택시로 갔다. 호텔스 닷컴 어워드로 아침식사가 포함된 Ibis Styles London Heathrow에 묵었다.

다음 날 아침 스마트폰에서 우버가 작동하여 1인당 4.5파운드의 공항 셔틀버스 대신 우버로 7파운드를 지불하고, 히드로 제2터미널로 갔다. Cafe Nero에서 20여 분을 기다리자 가이드가 찾으러 왔다. 같은 층에 양쪽으로 Cafe Nero가 있는데 우리는 국내선 쪽에서 기다렸던 것이다.

900년의 역사로, 영어권 대학에서 가장 오래된 세계의 명문 옥스퍼드 대학으로 갔다. 황소 Ox 가 시냇가에서 풀을 뜯고 있는 곳 Ford 을 의미하는 Oxford에는 돌로 지은 고풍스러운 건물들이 많았다. 이곳에는 38개의 칼리지와 6개의 연구기관이 있어, 옥스퍼드 대학 안에 옥스퍼드가 있다 말한다.

3학기 제도로 한 학기가 8주씩으로, 다른 대학에 비해 학기가 짧은 옥스퍼드 대학은 9월 16일 방문하였는데도 학기가 시작되지 않았다. 영국의 대학은 공립대학으로 학비는 1년에 9천 파운드까지 받도록 되어 있다.

1096년 수도원으로 시작된 옥스퍼드 대학은 점점 일반인들 교육도 하게 되었다. 그로 인해 Collegiate Church라 부르던 수도원을 줄여서 College가 되었다. 수도원장은 수도원이 들어서는 것을 꺼리는 주민들과의 관계를 의식하여, 마을 부녀자들에게 성희롱을 한 수사들에게 사형을 언도하기도 하였다.

이 일로 옥스퍼드가 인기를 잃게 되자, 1209년 옥스퍼드에서 갈라져 나온 케임브리지 대학이 좀 더 느슨한 규칙을 유지하여 명문대학으로 성장하였다. 옥스퍼드 대학의 기원을 파리에서 귀국한 유학생들이라고 한다면, 케임브리지의 기원은 옥스퍼드이다. 세계에서 두 번째로 장서가 많은 보들레안 도서관을 돌아보고, 1546년 Henry 8세 1491~1547 에 의해 설립된 Christ Church College를 돌아보았다. 이 대학은 옥스퍼드 대학 중에서도 가장 명문으로 손꼽히는 곳이다.

헨리 8세는 형 아서가 요절하자 그 당시 강대국 스페인과의 관계를 고려하여, 형수인 카탈리나를 아내로 맞았다. 그러나 그는 사랑하는 앤과 결혼하기 위해, 교황 Clemente 7세에게 카탈리나와의 결혼 무효를 요청하였다. 그러나 당시 가톨릭 법상 이혼이 불가능하였고, 더욱이 스페인을 통일하고 콜럼버스를 기용하여 지구의 절반을 식민지로 확보한 이사벨 여왕의 딸 카탈리나와의 이혼 문제를 해결해 주지 못하자, 로만 가톨릭과 결별하고 성공회를 창시하여 수장이 되었다.

2m 거구의 바람둥이 헨리 8세는 성병이 걸린 상태에서 임산부들과 거친 잠자리를 하는 바람에 그의 처첩들은 사산과 유산을 거듭하였다. 유산의 후유증으로 고통받던 6명의 왕후 중, 그렇게 사랑했던 앤 등 두 명은 왕자를 생산하지 못했다는 죄목으로 단두대의 이슬로 사라졌다.

영화 〈해리포터〉에서 호그와트 식당으로 나왔던 화려한 디너홀 내부를 돌면서 해가 지지 않는 나라, 영국의 영광을 가늠해 볼 수 있었다.

런던 북서쪽 구릉지대에 자리 잡은 '양들의 쉼터가 있는 언덕'이라는 뜻의 Cotswolds의 작은 마을 Bibury를 찾았다. 굴뚝에서 연기가 피어오르고, 정원이 아름답게 가꾸어져 있는 돌집들이 정겨움으로 다가왔다. 히드로에 도착하던 날, 지하도 쓰레기통에서 폭탄이 터지는 네 번째 테러가 발생했던 런던과는 대조되는 평온한 분위기였다.

코츠월드의 또 다른 마을 Burton on the Water에 들렀다. 이곳은 마을 가운데 얕게 흐르고 있는 시냇물 사이로 많은 다리들이 있어, 영국의 베니스라고 불리는 곳이다. 담장에 퍼져있는 덩굴나무로 이 마을은 더욱 아름다워 보였다.

셰익스피어 생가

비평가 칼라일이 "영국 식민지 인도와도 바꿀 수 없다"고 말했던 세계 최고의 극작가 William Shakespeare [1564~1616]가 태어나 말년을 보낸 Stratford-Upon-Avon 마을을 찾았다. 셰익스피어가 세례를 받았던 Holy Trinity 교회묘지의 이끼 낀 비석은 인생의 무상함을 보여주고 있었다.

에이번 강의 수많은 백조들과 조정을 즐기는 사람들을 보며 셰익스피어가 거닐었던 산책로를 따라 걸었다. 그 길 끝에는 그의 작품들이 공연되고 있는 Royal Shakespeare 극장이 있었다. Stratford Waterway 옆 작은 공원에는 그의 동상과 Hamlet, Falstaff 등 그의 작품 속 인물 조각상들이 포토존을 이루고 있었다.

중앙유럽과 대영제국

입장료 18파운드로 셰익스피어 생가를 찾았다. 그가 태어나 누워있던 요람과 어머니 침대 아래 붙어있는 서랍식 침대가 눈길을 끌었다.

그의 희곡 38편 중 36편이 실려있는 전집 『First Folio』가 유리 상자 안에 소중하게 전시되어 있었다. 1층에는 가죽장갑 등 피혁 가공을 하였던 방도 보존되어 있었다.

그는 읍장을 지냈던 John의 장남으로 풍족한 유년시절을 보냈으나, 1577년경부터 가세가 기울어 대학에 갈 수 없었다. 열한 살에 입학한 Grama School에서 배운 문법, 논리학, 수사학, 문학 등이 그의 교육의 전부였다.

그는 18세 때 결혼한 26세의 Ann과 사이가 별로 좋지 않던 차에, 아들 햄릿이 죽자 런던 등 대도시로 혼자 떠났다. 성서와 오비디우스의 『변신』은 그에게 상상력의 원천이 되었으며, 유랑생활 동안 경험했던 것들은 그를 위대한 극작가로 만드는 토양이 되었다.

한국 최초의 극단 '신협'의 창단 멤버였던 친정아버지 덕에 국립극장, 드라마센터 공연을 자주 볼 수 있었다. 그때 친구들과 함께 보았던 연극은 주로 셰익스피어 작품이었다. 정원에서는 전통복장의 배우들이 그의 작품을 조금씩 보여주었다.

대학교육을 받은 작가들과는 달리 교육을 받지 못했던 그는, 타고난 언어 구사 능력과 인간에 대한 심오한 이해력으로 잘 나가는 극작가가 되었다. 1594년부터 극단 '체임벌린스 멘'의 공동경영자로 20년 이상 전속작가로 활동하며, 38편에 이르는 희곡을 펴냈다.

『햄릿』, 『로미오와 줄리엣』, 『맥베스』, 『리어 왕』, 『클레오파트라』, 『샤일록』 등 그가 창조한 인물들은 인간의 성격을 표현하는 하나의 아이콘으로 자리매김 되었다.

엘리자베스 여왕 1558~1603 시절 문예 부흥기에 역동적인 사회가 던져주는 풍부한 소재들은 그의 작품에 그대로 녹아들었다. 빈번한 연극 공연은 그가 성장할 수 있는 기반이 되었고, 24년 동안의 작품에 구사된 2만여 개의 단어 중 2천여 개는 그가 새로 만들어낸 것들이었다. 오늘날 영어의 풍부한 표현력은 많은 부분 셰익스피어에게서 왔다.

"사느냐 죽느냐 그것이 문제로다 To be, or Not to be, That is Question."라는 햄릿의 독백처럼 그는 어느 누구도 흉내 낼 수 없는 명대사를 남겼다. 작품 속 한 마디 한 마디가 독자들의 마음을 녹아내렸다. 1592~1594년 페스트가 창궐하여 극장이 폐쇄되었을 때에도, 그는 『로미오와 줄리엣』을 집필하였다.

1595년 낭만 희극 『한여름 밤의 꿈』으로 습작기를 벗어나, 『뜻대로 하세요』, 『베니스의 상인』 등을 완성하였다. 1601~1607년에는 『줄리어스 시저』, 『안토니오와 클레오파트라』 등이 창작되었다. 4대 비극 『햄릿』, 『오셀로』, 『리어왕』, 『맥베스』 등 그를 불후의 작가로 만들어 준 작품들은 바로 이 원숙기에 집필되었다.

『햄릿』에서는 우유부단한 주인공 햄릿을 통해 복수에 관련된 윤리성, 삶
과 죽음의 문제, 정의와 불의의 문제를 조명하고 있다. 『오셀로』에서는 무어
인 장군 오셀로와 베니스의 귀족 여성 데스데모나, 그들 사이에서 이간질을
일삼는 이아고의 이야기를 통해 사랑과 신뢰와 질투의 문제를 다루었다.

1608~1613년 『심벨린』, 『겨울밤 이야기』 등을 통하여 오랜 세월의 방랑을
거친 재회, 화해, 속죄를 테마로 창작활동을 마감하였다. 『폭풍우』에서 "이
제 연희는 끝났고, 인간은 꿈과 같은 것이어서, 보잘것없는 인생 잠으로 끝
난다"며, 고별사로 남겼다.

그가 두각을 나타낼 무렵 옥스퍼드 케임브리지 출신의 극작가들은 "촌놈
이 극장가를 뒤흔든다"고 비꼬았다. 그러나 후대인들은 그들을 '대학 출신 재
간꾼 University Wits'으로 부르는 데 반해 셰익스피어는 '대가 Master'라 불렀다.

영국 축구와
비틀즈 스토리, 리버풀

1930년 제1회 세계축구협회 FIFA 월드컵이 열린 이래, 2002년 한국은 처음으로 4강 신화를 만들어 내었다. 그 신화의 한 주인공 박지성이 뛰었던 맨체스터 유나이티드 구장을 방문하려 했으나, 마침 경기가 있어 대신 리버풀 구장에 들렀다.

1992년 결성된 프리미어 리그는 맨체스터 유나이티드 등 20개 클럽이 함께 경기를 벌이는 영국을 대표하는 리그이다. 또한, 프랑스의 리그 앙, 이탈리아의 세리에 A, 독일의 분데스리가, 스페인의 프리메라리가와 함께 세계 5대 프로 축구 리그로 손꼽힌다.

프리미어리그는 전 세계에서 가장 많은 사람이 시청하는 스포츠 리그이자, 가장 많은 돈을 벌어들이는 축구 리그가 되었다. 2005~2006년 시즌에는 14억 파운드, 2007~2008년엔 중계권 수입이 늘어나 18억 파운드 ^{24억 불}에 달했다. 20개 클럽이 주주인 주식회사로 수익성이 좋은 방송국을 선정하여 수입의 절반을 20개 팀에게 균등 분배하고 있다. 이로 인해, 전 세계 최고 선수들과 감독들이 이 리그로 몰려들고 있다.

영국^{United Kingdom}은 독립국으로 EU에 가입되어있는 남아일랜드를 제외하고, 남쪽의 잉글랜드, 북쪽의 스코틀랜드, 서쪽섬 북아일랜드, 그리고 잉글랜드 서쪽 웨일즈 등 4개 왕국의 연합체이다. 이 나라들은 외교와 국방을 잉글랜드에서 관할하기에 완전한 독립국가는 아니지만, FIFA에서는 이 4개 나라의 대표팀을 별도로 받아들여 독립국가로 인정하고 있는 듯 보인다.

리버풀 대성당과 그림 같은 Albert Dock을 돌아보았다. 같은 건물에 있는 비틀즈 기념관 The Beatles Story 으로 들어가, 비틀즈의 성장과정을 살펴보았다. 존 레논의 "엘비스 프레슬리가 없었다면, 비틀즈도 없었을 것이다."라는 말에 걸맞게 엘비스 프레슬리의 사진과 비틀즈를 스타 클럽으로 이끌어 세계적인 스타로 만들었던 매니저의 사진도 보였다. 주한 미8군 부대 공연으로 인정받은 후, 흥행에 성공했던 한국의 가수들처럼 비틀즈도 함부르크 미군부대에서 흥행성과 상업성을 검증받았다. 비틀즈가 초기에 공연했던 케번 클럽도 박물관 내에 재현되어 있었다.

Abbey Road는 비틀즈와 관련된 사진 중에서 가장 유명한 사진이다. 비틀즈의 음악에 맞추어 스탭도 밟아보고, 장발 청년들의 악기와 존 레논의 하얀 피아노 앞에서 인증사진도 찍었다. 발길을 옮길 때마다 그들은 여전히 존재만으로 사람들을 자신의 팬으로 만드는 영향력 있는 사람들임이 느껴져왔다.

『폭풍의 언덕』
브론테 자매 생가

소설 『폭풍의 언덕』과 『제인 에어』가 집필되었던 잉글랜드 중부지방 Haworth에 있는 Bronte 자매의 생가를 찾았다. 탄광촌이었던 하워스 주위 상상 속의 황량한 언덕은 푸른 초원으로 변하여 많은 양과 소들이 방목되고 있었다. 허름한 교회의 뒤뜰에는 브론테 자매들이 잠들어 있었다.

Charlotte, Emily, Anne가 『Jane Eyre』, 『Wuthering Heights』, 『Agnes Grey』 등을 집필하였던 브론테 자매들의 책상에 앉아, 그들의 작품 한 줄을 필사하였다. 어린 시절의 어려움을 극복하고 유명 작가가 된 샬럿이 된 듯한 묘한 기분을 느껴보았다.

1816년생인 샬럿은 6남매 중 셋째로, 위로 마리아와 엘리자베스가 있었다. 1818년 에밀리, 1820년에는 앤이 태어났다. 아버지 패트릭은 아일랜드 출신의 성공회 목사로, 샬럿이 다섯 살 때 부인이 죽자, 이모 브란웰이 유년기 동안 자매들을 돌봐주었다. 1824년 샬럿과 에밀리는 엄격한 사립 클러지 여자학교에 들어가, 열악한 기숙사 환경에서 마리아와 엘리자베스와 함께 공부하였다. 그곳에서 마리아가 폐병과 영양실조로 목숨을 잃었고, 남겨진 세 자매는 집으로 돌아왔으나 엘리자베스까지 사망한다. 그 학교를 싫어했던 샬럿은 이곳을 『제인 에어』의 주인공 제인이 자란 로우드 기숙학교의 모델로 삼았다.

어려서부터 상상력이 풍부했던 자매들은 틈틈이 글을 써서 잡지에 기고하며, 작가의 꿈을 나누었다. 1842년, 샬럿은 에밀리와 함께 학교를 열 계획으로, 학력 자격을 갖추고자 브뤼셀의 에제 사립학교에 들어갔다.

> "인생은 현자들 말처럼 그렇게 어두운 꿈은 아니랍니다. 가끔 아침에 조금 내리는 비는 화창한 날을 예고하지요. 때로는 우울한 먹구름이 끼지만, 머지않아 지나가 버립니다. 소나기가 내려서 장미를 피운다면 아, 소나기 내리는 걸 왜 슬퍼하죠?"
> – 샬럿 브론테

샬럿은 『제인 에어』에서 "여성도 남성과 똑같은 감정이 있으며, 남성들처럼 자신의 재능을 살릴 수 있다. 새로운 일에 도전하는 여성을 비난하는 일은 경솔하기 짝이 없는 일이다."라며, 빅토리아 시대 사회 분위기와 인습을 극복하고 스스로 삶을 일궈 나가는 여성을 대변하였다. 새로운 여성상을 창출한 이 작품은 출간 당시에도 대중적으로 엄청난 인기를 끌었으며 오늘날에도 영국 로맨스 소설 및 사회 소설의 고전이 되어 있다.

에밀리는 서른에 요절하여, 장편소설로는 『폭풍의 언덕』만을 남겼다. 이 작품은 요크셔 지방의 황야에 자리한 농장 워더링 하이츠를 배경으로, 인간의 애증을 낭만적이면서도 격렬하게 표현하였다. 『폭풍의 언덕』은 발표 당시 읽기 힘들다고 외면당했다. 그러나 오늘날에는 작품 전반에 흐르는 거칠고 극적인 감정들과 강렬함으로, 영문학 3대 비극, 세계 10대 소설의 반열에 올라 영국 문학사에 이름을 남겼다.

막내 앤은 『아그네스 그레이』에서 19세기 빅토리아 시대 여성 가정교사를 주인공으로 하여 중류층 여성의 삶을 솔직하게 표현하였다. 언니들의 작품

만큼은 아니나, 당시 사회상을 충실히 반영하고 독립적인 여성상을 그려, 여성 독자들의 많은 지지를 얻었다.

『폭풍의 언덕』의 실패로 평소 은둔적인 성격이 더욱 심해진 에밀리는 고향 집으로 돌아와 칩거하다 건강이 나빠져, 30세에 폐결핵으로 사망했다. 동생 인 앤 역시 폐결핵으로 이듬해인 1849년 29세의 나이로 사망했다. 언니 샬럿도 마흔은 넘기지 못했다.

잉글랜드에서 가장 아름다운 윈드미어 호숫가 보네스 마을을 둘러보았다. 유람선으로 1시간가량 이동하여, 윈드미어에 있는 William Wordsworth의 박물관을 찾았다. 낭만주의 시인이었던 그는 〈초원의 빛〉으로 첫사랑의 감정을 잘 표현하여 세계문학사에 큰 자취를 남겼다. 1843년 친구 로버트의 뒤를 이어 계관시인이 되었다.

초원의 빛

한 시기의 광채가 내 눈앞에 사라진다 해도

비록 초원의 빛 꽃의 영광처럼 한때 찬란할 뿐일지라도

그 시절 다시 돌이킬 수 없다 해도

서러워하기보다 차라리 처음 설렘 그대로 간직해

이토록 굳세어지리 덧없음을 탓하는 대신 가슴에 상춘 常春 을 품으리.

그런 나날만이 모든 것을 초월하는 지혜를 주리니

아! 초원의 빛이여, 꽃의 영광이여.

스커트를 입은 남자들
에든버러

인구 50만의 Edinburgh는 매년 1,300만 명이 방문하는 역사적인 곳으로, 스코틀랜드의 수도이다. 그 이름은 로마제국이 1세기경 브리튼 섬을 지배할 때, 북동부의 고도딘족이 세운 요새 딘 에이든 Din Eidyn 에서 유래되었다. 7세기 도시를 점령한 잉글랜드가 에이든-버르 Eiden-burh 에 요새를 구축하였고, 1128년 스코틀랜드의 데이빗 1세가 홀리루드 궁을 건축하였다.

에든버러 성과 홀리루드 궁전을 잇는 로얄마일에는, 왕의 행차시 서민들이 급히 몸을 낮추고 피했던 클로즈 Close 라 불리는 좁은 골목길 구시가지가 보존되어 있었다. 그곳에는 성 자일스 교회와 같은 중세 유적이 많아 북구의 아테네라 불리운다. 넬슨 모뉴맨트가 있는 Carton Hill 남쪽에는 에든버러 성과 Royal Mile을 중심으로 구시가지가 있고, 북쪽에는 근대와 현대가 조화를 이룬 프린시스 스트리트와 신시가지가 있다.

로열마일을 따라 가파른 에든버러 캐슬로 올라가는 길에는 스커트를 착용한 악사들이 Bagpipe를 연주하여 우리가 스코틀랜드에 와 있음을 알려주고 있었다. 세 개의 성문을 지나 왕의 주거지역 입구는 양손을 벌리면 닿을 정도로 좁게 건물을 배치하여, 마지막 보루로 만들어 놓았다. 아직도 주둔 부대가 있는 이 성의 군사박물관에는 잉글랜드와의 전쟁에서 희생된 14만 명의 전몰장병 위패가 모셔져 있었다. 그 숫자는 당시 스코틀랜드 성인 남자의 20%에 달했다.

잉글랜드는 스코틀랜드 왕위 계승식 때 사용하던 스콘석 ^{Stone of Destiny}을
탈취하여 700여 년 동안 웨스트민스터에 보관하고 있었다. 1996년 현 엘리
자베스 2세 여왕은 라틴 십자가가 새겨진, 이 152kg의 스콘석을 이곳 에딘
버러성에 반환하였다.

야곱이 베델에서 천사들의 환상을 볼 때 베개로 삼았던 이 돌은, 성지에
서 이집트와 스페인을 거쳐 기원전 700년경 아일랜드로 왔다. 고대 아일랜
드왕들이 대관식이 거행된 티라산에 있던 이돌을 켈트족이 스코틀랜드로 가

저왔다. 1292년에 스코틀랜드 왕위에 오른 존 드 베일리얼은 이 옥좌에 앉아 대관식을 올린 마지막 왕이다. 1296년 잉글랜드 에드워드 1세는 스코틀랜드를 침략해 이 돌을 런던으로 가져와, 1307년 이 돌 위에 특수제작한 대관식용 옥좌를 웨스트민스터 대수도원에 설치했다. 이 옥좌는 잉글랜드와 스코틀랜드의 왕위를 상징한다.

이 돌에는 예언이 새겨진 금속조각이 붙어 있었다. 월터 스콧 경은 그 예언을 다음과 같이 번역했다. "운명의 여신들이 그릇되지 않고/예언자의 목소리가 헛되지 않으면/이 신성한 돌이 있는 곳은 어디든/스코틀랜드 종족이 지배하리라."

1603년 엘리자베스 1세가 자손을 남기지 못하고 죽자, 친척이었던 스코틀랜드 왕 제임스 6세가 그 뒤를 이어 잉글랜드왕 제임스 1세가 되었다. 어머니가 엘리자베스 1세에 의해 처형될 때까지 침묵으로 일관하여 스코틀랜드 왕위를 지켰던 그는 잉글랜드와 스코틀랜드를 아우르는 통일왕이 된 것이다. 그가 스콘석 옥좌에서 왕관을 받았을 때 스코틀랜드인들은 전설이 실현되었다고 말하였다.

1536년 잉글랜드에 의해 정복된 아일랜드는 잉글랜드 왕국이 되었다. 1707년 잉글랜드, 스코틀랜드, 웨일즈가 연합하여, 그레이트브리튼 왕국이 되었다. 1800년 그레이트브리튼 아일랜드 연합왕국은 1922년 남아일랜드가 독립하여 북아일랜드만이 영국에 속하게 됨으로써 현재의 그레이트브리튼 북아일랜드 연합왕국이 되었다.

로얄 마일을 따라 내려가 존 녹스가 종교개혁을 이끌어낸 세인트 자일러스 성당을 방문한 후, 애덤 스미스 동상 앞에서 기념사진을 찍었다. 한국의 순대와 비슷하게 가축의 내장으로 만든 스코틀랜드 전통식 Haggis는 본래 맛이 없다는 영국음식에 비하여 먹을만하였다.

수상한 세계여행 : 북극에서 남극까지

골프의 성지
세인트 앤드루스

Pebble Beach, Augusta National과 함께 세계 3대 골프장인 스코틀랜드의 St. Andrews 골프장을 찾았다. 골프의 발상지로 전 세계 골퍼들의 메카로 불리는 이곳에는 120여 국의 프로·아마 골프에 대한 모든 골프 규칙을 제정, 해석하는 R&A Royal and Ancient Club 와 500년 역사를 전시해 놓은 골프장 박물관이 있다.

중앙유럽과 대영제국

22홀을 18홀로 줄인 것이 전 세계의 표준이 되어 18홀 게임이 완성된 이곳에는 Old Course, New Course, Jubilee Course 등 3개의 챔피언십 코스가 있다. 화려한 코스 레이아웃보다는 밋밋한 직사각형의 초기 골프장 모습이었다.

골프장의 원조라는 이유로 전 세계 골퍼들에게 고결한 이름이 된 이곳은 세계에서 가장 인기를 누리고 있는 퍼블릭 골프 코스이다. 2015년까지 총 28번의 브리티시 오픈이 개최된 이 코스의 18홀 라운딩 비용은 약 125파운드 [150불]이다. Masters, US 오픈, PGA 챔피언십과 함께 4대 메이저 대회인 브리티시 오픈은 가장 오래되었고 유일하게 미국 외에서 열리는 대회다.

세인트 앤드루스 올드코스는 세월의 흐름에 따라 생긴 지형 변화를 자연 그대로 이용하고 있는 링크스 코스이다. 해안가에 위치한 골프장답게 바람이 강하고 페어웨이는 넓지만 러프는 깊은 특징이 있다.

1978년 선두를 달리던 나카지마가 로드홀 벙커를 탈출하는 데만 4타를 소비하여, 이 벙커는 '나카지마 벙커'라는 별명을 얻게 되었다. 브리티시 오픈 우승자는 Swilcan Bridge에서 기념사진을 찍는다. 18홀 티샷을 한 후 건너는 이 오래된 작은 다리는 은퇴하는 골퍼들의 기념촬영 장소이기도 하다.

Jack Nicklaus는 남자 프로골프 세계 4대 대회를 모두 석권하고, 커리어 그랜드 슬램을 3번이나 달성한 골프의 제왕이다. 그는 2005년 디 오픈 은퇴 경기에서 스윌컨 다리를 건너며 눈물을 흘렸다. 세상엔 두 종류의 골퍼가 있다. 세인트 앤드루스 올드코스에서 쳐본 골퍼와 그렇지 못한 골퍼…우리는 그냥 가본 골퍼….

클럽 하우스에서 빵에 5인치 길이의 긴 골프티가 박혀있는 이곳 스타일의 햄버거로 점심을 먹었다. 잭 니클라우스의 활짝 웃는 커다란 사진이 걸려 있는 클럽 하우스 왼쪽 쥬빌리 코스에서는 젊은 골퍼들이 첫 드라이브 샷을 날리고 있었다.

600년간 단 한 번도 인위적으로 디자인한 적이 없고, 코스의 원설계자도 알려져 있지 않아 신이 설계하고 바람이 시공한 골프장이라 부른다. 이 링크스 코스는 골프가 처음 생긴 영국 일대의 골프 코스들 대부분이 가진 형태이다.

염분이 많아 거친 풀만이 자라는 목초지로, 쓸쓸한 스코틀랜드의 바람과 함께, 신비스럽고 미스테리한 분위기를 자아내는 매우 특별한 골프장이었다. 올드코스 18홀의 중간 도로로, 라운딩 중에도 차와 사람들이 건너간다. 퍼팅 그라운드에서는 동네 주민들이 퍼팅연습을 하고 있었다.

자존심과 실리 스털링

14세기에 잉글랜드와의 전투에서 승리하여 독립을 이룬 Robert Bruce의 동상이 서 있는 스코틀랜드의 요새 Stirling Castle을 방문하였다.

문화와 역사를 설명해 가며, 관광객과 기념촬영에 적극적인 왕실복장 차림의 안내원 모습이 참 인상적이었다. 성채 뒤뜰로 나가 호젓하게 아름다운 유럽성의 진수를 감상하였다. 천 년 전으로 돌아가 영주가 된 듯, 외적의 침입과 농노들의 반란을 걱정하며 발아래 펼쳐진 경작지와 목장을 내려다보았다.

아프리카 탐험에 일생을 바친 Glasgow 출신 리빙스턴을 만나고 Kelvingrove Art Gallery를 찾았다.

그곳에는 매킨토시가 인테리어한 티룸들이 전시되어 있었다. 영국인들은 차에 우유를 섞어 하루에 4~7잔을 마신다. 아침에는 모닝 티, 오전 11시경 티 브레이크에는 온 국민이 일손을 놓고 차를 마시며, 오후 4시경 티타임에는 무조건 쉰다. 남의 집을 방문할 때도 이 시간을 피하는 것이 예의라며, 우스갯소리로 전쟁도 티타임 후에 한다고 한다.

글래스고 출신의 Mackintosh [1868~1928년] 는 건축, 실내장식과 가구디자인
의 대가로, 살아서는 고객이 없어 고생했지만, 지금은 스페인의 가우디처럼
숭배되고 있다. 미술공예운동을 주도한 그는 아르누보를 대표하는 인물이기
도 하다. '새로운 예술'이란 뜻의 아르누보는 1895년경부터 약 10년간 전성기
를 누렸다. 매킨토시는 그리스, 로마 미술을 응용한 전통적인 유럽 예술 양
식에 반발하여, 불길 모양과 같은 곡선, 덩굴풀 등 식물 형태에서 모티브를
얻어 새로운 표현을 시도했다.

스코틀랜드에서 가장 큰 도시 글래스고는 런던과 에든버러 다음으로 관광
객이 많이 찾는 곳이다. 세계적인 글래스고 대학교가 있으며, 국부론의 애덤
스미스와 노벨 수상자 윌리엄 램지, 제임스 블랙 등이 동문이다.

북해유전 지분으로 UK에서 국민소득이 가장 높은 스코틀랜드는 외교,
국방까지 완전 독립하자는 목소리가 커지고 있다. 그러나 잉글랜드보다 이

곳 주민들에게 1.18배의 혜택을 주고 있는 영국 정부의 유화정책으로 스코틀랜드 550만 명이 고민에 빠져있다. 또한, 15년 뒤 고갈될 북해유전과 스털링 근처 Rosyth에 있는 핵발전 잠수함 조선소 및 해체장을 잉글랜드 쪽으로 옮기는 문제에 봉착해있다. 스코틀랜드는 독립 이후의 불투명성으로, 자존심과 실리를 놓고 국민투표와 여론에서 근소한 차이로 부결되었다.

1765년 제임스 와트의 증기기관 발명으로, 대량 생산이 도입되어 산업 혁명이 시작되었다. 석탄, 철강, 방직 등 새로운 산업은 경제 발전의 원동력이 되었다. 영국은 1770년 제임스 쿡이 호주를 발견하여, 식민지 건설이 시작되었고, 프랑스와의 카르나티크 전쟁승리로 1803년 인도의 전역을 식민 통치하였다.

1837~1901년 산업 혁명과 세계 곳곳의 식민지로 절정기를 맞은 이 빅토리아 여왕 시대의 영국은 '해가 지지 않는 나라'라 불렸다. 또한 청나라와의 아편 전쟁에 승리하여, 난징 조약으로 1898년 홍콩을 99년간 할양받았다. 1901년 빅토리아 여왕의 사망으로 빅토리아 시대는 막을 내렸다. 1차 세계대전 후, 영국은 독일의 식민지 요르단과 오스만 제국의 사우디, 이라크를 식민지로 얻었으나, 그들은 1927~1932년 독립하였다.

제2차 세계대전이 끝난 후 인도를 비롯한 많은 식민지들이 독립하였으나, 여전히 영연방에 속해 있다. 1950년대 집권 노동당은 '요람에서 무덤까지'라는 슬로건으로 사회 복지 정책을 실시하였다. 1947년 인도, 파키스탄 등 다른 문화권의 나라들이 독립하여 53개국이 영연방에 가입함으로써 영연방은 문화적 다원주의로의 체제를 개혁하였다. 1950년 영연방 총회는 성명을 발표하고 '영국 국왕은 영연방의 수장이며 자유로운 결합의 상징'이라 하였다.

1980년대 집권에 성공한 마거릿 대처의 보수정권은 사회복지를 대폭 후퇴시키고 많은 국영기업을 민영화하는 등 대처리즘에 입각한 정책을 펼쳤다. 이러한 정책은 신자유주의의 시작으로 평가되고 있다.

자이언트 코즈웨이
벨파스트

캐언리안에서 페리로 2시간 만에 북아일랜드의 수도 Belfast에 도착하였
다. 특유의 음울한 분위기의 벨파스트 시청사는 궁전 같은 모습을 하고 있
었다. 퀸즈대학을 방문하고, 주상절리대가 있는 Giant's Causeway를 찾았다.
'거인의 뚝길'이라는 뜻의 자이언트 코즈웨이 해안가에는 수만개의 주상절
리대가 펼쳐져 있었다. 셔틀로 방문자센터에 올라와, 기록영화와 조형물들을
돌아보았다.

　케이블 언덕에 있는 벨파스트 캐슬 ^{Belfast Castle} 은 웨딩 화보 촬영지로 유명한 스코틀랜드 전통양식의 성으로 성주의 기증을 받아 시의회가 관리하고 있다. 아름다운 정원에 숨어 있는 7마리의 고양이를 찾으면 관광이 마무리된다. 이곳의 볼거리로는 시청사와 벨파스트 성 그리고 타이타닉 박물관이다.

　타이타닉호의 건조가 한창일 때, 노동자들이 술 한 잔으로 피로를 풀던 선술집 ^{Pub} 을 찾아, 여전히 시끌벅적한 분위기에 취해보았다. 이곳에서 건조된 타이타닉호는 Southampton을 출항하여 뉴욕으로 항해하던 중 유빙과 충돌하여 침몰했다.

남아일랜드로 들어갈 때, 출입국 직원이 무작위로 지목된 사람을 버스에서 내리게 하여, 소지품 검사를 하는 것으로 입국수속을 마쳤다. 잉글랜드에서 성공한 아이리시들이 남아일랜드로 이주하여 만든 독립국가가 Republic of Ireland이다. 미국에는 약 4천만 아이리시들이 살고 있지만, 고국 아일랜드에는 5백만이 채 안 된다. 3월 17일을 성 패트릭의 날로 정한 그들은 녹색 옷을 입고 콘비프와 양배추를 먹으며 맥주를 마신다.

450년경 영국에서 태어난 패트릭은 16세에 해적에게 납치되어 아일랜드에 노예로 팔려갔다. 탈출에 성공한 그는, 프랑스에서 '아일랜드의 목소리'라는 편지를 받는 꿈으로, 선교사가 되어 평생을 아일랜드에서 살며, 350명의 사제를 임명하였다.

그가 아일랜드의 모든 뱀을 끌어다 바다에 빠뜨려, 아일랜드에는 뱀이 없다고 한다. 세잎클로버를 들어 보이면서 삼위일체를 설명하던 그를 기념하여, 매년 성 패트릭의 날에는 맨해튼 5번가에서 세잎클로버를 옷깃에 꽂고 행진하는 사람들을 볼 수 있다.

아일랜드의 수도인 더블린에서 수도원 대학으로 옥스퍼드와 케임브리지 대학의 모델이 되었던 트리니티 대학을 방문하였다. 도서관에는 4복음서의 필사본을 보려고 서 있는 줄이 너무 길어 포기하고 돌아섰다.

기네스 맥주공장

1759년에 창업하여 흑맥주 Stout의 대명사가 된 기네스 공장 투어를 위해 입장료 20유로를 내고, 맥주잔 모양의 Guiness Storehouse에 올라갔다. Arthur Guiness [1725~1803]에 의해 창업된 기네스 맥주회사는 150여 개 국가에서 매일 1천만 잔 이상 소비되는 최고 품질의 프라이엄 맥주를 생산하고 있다. 그들은 맥주 외에도 기네스북이라는 기록 갱신의 등록장을 만들어, 세계적인 흥미와 관심의 대상이 되어있다.

7층 높이의 전망대에서 시원한 흑맥주를 시음하였다. 잔에 기네스 드리프트를 두 번에 걸쳐 부어주면, 적갈색의 맥주는 잔 속에서 몇 바퀴 돌며 점차 검은색으로 변하였다. 맥주 윗부분에 형성된 풍부한 크림이 기네스의 맛을 부드럽고 달콤하게 하였다. 승강기로 1층까지 내려올 동안, 강렬하면서도 신선한 맥아향이 입속에서 계속 맴돌았다.

한국식당 'Kimchi'에서 푸짐하게 리필되는 잡채, 불고기와 김치찌개로 맛있는 점심식사를 하였다. 소화도 시킬 겸, 걸어서 식당 가까이에 있는 작가 박물관을 돌아보았다. 『걸리버 여행기』 저자 Jonathan Swift [1667~1745] 와 George Bernard Shaw [1856~1950], Oscar Wilde [1854~1900] 에 관한 것들이 눈에 띄었다.

더블린 항구에서 페리로 3시간 반 걸려 잉글랜드의 홀리해드로 건너왔다. 영국은 천 년 이상의 봉건왕조시대를 지나면서 국민의 20% 정도가 Old Money라 부르는 귀족이 되었다. 이름 앞에 'Sir'가 붙은 그 귀족들은 부와 명예를 독점하고 각종 혜택을 누리고 있다.

스노도니아 국립공원

13세기 잉글랜드 국왕 에드워드 1세가 지은 콘위성에 올라 콘위시내를 조망한 후, 웨일즈의 최초 국립공원 Snowdonia를 찾았다.

웨일즈에서 가장 높은 해발 1,085m의 스노우돈산에 오르기 위하여, Lianberis 역에서 1시간 정도 등산열차를 탔다. 많은 하이커들이 비를 맞으며 트래킹하는 모습이 보였다.

완만한 초원과 양들이 펼쳐내는 그림 같은 경치를 감상하며 정상에 도착하였다. 카페를 가로질러 최정상에 올라본 후, 다시 내려오는 동안 주인 식별용 페인트가 칠해있는 양들이, 천천히 달리는 기차에 가까이 접근하여 나를 조마조마하게 하였다. 산에서 내려와 Station Buffet에서 햄버거로 점심을 해결했다.

저녁에는 Stanbrook Abbey Hotel에서 우리 일행만을 위해 세팅된 테이블에 앉아 와인과 함께 쇠고기찜으로 품위있는 저녁식사를 하였다. 수녀원을 호텔로 개조하여 아침과 저녁식사 포함 200여불을 받고 있다. 객실에는 수녀들

이 골프 치던 사진도 걸려있었다. 현대식 실내 장치가 수녀원의 경건함과 어울려, 묘한 매력을 발산하고 있었다. 이른 아침, 정원에서 과실이 주렁주렁 매달려 있는 사과나무 사이에서 염소떼들을 몰아보았다. Bath로 가는 길에, 소와 양떼들이 띄엄띄엄 보이는 목장이 끊임없이 나타났다. 1m 아래에 진흙층이 있는 이곳 토양은 농사를 짓기에는 부적합하여 주로 목축에 사용된다. 영국은 1980년대 초부터 우유 생산량을 늘리기 위해 동물의 장기, 뼈 등을 사료의 원료로 사용하였다. 1986년 광우병 소가 발견되자, 1996년 젖소의 55%인 16만 마리를 도살하여 불에 태웠다.

미국으로 수출된 소에서 한두 건 정도 광우병 징후가 나타났다. 한국의 전문 시위꾼의 선동과 일부 언론의 왜곡 과장된 보도로, 미국산 소고기를 먹으면 뇌에 구멍이 송송 나 죽는다는 괴담이 퍼져나갔다. 이에, 과민반응을 보인 수십만 명의 시민들이 오랫동안 광우병 촛불집회를 열었다. 수십 대의 경찰버스를 불태우며 지속된 시위는 그 당시 이명박 정부를 공권력을 상실한 식물정부로 만들었다.

스톤헨지

2천 년 전 로마는 브리튼섬^{영국}을 정복하고, 그곳에 공중목욕탕과 미네르바 신전을 지었다. 목욕을 좋아했던 로마인들은 온천수가 나오는 이곳을 Bath라 명명하고, 온·냉탕과 운동시설까지 마련된 현대식 휴양도시로 발전시켰다. 유네스코 세계문화유산으로 4천 개의 보호건축물이 있는 거리를 거닐며, 18세기 신고전주의 양식의 우아하고 독특한 건물들을 돌아보면서, Roman Bath Museum으로 향했다.

로만 목욕탕 전시물 사이로, 그 당시에도 존재하였던 때밀이 장면이 3D 방식으로 상영되고 있었다. 온천수로 이곳이 한동안 번창하였지만, 지금은 물의 성분이 나빠져 목욕은 하지 않는다. 그리스 로마 영웅들의 동상이 서 있는 박물관 2층과 그 뒤로 보이는 Bath Abbey, 아래층의 옥빛 목욕탕 물이 어울려 한 폭의 그림을 만들어내고 있었다.

영국 남부 Salisbury Plain에 위치한 Stonehenge를 찾았다. 기원전 2800~1560년경에 건축된 높이 8m, 무게 50톤의 석상들이 세워져 있는 스톤헨지는 중세 세계 7대 불가사의로 불린다. 원시인들은 약 380km 떨어진 프레슬리산에서 5톤에 이르는 Blue Stone을 지레 받침대와 밧줄을 이용해 옮겨왔다.

기원전 4천 년경, 수학과 천문학 지식이 있던 신석기인들이 이 섬에 들어와 회합장소에 헨지와 같은 거석 기념물들을 만들었다. 기원전 3천 년경 네덜란드, 에스파냐에서 바퀴와 쟁기를 사용하는 청동기인이 들어와 부족단위로 살았으나, 기원전 700년경 철기를 사용하는 켈트족이 들어와 지배계급이 되었다. 기원전 55년 로마에 정복된 이곳에, 4세기 후반 게르만족의 대이동으로 앵글로색슨족이 침략해오자, 로마는 철수하고 켈트족은 스코틀랜드로 계속 밀려났다. 북쪽으로 쫓겨난 켈트족은 지금까지도 남쪽 잉글랜드와 갈등을 초래하고 있다.

9세기 초 웨식스 왕 에그버트가 7왕국을 통일하여, 켈트족, 로마인, 앵글로 색슨, 바이킹이 섞인 독특한 문화를 가진 잉글랜드 왕국이 되었다. 영국으로 넘어가지 않은 게르만 부족들은 유럽에 남아 '작센'이란 명칭으로 불렸다. '작센'은 '색슨'의 독일식 발음으로 독일의 작센왕조는 색슨족이다.

885년 바이킹이라 부르는 노르만족의 롤로가 3만 명 병력으로 파리를 공격하자, 프랑크 왕국은 그 바이킹을 회유, 노르망디에서 정착하여 살며, 그들로 하여금 그 후에 침입하는 바이킹들을 방어하도록 하였다.

　1066년 영국 왕위 계승권을 주장한 윌리엄^{William the Conqueror, 1028~1087}은 도버해협을 건너 헤이스팅스에서 전투를 벌여 해럴드왕을 치고 잉글랜드의 새로운 국왕으로 등극한다. 그는 노르만 왕조를 창건하여 정복왕이라는 칭호를 받았다.

　1154년 헨리 2세의 뒤를 이은 리처드 1세는 십자군 원정에 출정하여 막대한 전쟁 비용을 부담하게 되었다. 그의 동생 존 왕도 프랑스에 있는 영국 영토를 잃고, 이를 되찾기 위해 무리하게 세금과 군사를 모으는 등 실정을 거듭하였다.

1215년 귀족들은 자신의 권리를 위해 일종의 평화협정인 대헌장 Magna Carta 에 왕이 서명하게 하였다. 이는 의회 승인 없이 과세할 수 없는 제12조, 국법에 의하지 않으면 체포, 감금할 수 없는 제39조 등 국민의 자유와 권리를 지키는 근대국가의 헌법 토대가 되었다. 1265년 영국 하원의 기초인 의회가 소집되었다.

1337년 프랑스 카페 왕조의 혈통을 가진 영국의 에드워드 3세가 프랑스 왕위를 요구하며 프랑스와 백년전쟁을 시작하였으나, 잔 다르크의 활약으로 프랑스가 승리하였다.

1455년, 붉은장미 문장을 쓰는 랭커스터가와 흰장미의 요크가가 왕위 계승권을 놓고 30년 동안 장미전쟁을 벌였다. 요크가가 승리하였지만, 랭커스터가의 왕위 계승자인 헨리가 요크가의 딸과 결혼하여 두 가문을 통합하고, 헨리 7세로 왕위에 올라 튜더 왕조의 시조가 되었다.

1509년, 절대주의의 기초를 확립한 헨리 7세의 아들 헨리 8세는 캐서린과의 이혼을 계기로 영국 국교인 성공회를 만들어 종교 개혁을 단행하였다. 웨일즈를 통합한 그의 딸 메리 1세의 뒤를 이은 엘리자베스 1세는, 스페인의 무적함대를 격파하고 해상권을 잡았다.

1606년 후사가 없는 그녀를 이어, 스코틀랜드왕 제임스 6세가 왕위에 올라 잉글랜드왕 제임스 1세가 되었다.

제임스 1세의 아들 찰스 1세가 왕권 회복을 위해 무리하게 의회와 대립하자, 1628년 왕의 부당한 권력을 제한하는 권리청원 Petition of Rights 과 청교도 혁명이 일어났다. 제임스 1세가 영국의 국왕이 된 계기로 스코틀랜드 국기와 합쳐져 최초의 영국 국기가 탄생하였다. 그의 이름을 딴 제임스타운을 포함한 당시 미국 13주가 영국 식민지였기에 줄무늬가 13개로 된 비공식 국기가 탄생하였고, 이는 곧 미국 국기의 유래가 되었다.

1688년 네덜란드의 총독이자 메리 공주의 남편 오렌지공 윌리엄이 영국 의회의 지원을 받아, 제임스 2세를 퇴위시키고 메리 2세, 윌리엄 3세로 즉위하는 명예혁명이 일어났다. 의회의 동의 없이 법률의 제정이나 조세 징수, 상비군의 유지를 금지하며 선거 및 언론의 자유를 요구하는 권리선언이 승인되었다.

　1215년 마그나 카르타로부터 1689년 권리장전 Bill of Rights 까지의 투쟁으로, 영국은 절대주의가 종식된 입헌군주제를 확립하였다. 성문헌법이 없는 영국, 이스라엘, 뉴질랜드 중 영국은 800년 역사를 가진 의회민주주의 원조가 되었다.

수상한 세계여행 : 북극에서 남극까지

중앙유럽과 대영제국

서유럽과
모로코

W. Europe
& Morocco

파리 알뜰하고
실속있게 여행하기

2018년 들꽃이 만발한 화사한 봄날, 모네, 고흐, 샤갈 등의 발자취를 따라 회화의 나라 프랑스로 떠났다. 4월 9일부터 3일간 노트르담 성당, 루브르 박물관, 오르세 미술관, 에펠탑 등 파리의 명소들을 돌아보고, 12일부터 프랑스 일주 여행을 시작하였다.

반짝 세일로 Norwegian Air의 뉴욕-파리 티켓을 145불에, 니스-뉴욕은 마일리지 3만 포인트와 공항세 50불로 구입하였다. 짐 값을 줄이기 위해, 45불로 큰 가방 하나만 체크인하였다. 기내식, 간식은 물론 물 한 잔까지도 돈을 받기에, Chase 카드로 받은 Priority Pass로 VIP 라운지에서 충분히 먹고 마셨다.

파리 시내 노트르담에 있는 Holiday Inn 2박은, IHG 카드 Free Night으로 해결하고, 1박은 220유로를 지불하였다. 드골 공항에 아침 8시에 도착할 예정이었던 항공편은 오후 1시 오를리 공항으로 바뀌면서, 원하면 환불해 주겠다 한다. 그럴 경우, 이미 두 배로 오른 항공료를 지불해야 하기에 변경 사항을 받아들였다. 손해 본 5시간을 보충하기 위해 뮤지엄 개관 요일과 시간을 확인하고, 구글 맵으로 도보 이동 시간 등을 계산하여 3일간의 상세 일정표를 만들었다.

Museum Pass는 뮤지엄에서도 살 수 있지만, 공항 안내 센터에서 48유로에 2일짜리를 구입하였다. 개별 구입시의 입장료를 절반 이상 절약해주며, 티켓을 사느라 긴 줄을 서야 하는 시간 낭비를 막을 수 있었다. 패스 4일짜리는 62유로, 6일은 74유로이다. 오를리 공항에서 호텔 근처로 가는 공항버스요금은 14유로이어서, 30유로에 택시를 타고 30분 만에 호텔에 도착하였다.

오를리 공항에서 파리 세느강 남쪽까지는 30유로, 개선문이 있는 강 건너 북쪽까지는 35유로이다. 드골 공항에서 세느강을 건너기 전은 50유로, 강을 건너면 55유로이다. 이를 위반한 택시는 15,000유로의 벌금이나, 1년 이하의 징역이라는 안내표지가 공항에 붙어있었다. 공항으로 나갈 때에는 택시비가 조금 더 비싸다.

빅토르 위고의 작품 『노트르담의 꼽추』의 무대였던 노트르담 성당 Cathedral Notre Dame 은 1163년 머릿돌을 놓은 후, 100여 년 동안 지어진 길이 130m, 폭 48m, 탑 높이 69m의 대건축물이다. 나폴레옹의 대관식[1804]이 있었던 이 성당은, 4각형 쌍탑과 10m의 정면 장미창을 중심으로 균형과 조화를 이루고 있었다.

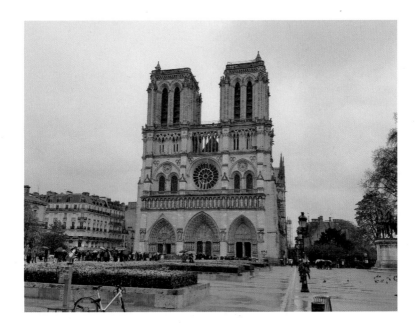

무료입장인 노트르담 성당 안으로 들어가, 5유로에 보물 박물관을 돌아보았다. 나폴레옹 3세의 보물과 미사양식이 바뀌면서 사용하지 않게 된 가톨릭 성당 유물들이 전시되어 있었다. 잔다르크의 명예 회복을 위한 재판이 벌어졌던 성당 안에는 그녀의 동상도 있었다.

세느강을 끼고 조성되어 있는 정원을 따라, 성당 주위를 돌았다. 정면에서 본 아름다움에 못지않게 측면, 후면도 완벽한 건축미를 보여주고 있었다. 영화 〈노트르담의 꼽추〉에서 안소니 퀸은 사랑하는 여인을 구하기 위해 꼽추의 몸으로 성당의 복잡한 구조물들을 타고 넘으며 서커스하듯 위험한 묘기를 펼쳤다.

6분 정도 걸어서 7시에 문 닫는 화려한 스테인드글라스로 유명한 Saint Chapelle을 찾았다. 폐관시간이 임박하여 입장료 10유로는 좀 아까웠지만, 뮤지엄 패스는 내일부터 2일간 사용하게 되어있어 티켓을 구입하여 들어갔다. 이 성당은 15m의 돌기둥에 의하여 분리된 15개의 스테인드글라스로, 창세기부터 열왕기까지를, 약 1천여 장의 성화로 표현하였다.

 1248년 건축가 Montereuil가 지은 길이 36m, 폭 17m, 높이 42m 성당에
는 루이 9세가 1239년 동로마 황제의 빚을 갚아준 대가로 받은 예수의 가시
면류관과 성물들이 보관되어 있다. 1485년 샤를 8세가 기증한 장미창에는
요한묵시록이 담겨져 있다.

 2017년 5월 발칸여행 후, 패트릭 커플과 다시 만남을 자축하기 위해, 샤
펠 성당 쪽으로 걸어 세느강가 Le Depart Saint Michel 레스토랑으로 갔다.
노트르담 성당이 보이는 전통 식당에서 달팽이 요리 Escargot를 전채로 와인
을 곁들인 송아지 비프와 연어요리를 즐겼다. 달팽이 6개가 8유로, 메인요리
도 13유로대의 착한 가격이었다. 패트릭 커플이 거금의 풀코스 식사를 쏘며
3일간의 파리 접수 서막을 올렸다.

Musee d'Orsay

오르쉐 미술관과
장식 미술관

호텔 근처 베이커리에서 막 구워낸 맛있는 크루아상과 커피로 아침식사를 하고, 10여 분 걸어 Luxemburg Garden으로 갔다. 앙리 4세의 부인 마리 Marie Medici에 의해 1612년에 만들어진 룩셈부르크 궁전의 앞뜰에는 줄 지어선 고목들 사이로 튤립과 히아신스 등이 활짝 피어있었다. 2km를 걸어 세느강변에 있는 오르쉐 미술관 Musee d'Orsay으로 갔다. 9시 반 개장 시간보다 30분 일찍 도착하여, 뮤지엄 패스로 별도의 입구를 통해 개장과 동시에 바로 들어갔다.

1900년 만국박람회 당시 건축가 랄루 Victor Laloux가 설계한 이 기차역은 철도의 현대화로 1939년 폐쇄되었고, 1986년 오르쉐 미술관으로 다시 태어났다.

그림으로 상속세를 내도록 한 정책으로 많은 작품들이 박물관으로 몰려들어, 프랑스는 예술대국으로 성장하는 동력을 얻었다. 그 덕에 1848~1914년까지의 인상파 그림들이 눈에 많이 띄었고, 가구, 공예품, 조각 등 다양한 장르의 작품들도 함께 전시되어 있었다.

과거의 화가들이 신화와 역사 속에서 소재를 끌어왔다면, 인상파 화가들은 순간의 장면, 현재의 모습, 곧 사라지고 없어질 것들을 그렸다. 주제 자체보다는 빛, 색깔, 움직임 등에 더 큰 관심을 가졌다. 인상파의 대가로는 〈The Large Bathers〉를 그린 세잔, 〈Woman with a Parasol〉의 모네, 〈The Ballet Class〉의 드가를 꼽는다.

Pierre-Auguste Renoir 1841~1919는 모델 겸 화가인 수잔느와 사귀면서 그녀를 모델로 〈Dance at Bougival〉를 그렸다. 르누아르는 부인이 그들의 부적절한 관계를 알아채자, 그녀를 달래기 위해 〈Dance in the Country〉를 그렸다. 〈도시의 무도회〉는 세련되어 보이긴 하지만 어딘가 도시생활의 불안한 기분을 느끼게 한다. 〈전원의 무도회〉는 조금 촌스럽게 보이긴 하지만 포근한 모습이다.

수상한 세계여행 : 북극에서 남극까지

Fernand Cormon ^{1845~1924}은 〈Cain fleeing before Jehovah's Curse, 1880〉에서 동생 아벨을 죽인 카인이 하느님의 저주를 받아 비참하게 떠도는 카인과 그의 자손들을 표현하고 있다. 카인은 원시시대 족장처럼 돌도끼를 들고 앞장서 간다. 그림의 중앙에는 그의 아내로 보이는 여인이 두 아들을 안고 있다. 그리고 그 주변에는 들것을 들고 가는 사내들과 사냥을 한 사내들이 카인을 따르고 있다.

1848년 이전의 작품은 루브르 박물관에, 1914년 이후의 작품은 퐁피두 센터에 전시되어 있다. 시대순으로 작품을 관람하고자 한다면 루브르 → 오르세 → 퐁피두 센터 순으로 관람하면 좋을 듯하다. 튈르리 정원을 지나 Musee Des Arts Decoratifs로 가는 길에 들린 마카롱 가게에는 먹기 아까울 정도로 아름다운 마카롱들이 진열되어 있었다.

매주 월요일 휴관하는 장식미술관은 오전 11시부터 오후 6시까지 오픈한다. 뮤지엄 패스로 11유로의 입장료를 대신하고, 가구 등 다양한 작품들을 돌아보았다. 회화 중심의 미술관과는 또 다른 분위기의 이곳에는 루이 14세 이후의 생활용품들이 전시되어 있다.

계속 움직이며 사진을 찍고 정보를 수집해야 하는 박물관 투어도, 기분과 달리 엄청난 체력이 소모되었다. 직경 10km 파리를 걸어서 여행한 젊은이들의 여행기를 보고선 파리를 가볍게 여겨 걸어서 파리를 접수하려 했던 우리의 계획은 애초부터 무리였다. 오르쉐 미술관 관람 이후에는 택시를 이용하였다.

로댕 미술관

오르쉐 미술관에서 1km 거리의 **Musee Rodin**을 찾았다. 1919년 박물관이 된 이곳은 로댕^{Auguste Rodin, 1840~1917}이 죽을 때까지 작품 활동을 하도록 프랑스 정부가 매입하여 지원해 준 곳이다. 로댕은 아파트와 작업실을 사용한 대가로 그의 작품을 국가에 헌납했다. 뮤지엄 패스로 돌아본 미술관은 그 건물 자체가 예술이었다. 정원 한가운데 로댕의 대표작 〈The Thinker〉를 보려고 몰려드는 사람들을 보며 이성을 추구하는 인간의 본성을 느낄 수 있었다.

〈생각하는 사람〉은 지옥의 문 시리즈 중 첫 번째로 제작되었다. 지옥의 문 중앙에 있는 인물로 지옥에 자신의 몸을 던지기 전에 아래를 내려다보며 심각하게 고뇌에 빠져있는 인간의 내면 세계를 표현한 작품이다. 1880년에 작게 만들었던 첫 작품이 1904년에 대형의 석고상으로 확대 제작되었다. 1906년에는 브론즈로 다시 제작해서 파리의 팡테옹 앞에 설치되었다가 로댕이 죽은 후 로댕 미술관으로 옮겨왔다. 파리 장식미술관의 청동문 제작을 의뢰받은 로댕은 단테의 신곡에서 영감을 얻어 〈The Gates of Hell〉을 제작하였다. 그러나 약속한 1884년을 지키지 못하고 죽을 때까지 완성하지 못한 작품으로 인간의 사랑과 고통, 죽음을 보여준다.

〈The Burghers of Calais, 1889〉는 영국에게 포위당한 칼레를 지키기 위해 목숨을 바친 여섯 명의 시민들을 기억하기 위해 만든 작품이다. 100년 전쟁에서 성을 포위한 영국군의 장기전으로 식량이 바닥난 칼레 시민들은 항복하기로 한다. 1347년 Edward 3세는 성을 파괴하는 대신, 대표 6명만 처형하기로 한다. 생 피에르가 먼저 지원하자 용기를 얻은 시민들이 자신도 가겠다고 나섰다. 그들은 7명 중 제비뽑기로 누구 한 명을 빼는 것보다 늦게 나오는 사람을 제외하기로 하였다.

다음 날 아침, 주동했던 생피에르가 보이지 않아서 그의 집에 가보니 그는 이미 죽어있었다. 모두에게 용기를 주기 위해 스스로 목숨을 끊은 것이다. 그의 모습에 힘을 얻은 남은 6명은 당당한 모습으로 왕 앞에 섰고, 피에르 이야기를 들은 영국왕은 이에 감동하여 모두를 살려주었다. 1884년 칼레시는 이들의 희생정신을 기리기 위한 기념상 제작을 로댕에게 의뢰하였다. 로댕은 애국적 영웅의 늠름한 모습을 기대했던 의뢰자의 생각과는 달리, 죽음 앞에서 고뇌에 찬 표정을 짓는, 칼레 시민들의 극히 인간적인 모습을 창조해냈다. 이 〈칼레의 시민〉은 12개가 제작되어 뉴욕, 필라델피아 등 전 세계 주요 도시에 전시되어 있다.

〈The Hand of God〉은 하얀 대리석의 거칠고 매끈한 질감을 동시에 표현한 작품으로, 자궁 안에서 신의 손에 의해 창조물이 잉태되면서 서서히 그 몸체를 드러내는 모습을 보여준다. 분수의 장식을 위해 제작된 〈The Cathedral〉은 휘어진 활 모양의 두 손 사이로 물이 솟아오르게 되어있다. 동일한 손가락이 겹치지 않도록 두 개의 오른손을 마주 보게 만든 이 작품은 텅 빈 공간에서 불쑥 위로 솟은 두 개의 손을 통해 고딕 대성당의 첨탑을 표현하였다.

〈The Kiss〉는 단테의 『신곡』에서 형제의 약혼녀와 불륜을 저지른 파올로와 프란체스카를 나타낸 것이다. 지옥의 문 오른쪽 아래에 서로에 대한 감정을 깨닫는 순간의 두 연인의 모습을 표현하였으나, 지옥의 문과 어울리지 않아 떼어낸 작품이다.

로댕은 1884년 카미유 Camille Claudel, 1864~1943 를 제자 겸 모델로 삼아, 작업을 거들게 했다. 카미유는 바로 실력을 인정받아, 〈The Kiss, 1889〉, 〈The Burghers of Calais, 1889〉, 〈The Gates of Hell, 1880~1917〉 등을 함께 제작하였다. 가난에 시달리다가 이제야 겨우 성공을 거두고 있을 무렵, 예쁜 소녀의 손끝에서 피어나는 재능을 발견한 로댕의 눈에는 카미유가 보석처럼 보였을 것이다. 24년이나 연상인 로댕은 첫사랑에 빠진 소년처럼 그녀에게 열렬하게 구애했고 카미유는 그의 뮤즈가 되었다. 두 사람 사이가 뜨거워지면서 근엄한 남성미가 흐르던 로댕의 작품에서는 관능적 섬세함이 나타났다.

> "나의 사랑! 나의 착한 사람아, 너를 보지 않고는 하루도 견딜 수 없구나. 아, 성스러운 아름다움이여 사랑하는 나의 꽃이여, 너의 아름다운 몸을 껴안으며 그 앞에 이렇게 두 무릎을 꿇는다."
> – 로댕이 카미유에게 보낸 편지 중에서

이 시기에 만들어진 조각들은 대부분 에로틱한 작품이었다. 카미유와의 격정적인 사랑을 풍부한 감성과 뛰어난 구성으로 표현하여 로댕을 조각의 아버지로 만들어준 〈입맞춤〉은 너무 파격적이어서 한동안 독방에 설치하여 관람신청을 받아볼 수 있도록 하였다.

카미유는 아들까지 나아준 동거녀이자 사실상의 부인인 로즈 뵈레의 질투가 시작되면서 예술과 영혼의 반려보다는 생활의 반려를 택한 로댕에게 배신감을 느꼈다. 8년 만에 그와 결별하고 작업실을 나온 카미유는 로댕이 생각날 때마다 발가벗고 잠자리에 들었다.

"아무것도 할 수 없어서 또 편지를 씁니다. 당신이 여기 있다고 생각하고 싶어 아무것도 입지 않은 채 누워 있습니다. 하지만 눈을 뜨면 모든 것이 변해버립니다. 제발 부탁입니다. 더 이상 저를 속이지 말아주세요."

  – 카미유가 로댕에게 쓴 편지

카미유는 마치 그런 자기 자신을 다잡기라도 하듯 세 인물이 등장하는 〈The Age of Maturity〉를 만들었다. 로댕과 그의 정부, 카미유를 상징하는 이 작품에서 무릎을 꿇고 애원하는 자신을 외면한 채, 정부의 손에 이끌려 떠나는 로댕을 조각하였다.

1888년 살롱전에서 최고상을 받아 정식 작가로 인정받게 된 카미유는 이후 작품이 독창적이고 다양해지면서 로댕과의 사이에 갈등이 생긴다. 그녀는 로댕이 자신의 예술을 인정하지 않는다는 강박관념으로 결국 우울증에 걸렸다. 한때 그녀는 로댕의 예술적 영감의 원천이었지만, 스승이자 연인인 로댕과 맞서려는 그녀의 시도는 그 당시 지배적이었던 남성 상위 시대의 벽을 넘지 못하였다. 가족에게서도 버림받은 그녀는 30년 가까이 말년을 정신병원에서 보내며 씁쓸한 사랑, 그 잔인한 조각만 남겼다.

개선문과 에펠탑

로댕 미술관에서 15유로의 택시비를 들여, 방사형 도로 정점인 샤를 드 골 광장 Place Charles de Gaulle 에 도착하였다. 원으로 둘러싸인 Etoile Arc de Triomphe에는 1923년 점화된 1차 세계대전 무명용사 추모비와 나폴레옹 1세 독수리 문장, 드골 장군의 포고문 등이 있었다.

300개 나선형 계단을 따라 올라가 거대한 직사각형 방에 도착하였다. 한 쪽 벽에 승리와 영광을 상징하는 수십 가지 월계관이 걸려있고 시대별 군복과 훈장들이 전시되어 있어, 이곳이 프랑스의 개선문임을 보여주고 있었다. 옥상 전망대에서는 12개의 도로가 별 Etoile 처럼 펼쳐져 있는 파리의 비경을 볼 수 있었다. 저 멀리 신도시 라데팡스에 건물을 커다란 문처럼 지은 신개선문도 보였다.

개선문은 1806년 나폴레옹 1세가 프랑스의 전쟁 승리를 기념하여, 높이 50m, 너비 45m의 크기로, 30여 년 동안 제작되었다. 나폴레옹은 개선문의 완성을 보지 못한 채, 위암으로 생을 마감하였다. 1840년 나폴레옹의 유해가 옮겨질 때, 1885년 빅토르 위고가 사망하였을 때, 1944년 드골 장군이 2차 세계 대전 승리 후 파리에 입성하였을 때, 이 문이 이용되었다. 파리의 8개 개선문 중 에투알 개선문, 루브르 박물관 앞 까루젤 개선문과 라데팡스 신개선문 등이 가장 유명하다.

사이요 궁전 앞뜰에는 수많은 관광객이 인증사진을 찍고 있었다. 324m, 81층 높이의 철탑을 제대로 사진에 담으려면 이곳을 찾아야 한다. 에펠탑을 향하여 1km쯤 걸어 내려가면서 점점 커지는 그 위용에 압도되었다. 에펠탑은 에펠 Alexandre G. Eiffel, 1832~1923 에 의해 1887년에 시공하여, 프랑스 대혁명 200주년에 맞추어 1889년에 완공되었다. 이 탑은 세계에서 가장 높았던 워싱턴 모뉴먼트보다 두 배나 높게 만드느라 160만 불이 소요되었다. 경관을 해친다는 반대 의견에 20년 뒤 철거하는 조건으로 완공된 에펠탑은 무선 안테나로 사용되면서 위기를 면했다. 1944년 8월 파리를 불태워 버리라는 히틀러의 명령에 다시 사라질 운명을 맞이하였다.

"파리는 불타고 있는가?"를 확인하는 히틀러의 독촉에, 점령군 사령관 Choltitz은 전화를 받지 않았다. 뉘른베르크 전범재판에서 많은 동료 장군들이 사형을 받았으나, 그는 파리를 지켜낸 공을 인정받아 3년형을 선고받았다. 1966년 바덴바덴에서 72세로 생을 마감한 그의 장례식에 많은 프랑스 장군들이 참석하여 애도하였다. 우여곡절 끝에 살아남은 에펠탑은 매년 700만 명이 찾는 세계 최고의 관광 명소가 되었다. 에펠탑 바로 아래까지 걸어 내려가 수백만 개의 조각으로 조립한 정교한 철탑을 감상하였다. 2014년 가을, 장시간 기다림 끝에 힘들게 올라간 기억 때문에 25유로 하는 에펠탑 등정은 생략하고 세느강 야경 크루즈가 출발하는 Bateaux Mouches 선착장으로 갔다.

서유럽과 모로코

　점심은 시내 관광 중에 햄버거로 간단히 해결하였기에 저녁식사는 에펠탑 등정이 생략되어 생긴 시간 여유로, 선착장 근처 파리 전통식당에서 느긋하게 할 수 있었다. 알마 다리 아래에 있는 바토무슈 선착장에서 유람선에 올랐다. 뮤지엄 패스에 포함되지 않아 1인당 14유로의 티켓이 필요했으나 패트릭 커플이 Chase Credit Card 포인트를 이용하여 우리 티켓까지 준비해와 4년 전 단체 투어에 이어 두 번째 크루즈를 할 수 있었다.

　유람선은 콩코르드, 카루젤 다리, 루브르 박물관, 시청을 보여주었다. 노트르담 성당이 있는 시테섬을 한 바퀴 돈 다음, 1606년 돌로 건축된 다리로, 파리에서 가장 오래된 퐁네프 다리 밑을 통과하여 오르쉐 앞을 지나 1시간여 만에 돌아왔다. 좀 약한 빛으로 지루해질 무렵, 화려한 조명을 발산하는 에펠탑을 만났다. 매시간 처음 5분간 빤짝거리는 섬광과 함께 레이저 쇼가 벌어지자 일제히 함성을 질렀다.

루브르 박물관

　호텔 근처, 빵 맛이 세계 최고라는 파리의 한 베이커리에서 막 구어낸 빵과 커피 한잔으로 행복한 아침을 열었다. 색감 좋은 복숭아 한 조각을 구어 마치 달걀노른자처럼 빵 위에 올린 아이디어는 맛의 경지를 넘어 비주얼로 승부하는 파리 예술의 진수를 보는 듯하였다. 오르세는 월요일에, 루브르 박물관은 화요일 휴관하기에 화요일에 먼저 오르세 관람을 끝내고, 수요일에 찾았다. 긴 줄을 서는 시간을 절약하기 위하여 오픈 9시보다 30분 일찍 도착하였다.

유리 피라미드 앞에서 소지품 검사를 마친 후, 줄이 짧은 뮤지엄 패스 입구를 통해 입장하였다. 유리 피라미드는 1989년 하버드 출신 이오 밍 페이에 의해 설계되었다. 그는 2019년 5월 15일 102세의 나이로 죽었다.

루브르 박물관은 1190년 요새로 지어졌다가 16세기 중반 왕궁으로 재건축되었다. 루이 14세가 베르사유 궁전으로 거처를 옮긴 후, 왕실의 보물을 보관하면서 1793년 박물관이 되었다. 1798년 이집트 원정에서 수집된 5만5천 점의 유물이 전시되면서 나폴레옹 시절에는 나폴레옹 박물관으로 불리었다.

Richelieu, Denon, Sully 중, 쉴리관으로 먼저 들어가, 요새의 흔적이 있는 지하층을 돌아 그리스 로마 시대의 작품들을 둘러보았다. 리슐리외관에서 프랑스 작품들을 감상하고 한 층을 올라가 나폴레옹 3세[1808~1873]의 아파트를 방문하였다. 그는 나폴레옹 1세 동생의 셋째 아들로, 나폴레옹 1세의 정권이 무너지자 스위스로 망명하였다가 프랑스 6월 혁명 후, 귀국하여 대통령에 당선되었다. 그가 베르사유궁에 가지 않고 루브르 궁전을 재정비하여 살았기에 가구는 물론 샹들리에도 그 당시 가장 크고 화려한 것으로, 파리 최고의 홈패션을 보여주고 있었다.

신고전주의 화가 Peter Paul Rubens[1577~1640]의 연작 〈마리 드 메디치의 생애〉가 걸려있는 리슐리외관을 찾았다. 메디치 갤러리 전시실 벽은 앙리 4세[1553~1610]의 왕비 마리 드 메디치[1573~1642]의 일생이 21개의 그림으로 가득 채워져 있다.

이탈리아 피렌체 메디치가의 딸 마리는 프랑스 마르세유에 도착하여, 1600년 앙리 4세와 결혼을 한다. 1610년 마리가 프랑스 여왕 대관식을 치른 다음 날, 여성 편력이 많았던 앙리는 의문의 암살을 당한다. 그녀가 암살 음모를 알고 있었던 것으로 전해지나 공모 여부는 끝내 밝혀지지 않았다. 프랑스 통치 야심이 있었던 마리는 1617년 어린 아들 루이 13세를 대신하여 이탈리아 출신 신하들의 도움으로 7년 동안 섭정을 한다. 아들이 성인이 되었는데도 권력을 내놓지 않았던 마리는 결국 프랑스 출신 신하들을 등에 업은 아들에 의해 유배된다. 이후 파리에 돌아온 그녀는 정치적인 입지를 다지기 위해 루벤스를 통해 이곳에 자신의 역사화를 제작하여 전시하였으나 큰 효과를 보지 못하고 브뤼셀로 망명하여 쾰른에서 사망한다.

Theodore Gericault의 〈Raft of the Medusa, 1819〉, 1816년 400명을 태운 메두사호는 아프리카로 가던 중 암초에 걸려 좌초된다. 구명정이 모자라 뗏목에 타고 있었던 149명은 한 모금의 물과 음식물 때문에 피로 물든 싸움을 벌였다. 구조선이 왔을 때, 생존자 15명은 모두 빈사 상태였다. 제리코는 같은 모양의 뗏목 모형을 만들고 시체를 화실로 가져다가 경직 상태와 빈사의 인체를 연구하였다고 한다.

〈Winged Victory of Samothrace〉는 기원전 220~190년에 제작된 고대 그리스의 대표적인 조각상이다. 1863년 프랑스의 영사 겸 고고학자인 샤를 샴푸아소가 발견한 이 작품은 승리의 여신인 니케를 묘사한 길이 328cm 대리석상으로, 머리와 양팔이 잘려진 채로 남아있다. 왼쪽 가슴 부분과 오른쪽 날개 부분을 석고로 복원한 이 여신상은 150개의 대리석 조각으로 발견되었으나, 후에 양쪽 날개를 달아 힘차게 비상하는 모습을 만들었다. 전면 우측에서 보면 가장 아름다운 모습을 볼 수 있다.

1820년 그리스의 밀로스섬에서 발견된 〈밀로의 비너스〉는 리비에르 백작이 터키 정부로부터 샀다. 남아있는 형태를 연구한 결과 비너스의 왼손은 사과를 들고 있고 오른손은 왼쪽 허벅지를 잡고 있는 것으로 보여져 복원하려 하였으나, 지금의 형태로도 충분히 아름다워 그냥 두었다.

〈사모트라케의 니케〉, 〈밀로의 비너스〉와 함께 루브르의 3대 보물로 불리는 다빈치의 〈모나리자〉가 전시된 방은 인산인해를 이루고 있었다. 방탄유리 속에 갇혀있는 〈모나리자〉는 관람객들이 몰려드는 이유를 아는 듯 모르는 듯, 옅은

미소를 띠고 있었다. Paolo Veronese의 〈가나의 혼인잔치〉는 예수께서 공생애를 시작하신 후, 처음으로 물을 포도주로 변화시키는 기적을 베푼 혼인 잔치를 그린 작품이다. 가로 994cm 세로 667cm 크기의 루브르에서 가장 큰 작품으로 〈모나리자〉와 마주하고 있다.

들라크루아의 〈The Death of Sardanapalus〉, 지금의 이라크 북부, 고대 아시리아 제국의 마지막 왕은 반란군에게 패한 뒤, 그들에게 항복하지 않고 명예롭게 죽기로 결심한다. 부하들에게 침대 밑에 장작더미를 쌓아올리게 한 후, 그 침대 위에 오른다. 부하들은 왕의 명령대로 장작더미에 불을 붙인다. 궁정의 근위병들에게 왕의 애첩과 노예들 그리고 개와 말들까지 모조리 목을 자르라고 명령하였다. 이는 왕의 쾌락에 함께하였던 그 어떤 것도 살아남아서는 안 된다는 그의 집착에 의한 것이었다.

로마를 건국한 로물루스는 전쟁으로 많은 사람이 죽게 되자 인구를 늘리기 위해 이웃의 사비니에 접근해서 남성들은 취하게 만든 후, 여인들을 납치하였다. 이 약탈 장면은 푸생의 〈사비니 여인들의 납치〉가 대표적이다.

수년 뒤 사비니 군인들이 여인들을 되찾기 위해 로마로 쳐들어간 사건을 소재로 다비드는 〈사비니 여인의 중재, 1799〉를 그렸다.

　로마인의 아내가 된 여인들이 로마군과 사비니군 사이에 서서 이미 부부의 인연을 맺고 아이들까지 낳았으니, 싸우지 말 것을 아버지와 오빠들에게 간곡히 호소한다. 이 작품은 전쟁과 약탈 속에서도 평화와 가족애는 소중한 것임을 보여주고 있다.

　로마 유학 후 신고전주의를 프랑스에 소개하고 정착시킨 다비드 Jacques-Louis David, 1748~1825 는 1804년 12월 노트르담 사원에서 거행된 나폴레옹 대관식 장면을 〈Le Sacre de Napoleon〉에 담았다.

　참석자 200여 명의 초상을 먼저 그려본 그는 마네킹 배치로 구도를 잡아 1805년부터 3년에 걸쳐, 가로 979cm 세로 629cm의 대작을 완성하였다. 로마에서 초청된 교황 비오 7세가 오른손으로 황제를 축복하고 있는 가운데, 황제는 월계관을 먼저 쓰고 앞으로 나와서 꿇어앉은 조제핀 Josephine, 1763-1814 에게 왕관을 내리는 모습이다. 가운데에는 황제의 모친이 그려져 있고 한 단 낮게 장군과 고관들이 있다.

　나폴레옹[1769-1821]의 모친은 황제인 아들이, 남성편력이 심하고 여섯 살 연상에 두 아이가 딸린 조제핀과의 결혼에 반대하여 대관식에 불참하였다. 시민들을 의식한 나폴레옹이 모친을 그려 넣으라 지시하자, 궁전화가 다비드는 조제핀의 아이들과 목탄으로 대관식 현장을 스케치하고 있는 자신의 모습도 그렸다.

오랑주리 미술관
오페라 하우스 퐁피두센터

상하수도만 있는 다른 도시와는 달리 별도의 중수도를 갖추고 있는 파리
는 그 중수도 물로 자주 거리 청소를 한다. 그로 인해, 파리는 다른 도시에
비해 매연과 미세먼지가 적어 쾌적한 기분으로 길을 걸을 수 있었고 좀 오래
옷을 입어도 냄새가 덜했다.

파리의 3대 미술관으로 꼽히는 오랑주리 Orangerie 뮤지엄은 튈르리 정원의
오렌지 나무를 위한 겨울 온실이 예술품을 보관하기 위한 모던 갤러리로 지
정되면서 미술관이 되었다. 1914년 Claude Monet가 수십 미터에 이르는 대
작 〈Water Lilies〉를 기증하여 1층 관람실 벽을 가득 메우고 있었다.

화요일은 휴관하고, 매일 오전 9시부터 오후 7시 오픈하는 이 미술관은 매달 첫 일요일은 무료입장이다. 요금은 9유로이지만, 뮤지엄 패스로 입장하였다.

오페라 하우스는 나폴레옹 3세가 전통적인 이탈리아식 극장을 탈피하여 말발굽 형태로 서로를 볼 수 있는 프랑스식 극장 건설을 추진하여 탄생했다. 1861년, 풍부한 상상력으로 뉴 오페라 건축대상을 수상한 Jean-Louis Charles Garnier는 1875년 길이 175m, 폭 125m, 높이 74m, 2,081개의 좌석을 갖춘 오페라 하우스를 완공하였다.

이곳은 후에 이탈리아식 극장의 모델로 인정되었다. 1887년 가스대신 전기가 사용되면서, 이 '오페라 가르니에'는 그 화려함으로 세계에서 가장 아름다운 '팔레 가르니에'로 불리고 있다.

건물 뒤 입구로 들어가, 12유로를 내고, 30m 높이의 Grand Staircase로 걸어 올라갔다. 프랑스 작가 Gaston Leroux의 소설『오페라의 유령』의 배경이 되었으며 지금도 오페라와 발레가 공연되고 있다. 샤갈의 대형 천장화 밑에 있는, 청동과 수정 그리고 340개의 등으로 만든 8톤의 샹들리에는 파리에서 가장 큰 것이다.

피카소 박물관으로 가는 길이 정체되어, 8유로를 가리키던 미터가 겨우 200m 전진하는데 14유로로 올랐다. 우리는 약속이나 한 듯 택시에서 내려, 1.5km 거리에 있는 퐁피두 센터 Center Georges Pompidu 를 향해 걸었다.

프랑스 19대 대통령 퐁피두 1911~1974 는 예술의 도시 선두 자리를 뉴욕이나 런던에 빼앗기지 않기 위하여 국립예술문화센터 건설 계획을 세웠다. 퐁피두는 건물 속으로 들어가는 배선, 냉난방과 배관 등의 기능적인 설비들을 밖에 설치하여, 실내 공간을 온전히 활용하였다.

이 센터 건설에 심혈을 기울였던 퐁피두는, 완공을 보지 못하고 1974년 혈액암으로 임기 중에 세상을 떠났다. 그의 열정에 대한 경의의 표시로 퐁피두센터라 명명되었다. 하루 2만5천여 명의 방문객이 찾는 퐁피두센터에는 국립현대미술관, 극장, 도서관 등이 있다. 14유로의 입장료는 뮤지엄 패스로 대신할 수 있다. 건물 자체가 예술인 퐁피두센터 원통형 에스컬레이터로 5층까지 올라가, 내려오면서 감상하였다. 이곳에는 1905년 이후의 작품들이 모던 컬렉션과 컨템포러리 컬렉션으로 나뉘어 있다.

센터 앞에서 얼굴을 그려주는 거리 화가에게 패트릭의 초상화를 부탁하였다. 20유로를 받고 1시간 동안 작품을 완성해 가는 거리화가의 진지한 붓놀림 속에서 대가가 된 그의 미래 모습을 보았다. 첫날 식사한 곳에서 저녁식사를 하며 파리의 마지막 밤을 보냈다. 파리는 염려했던 것보다 훨씬 안전하였고 위치가 좋은 호텔에 묵으면서 뮤지엄 패스로 시간과 경비를 절약하여 많은 명소들을 알뜰하게 돌아볼 수 있었다.

고흐 생애 마지막 마을
오베르

파리 드골 공항에서 서쪽 38km 거리의 오베르 ^{Auvers sur Oise}를 방문하였다. 고풍스러운 17세기 성 안으로 들어가 현대식 인테리어가 우아한 Restaurant Le Nymphée에서 귀족의 초대를 받은 기분으로, 프랑스 전통요리를 즐겼다.

성에서 시내로 걸어 내려가는 길에는 바닥마다 고흐의 마크가 박혀있어, 마을 전체가 고흐 박물관 같았다. 고흐 Vincent van Gogh, 1853~1890 는 정신 병원에서 퇴원한 후, 주치의 가쉐 박사 Paul Gachet 가 살던 이 마을에서 70일 정도 머무르면서 70여 점의 작품을 완성하였다. 예술에 대한 안목이 높았던 가쉐는 외로운 고흐의 정신적 친구가 되어 그의 고통이 예술적으로 승화되도록 도왔다.

그러나 고흐가 자신의 딸 Marguerite와 가까워지자 냉랭하게 변했고 그런 그의 태도가 고흐의 자살의 한 원인이 되었다. 고흐를 사랑하여 그의 모델이 되었던 그녀는 77세에 숨질 때까지 결혼하지 않고 은둔해 살았다. 고흐가 귀를 잘랐을 때, 치료해 준 가쉐 박사에게 감사하며, 그린 두 번의 초상화 중 그에게 선물로 준 한점의 가격이 1,700억 원으로 오르쉐 미술관이 소장하고 있다.

고흐가 자살하기 전까지 머물렀던 라부 여관 앞에 섰다. 생전에 한 점의 작품도 팔지 못했던 고흐는 이곳에 머물면서 주인의 딸 Adeline의 초상화를 그려 하숙비조로 건네주었다. 이 작품을 유일하게 팔린 것으로 여겨 한점은 팔렸다고 이야기하기도 한다.

길 건너에는 고흐 작품의 배경이 된 오베르 시청 모습이 그대로 간직되어 있었다. 프랑스인들은 그의 작품의 배경이 된 곳들을 개축하지 않고 그대로 보존하여 관광객들의 작품 이해를 돕고 있었다.

〈Stairway at Auvers〉의 배경이 된 그 길을 따라 걸어보았다. 그 골목에는 자연주의 화가 Charles-François Daubigny 1817~1878 의 박물관이 있었다. 도비니가 살고 있던 이 마을에 세잔 등 인상파 화가들이 방문하여 그의 영향을 많이 받았다. 고흐 자신도 지금은 박물관이 된 그의 집을 방문하였다. 도비니 사후 12년 동안 혼자 살고 있었던 부인을 만나 화가인 그녀와 대화를 나누며 많은 영감을 받았다. 고흐 못지 않게 좋은 작품들을 많이 남긴 그였지만, 겨우 70여 일 이곳에서 살다간 고흐의 인기에 밀려 아쉽게도 묻혀버렸다.

　좀 기이한 형상의 고흐 동상이 있는 공원에 들렀다가 위쪽으로 10여 분 걸어가 고흐가 〈The Church in Auvers-sur-Oise, 1890〉을 그렸던 13세기 중세고딕양식의 오베르 교회를 찾았다. 고흐는 자신의 죽음을 예견하고 작품을 그린 듯, 관이 들어가는 교회의 뒤쪽 입구를 어두운색으로 표현하였다.

　고흐의 마지막 작품 〈Wheat Field with Crows〉을 그렸던 밀밭 앞에 섰다. 죽음을 의미하는 까마귀떼를 그려 넣은 작품을 보면서, 고흐의 절망감을 느껴보았다.

　4월의 밀밭은 아직 무릎까지도 자라지 못했으나, 그가 자살한 무렵의 분위기를 가늠해 볼 수 있었다. 고흐가 권총 자살한 몇 개월 후, 고흐의 후원자였던 동생 테오도 우울증을 앓다 죽었다. 서로 의지하며 짧은 생을 살았던 두 형제가 나란히 묻혀있는 밀밭 가까이, 공동 무덤 담벼락에 걸려있는

한 송이 해바라기가 인상적이었다. 고흐 형제가 죽은 후, 11년 만에 테오의
부인 요한나와 삼촌과 같은 이름을 가진 테오의 아들 빈센트 반 고흐에 의
해 후원회가 조직되었다. 생전에 전혀 주목을 받지 못하였던 그의 작품은 그
때부터 세상에 알려지면서 팔리기 시작하였다.

모네의 수련 연못
지베르니

오베르 서쪽 62km, Claude Monet[1840~1926]가 작품 활동을 하였던 Giverny의 생가를 찾아 장미와 튤립 등 형형색색의 꽃들이 만발해 있는 정원을 거닐며, 모네의 예술세계를 돌아보았다. 그의 취향대로 일본식의 장식품들이 많이 있었고, 부엌은 파란색, 식당은 노란색 벽으로 꾸며져 있었다. 도난과 훼손을 의식한 듯 작업실에는, 진본 대신 복사본들이 걸려 있었다.

모네는 1883년 파리에서 100km 떨어진 농장을 구입, 세느강 지류를 끌어들여 나무다리가 있는 일본식 수련 연못을 길 건너편에 꾸며놓아 지하도를 통해 건너가도록 하였다. 이곳을 모티브로 하여 오랑주리 미술관 한 층을 가득 메웠던 〈Water Lilies〉가 탄생하였다.

1876년, 36세의 모네는 미술품 수집가 Ernest Hoschede와 그의 아내 Alice를 만났다. 앨리스는 처지가 어려운 모네의 두 자녀를 자기 자녀 6명과 함께 파리로 유학시켜 주었다. 2년 후, 후원자인 오셰데가 경기 불황으로 파산하고 사라지자 오갈 데가 없어진 앨리스는 자녀들과 함께 모네의 집에서 기거하게 되었다. 1년쯤 지나, 모네의 아내가 죽자 그들은 내연의 관계가 되었다. 1892년 앨리스의 남편이 사망하자 그들은 13년간의 내연 관계를 청산하고 결혼하였다. 모네는 폐암으로 86세에 죽을 때까지 이곳에서 그녀와 40여 년을 함께 살면서 그녀의 인맥을 통한 그림 판매로 큰 부를 쌓으며 행복하게 살았다.

그의 아들이 프랑스 예술 아카데미에 기증한 집은 모네 기념관이 되어 관광 명소로 자리 잡았다. 빛은 곧 색이라는 인상파 원칙을 고집스럽게 지켰던 그는, 같은 주제를 시간을 달리하여 반복해서 그렸다. 그의 빛과 컬러에 대한 독자적인 해석, 특유의 작업 방식 등은 후대 화가들에게 큰 영향을 미쳤다.

 '아카데미 쉬스'에 들어간 모네는 르누아르, 드가, 세잔 등과 함께 새로운 화풍을 만들어 갔다. 1874년 파리 살롱 전시회에서 거절당한 그들은 독립 전시회를 열었다. 그러나 기존의 풍경화와는 달리, 형체가 불분명하고 개성이 강한 모네의 〈Impression, Sunrise〉에 대해 비평가 루이 르루아는 "참으로 인상적이다. 벽지가 이 그림보다 완성도가 높다"라고 혹평했다. 이 전시회에 참여한 이들에게 이때부터 인상파라는 이름이 붙여졌다.

 1950년대 잭슨 폴록 등 많은 화가들이, 모네가 말년에 그린 초대형 작품에 영향을 받자 그의 〈수련〉은 재평가되기 시작하였다. 1990년대, 세계 순회 회고전을 계기로 모네는 세계인이 가장 사랑하는 작가로 떠올랐다. 2014년 기준, 세상에서 가장 비싼 그림 100위 중에, 21위인 〈수련 연못〉이 8천만 불, 81위인 〈수련〉이 5천만 불의 기록을 남겼다.

몽생미쉘

지베르니에서 260km를 달려, 노르망디 해안에 있는 Mont-Saint-Michel 을 찾았다. 꿈속에서 이곳에 수도원을 세우라는 미카엘 대천사의 계시에 따라 주교 St. Aubert는 708년 몽생미쉘을 세웠다. 966년, 정상에 세워진 베네 딕투스 대수도원은 개축을 거듭하여 16세기에 지금의 모습이 되었다. 내부 는 기둥으로 건물을 지탱하는 로마네스크 양식과 벽으로 건물을 지탱하는 중세의 고딕 건축양식이 혼합되어있다.

　1층은 순례자 숙박소, 2층은 기사의 방, 1211년 증축된 3층은 수사들의 대식당과 회랑으로 사용되었다. 성지 순례지가 된 이곳은 10세기 때 교인들이 정착하면서 마을을 형성하기 시작하였다. 성처럼 느껴지는 견고한 외관은 백년전쟁 때 영국군의 총공격을 막아낸 난공불락의 요새로 민족 정체성의 상징이 되었다. 수도원은 프랑스 대혁명으로 해산되었고, 나폴레옹 시절부터 1863년까지 감옥으로 사용되다가 1874년 사적 기념물로 지정되었다.

　만조일 때 섬이 되는 이곳을 육지와 연결해 주는 900m의 뚝길을 따라 트램으로 10분 정도 섬까지 가서 성 안으로 걸어 들어갔다. 멀리서 볼 때 아름답게만 보였던 성채가 한 걸음씩 다가설 때마다 웅장한 모습으로 변했다. 좁고 가파른 길에 들어선 상점들을 지나 숨을 고르며 천천히 걸어 올라가 30여 분 만에 섬 꼭대기의 수도원에 도착하였다. 천사장 미카엘의 금동상이 높이 솟아있는 거대한 수도원 안을 돌아보려면 입장료 10유로를 내야 한다.

　성벽 쪽으로 내려와 노르망디 평야가 내려다보이는 전망대에 섰다. 저 멀리 갯벌 위에서 몽생미쉘의 비경을 즐기는 이들이 아주 작게 보였다. 트램을 타고 나와 몽생미쉘이 보이는 식당에서 달걀 거품 형태의 오믈렛으로 점심을 먹었다.

    1944년 6월 6일, 이곳에서 140km 북쪽에 있는 Cherbourg 근처에서 노르망디 상륙 작전이 벌어졌다. 아이젠하워의 연합군은 세르부르항을 점령하고 프랑스로 진격하였다. 드골이 지휘하는 레지스탕스의 활약으로 파리에 입성한 연합군은 유럽을 나치에서 해방시켰다.

    William the Conqueror[1028~1087]은 노르망디 공국을 통치하던 영국 출신 로베르 1세와 첩 사이에서 태어났다. 7세 때 예루살렘 순례길에서 아버지가 죽자 그는 프랑스왕 앙리 1세로부터 노르망디 공작 지위를 받았다. 후견인들이 피살되는 상황을 견디며 의지력이 강해진 윌리엄은 15세 때 기사 작위를 받고 1047년 프랑스왕 앙리와 함께 반란을 격파하였다. 열정적인 군인으로 모든 사람들의 존경을 받았던 서자왕 윌리엄은 1066년 해럴드왕을 꺾고 잉글랜드의 새로운 국왕으로 등극하였다.

다빈치의 공상세계
앙부아즈

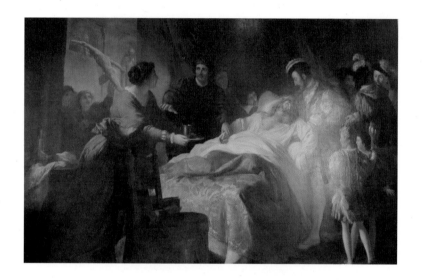

몽생미쉘 남서쪽 263km, 80여 개의 성들이 몰려있어 고성지대라 불리우는 르와르 ^{Loire} 강 언덕에 있는 Chateaux Amboise을 방문하였다. 왕위를 이어받을 아들이 없던 루이 12세는 조카이며 사위가 되는 프랑수와 1세 ^{1494~1547} 에게 왕위를 물려주었다. 영토 확장을 위하여 이탈리아를 침공했던 그는 Leonardo da Vinci ^{1452~1519} 를 프랑스로 초청하였다.

끌로뤼세 저택을 하사한 왕은 다빈치에게 매년 은화 700에퀴의 생활비를 지급하고 그를 국왕 수석화가 및 건축가로 임명하였다. 43세 연상인 다빈치를 아버지라 부를 정도로, 다빈치의 예술을 높이 샀던 그는 다빈치를 통하여 프랑스의 문예부흥을 이루었다.

앙브아즈성 안으로 들어가 고딕양식의 Chapelle Saint Hubert에서 1519년 세상을 떠나 잠들어있는 다빈치를 만났다. 다빈치가 임종할 때 그를 품에 안고 죽음을 애도하였던 프랑수와는 500년이 지난 지금도 루브르 모나리자관에서 그의 작품을 지키고 있다.

다빈치 공원으로 가는 길에 왼편으로 동굴집들이 눈에 많이 띄었다. 10여 분 정도 걸어 공원으로 들어가자 200년 동안 프랑스 왕들의 여름별장이었던 Chateau du Clos Luce이 나타났다. 1516년부터 프랑수아의 왕궁이 보이는 이 저택에서 다빈치는 이탈리아에서 가지고 온 〈모나리자〉, 〈성 안나와 성모자〉, 〈세례자 요한〉을 완성하였다.

끌로뤼세 성에는 건축, 기술, 기계, 항공 등 4개의 분야별로 설계도와 모형들이 전시되어 있었다. 중세 암흑기, 천동설을 주장하며 과학적 연구가 신의 섭리에 반한다고 금기시하던 시절에 다빈치는 은인이자 친구인 프랑수와를 만나 천재성을 발휘하였다.

종교적 신념에 묶여있었던 이탈리아와는 달리, 프랑스는 과학을 연구하기 시작하였다. 프랑수와는 앙브아즈성과 연결된 500m의 지하통로로 다빈치를 자주 찾아 격려하였다. 왕의 열정에 감동받은 엔지니어 다빈치와 그 후세 과학자들은 프랑스를 20세기 초까지 인류의 과학 문명을 이끌어간 나라로 만들었다.

다빈치 공원에는 수력과 톱니바퀴를 이용한 공장, 다연발 대포, UFO 모형의 전차와 인간 신체의 해부학적 구조 등을 완성한 작품 등이 전시되어 있었다. 다빈치는 제자 겸 동반자이었던 Francesco Melzi에게 유산을 남기고, 67세의 나이로 세상을 떠났다. 멜지는 죽을 때까지 50년 동안 그의 작품들을 간직했다가 정부에 기증하였다.

미투 사연들이 차고 넘치는
쉬농소성

앙브아즈에서 13km 떨어져 있는 쉬농소성 Chateaux de Chenonceau 을 찾았다. 매표소를 지나 길 양옆에 늘어선 늘씬한 나무들 사이로 걸어 들어가자 저 멀리 쉬농소성이 보이기 시작하였다. 왕이나 귀족들이 즐겨 찾던 레스토랑 오랑주리 L' Orangerie 에서 전통의 스프와 요리로 품격있는 점심식사를 하였다. 와인저장고였던 모습을 보여주기라도 하려는 듯, 식당 앞 정원에는 와인진열대가 하나의 예술 장식품처럼 전시되어 있었다.

세계 1차 대전 동안 병원이었다는 표시와 프랑스 국기를 상징하는 3색 꽃들이 소담스럽게 피어있는 성 안으로 들어갔다. 오랫동안 여성들이 주인으로 있던 적이 많아, '여인들의 성'이라고 불리는 이곳은 유난히 화려한 꽃으로 여성스럽게 장식되어 있었다.

프랑수아 1세를 이은 둘째 아들 앙리 2세는 1547년 왕 위에 오른 후 애첩 Diane에게 이 성을 선물로 주었다. 아버지의 애인이었던 디안느는 앙리 2세보다 20년 연상이었다.

앙리 4세의 애첩 Gabrielle도 이 성에서 살았다. 1600년 교황청 금고관리로 피렌체에서 권세를 떨치던 메디치가의 딸 Marie가 앙리 4세와 결혼한다. 정략결혼으로 형식적인 부부관계를 유지했던 마리는 애첩들에게 이내 사랑을 빼앗겼으나, 아들 루이 13세의 섭정으로 외로움을 달랬다.

성병을 염려했던 프랑스 왕들은 남자 경험이 없는 소녀들을 찾아 교제하다가 결격 사유가 없으면 공식적인 애첩으로 받아들였다. 어깨만 스쳐도 #Me Too로 인생이 망가지는 현 시대와는 격세지감이 느껴진다.

　1710년에 태어나, 1715년부터 1774년 죽을 때까지 60년 가까이 왕위에 있었던 루이 15세는 4명의 Nesle 자매와 이 성에서 사랑을 나누었다. 장녀인 Louise^{1710~1751}는 22세부터 루이의 애인이 되었다가, 1738년 공식적인 첩이 되었다. 1739년, 언니에게 초대를 요청하여 성을 방문한 동생 Pauline은 루이를 유혹하여 총애를 받는다.

　그녀는 루이와 의논하여 언니를 다른 왕족에게 시집 보내고 루이의 사랑을 독차지하였으나 루이의 아이를 낳다가 죽었다. 셋째 Diane이 루이의 애첩이 되었으나, 넷째인 Anne은 1742년 가면무도회에서 루이를 사랑의 포로로 만들어 버린다. 그녀는 셋째 언니를 물리치고 새로운 애첩이 되어 권세를 누리다가 27세의 젊은 나이로 죽었다.

해자로 둘러싸인 쉬농소성의 잘 정돈된 정원에는 수많은 이름 모를 들꽃들이 은은한 향기를 발하고 있었다. 그 꽃들은 마치 이곳에서 화려하게 인생의 꽃을 피우다가 군왕의 총애를 잃으면 이내 시들어 버렸던 여인들의 모습으로 다가왔다.

보르도 와인의
불편한 진실

쉬농소성에서 370km 남쪽에 있는 프랑스 최대 와인 생산지 Bordeaux를 찾았다. 13세기 프랑스왕이 보르도 포도주 수출항인 La Rochelle을 손에 넣음으로써 보르도는 포도주 수출 항구가 되었다. 영국 왕은 질이 좋고 값이 저렴한 보르도 와인에 관세 특혜를 주어 보르도 포도 산업은 더욱 확장되었다.

고풍스런 분위기의 한 와이너리를 방문하여 Oak 통이 가득 찬 지하 숙성고를 돌아보았다. 그들은 커다란 유리공에 코를 대고 그 안에 들어있는 여러 가지 꽃향기를 맡게 하며, 와인의 맛을 미리 기억시켜주었다.

매장을 겸한 시음장에 자리를 잡고 앉아 예쁜 프랑스 아가씨가 건네주는 와인을 받았다. 120유로의 옵션투어비를 지불하고, 보르도 와인과 와이너리의 풍경을 보기 위해 이곳을 찾았으나 20불로 즐겼던 캘리포니아 나파밸리 와인의 상큼한 맛과는 조금 달랐다.

1869년 보르도 지방의 와이너리는 미국에서 유입된 Phylloxera라는 포도나무 뿌리진드기로, 유럽종 포도나무 Vinifera의 80%가량을 뿌리째 뽑아내는 대재앙을 겪었다. 1mm의 날개 없는 필록세라는 알, 유충 상태로 뿌리에 기생하여 봄에 활동한다. 유충과 성충이 뿌리와 잎에서 양분을 섭취하기 시작하면 시들해진 나무에서는 씨 없는 작은 포도알만 달리게 된다. 필록세라는 미국 동부지역의 야생포도에 기생하는 해충이었다. 그러나 그들은 필록세라와의 오랜 전쟁을 통해서 유충이 들러붙는 것을 억제하는 물질을 분비하도록 진화하였다.

3만 프랑의 현상금을 걸고 미국과 함께 연구했던 프랑스는 1880년이 되어서 그 원인을 찾았다. 1840년대, 품종 개량을 위해 臺木 Stock으로 수입해 온 북미 자생종 포도나무인 Labrusca에 필록세라가 묻어 들어온 것을 밝혀낸 것이다. 프랑스는 필록세라에 저항력이 강한 미국종 포도나무 뿌리에 유럽종 포도나무의 줄기를 접목시키는 방법으로 해결책을 찾았다.

지금도 유럽토양에는 필록세라가 존재하고 있기에 가벼운 사토로 배수가 잘되게 하여 해충 발생을 제어하고 있다. 접붙이기를 하지 않은 유럽종 포도나무를 심는 것을 와인법으로 금지하고 국가간 동·식물이 이동할 때는 검역을 하기 시작하였다. 유럽의 와인회사들은 호주, 남아공, 미국 등에 와인 생산 기지를 만들었다. 칠레는 필록세라가 창궐하기 전 1851년에 비니페라 품종을 수입하였기에 이제 순수 품종은 칠레에서 재배하고 있는 셈이 되었다.

유럽에서는 와인 대신 맥주 소비가 증가하였다. 와인의 생산량이 급격히 줄자 증류주인 브랜디 대신 위스키가 각광을 받는 등 세계 주류의 역사가 바뀌었다. 포도밭에 줄지어 서 있는 포도나무 앞뒤 끝 부분에는 가시 장미가 심겨져 있었다. 이는 포도를 수확하는 말들이 가시를 피해 멀리 돌게 하여 나무가 부러지는 것을 방지하고 필록세라의 번식도 억제하기 위함이다.

성모발현지 루르드

포르투갈의 파티마, 멕시코의 과달루페와 함께 세계 3대 성모 발현지인 루르드 Lourdes를 찾았다. 매년 600여만 명의 방문객들이 찾는 이 마을은 넘쳐나는 성지 순례객들로, 숙박 시설들과 기념품 가게들이 성시를 이루고 있었다. 이곳은 파리에 이어 두 번째로 방문객들이 많은 곳이다.

밤 9시, 대성당 Sanctuaires Notre-Dame de Lourdes에서 미사가 시작되기 전, 각 나라 국기를 앞세운 기수들을 따라 촛불을 든 수많은 순례객들이 찬송가를 부르며 광장을 도는 믿음의 행진이 진행되고 있었다.

　2015년 가톨릭 신자는 세계인구의 18%인 13억 명으로, 남미 3.6억, 유럽 3억, 아프리카가 2.2억 명이다. 6백만 명의 신도로 43번째에 불과하지만, 선교와 성지순례의 열정은 세계 정상급인 한국 성가대는 단상에 올라 한국말로 찬송가를 불렀다.

　1858년 2월 11일부터 7월 16일까지 성모 마리아께서 열네 살이었던 벨라뎃다 성녀에게 18번이나 나타났던 성모 발현 동굴 성당을 찾아 성스러운 기운을 느껴보았다. 지체가 부자유한 성도들이 파란 방수 휠체어에 앉아 젊은 남녀 찬양팀과 함께 찬송가를 열창하며 미사를 드리고 있었다.

　보르도 동쪽 180km 지점, 1940년 발견된 라스코 동굴 Grotte de Lascaux 에는 17,000년 전, 후기 구석기 시대에 그려진 1~5m 크기의 100점 이상의 말, 사슴, 들소 등의 동굴벽화가 있다. 수렵시대의 사람들은 사냥감을 많이 잡기 위해 창에 찔린 들소 등을 그려놓고 그렇게 되길 믿고 빌었다. 이 시대의 미술은 오락을 위한 행위나 감정표출 행위가 아니라 생존을 위한 주술적 행위였다.

1963년, 매일 1,200여 명의 방문자들로 훼손의 징후가 보이자 동굴은 밀봉되었다. 1983년, 그곳에서 2km 떨어진 지점에 라스코 동굴을 복제한 Centre of Prehistoric Art, Le Parc du Thot Lascaux II를 만들어 관광객을 유치하고 있다.

기원전 5세기, 철기 문화를 가진 켈트인이 프랑스로 들어와 고대 갈리아인으로 살다가 시저에 의해 로마의 속주가 된다. 476년 서로마 제국이 멸망하자 동쪽 훈족의 압박을 받던 게르만족이 프랑스로 이동하여 서고트족, 동고트족, 반달족 등의 나라를 세운다. 481년 훈족이 쇠퇴하자 프랑크족 클로비스 1세가 메로빙거 왕조를 세웠다.

8세기 카를루스 마르텔이 이슬람군을 대파하고 실세가 되자, 그 아들 피핀은 메로빙거 왕조를 폐하고 카롤링거 왕조를 세운다. 피핀의 아들 카를 대제는 유럽 지역을 정복하여 기독교를 전파시키며 '카롤링거 왕조 르네상스'를 이룬다. 카를 대제 사후, 내분을 겪은 프랑크 왕국은 동프랑크 왕국^{독일}, 서프랑크 왕국^{프랑스}, 중프랑크 왕국^{이탈리아} 등 셋으로 갈라진다.

카를 대제가 일구어 놓은 카롤링거 가문의 마지막 왕인 루이 5세가 자식 없이 사망하자, 위그 카페가 귀족들의 추대를 통해 987년 왕위에 오른다. 그는 발루아 가문, 부르봉 가문을 포함하는 카페 왕조를 창설, 800년간 프랑스를 통치하게 한다.

루이 9세^{1214~1270}는 대영주들이 십자군 전쟁에 투자했다가 파산하자, 영주들과 영국 왕의 영향력을 빼앗아 카페 왕조의 힘을 키운다. 7차 십자군을 이끌어 1297년 '성왕 루이'로 추존된 그는 프랑스 왕 중에 유일한 가톨릭 교회 성인이 된다. 14세기 유럽에 번진 흑사병으로 유럽 인구의 30%가 넘는

2,500만 명이 사망한다.

샤를 4세가 후사 없이 죽자, 부계 분가인 발루아 왕조가 왕위에 즉위한다. 영국왕 에드워드 3세가 프랑스 왕위 계승권을 주장하여 일으킨 백년전쟁에서 잔 다르크가 프랑스를 승리로 이끌었으나, 영국군의 포로가 되어 종교재판을 받고 화형에 처해진다.

16세기 후반 앙리 4세가 즉위하여 위그노에서 가톨릭으로 개종하고 종교의 자유를 허용하는 낭트칙령을 발표하여 신교도인 위그노와 가톨릭 간의 36년 전쟁을 종결시킨다.

전설의 카를 대제를 물리친
카르카손

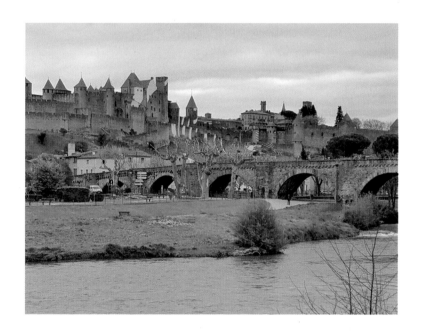

루르드에서 동쪽 271km 거리의 Carcassonne에 도착하였다. 기원전 로마가 쌓은 이 성은 5세기경 서고트족의 통치를 거쳐 9세기경 이슬람의 지배를 받았다. 프랑크 왕국의 Karulus 왕은 지중해 지방을 지키고, 이슬람화를 저지하기 위해 이곳에 진격하여 성을 포위한다. 왕이 죽고 5년간의 포위로 군량이 바닥나자, Carcas 왕비는 남은 군량을 돼지에게 다 먹이고 돼지를 성 밖으로 던져 배가 터지면서 곡물이 나오게 한다. 이것을 본 카를루스는 성 안에 아직도 식량이 많아 승산이 적다 여겨 철수한다.

카를루스는 800여 년 동안 이슬람의 지배를 받았던 스페인과는 달리, 프랑스와 기독교를 지켜내어 대제가 된다. 카를 대제[742~814]는 프랑크 2대 왕으로 768년부터 47년 동안 왕국을 다스렸다. 프랑스에서는 대제라는 뜻의 마뉴를 붙여 샤를마뉴 Charlemagne, 독일에서는 카를대제 Karl, 영국에서는 찰스대제 Charles the Great, 이탈리아, 스페인에서는 카를로 대제 Carlo Magno 라 불린다.

카를루스는 아버지 피핀이 카롤링거 왕조를 세우고 피핀 3세가 될 때까지 많은 전쟁에 참여하였다. 교황 스테파노 2세를 도운 공으로 아버지가 교황에게서 왕관을 받을 때 그도 후계자로서 왕관을 받았다. 768년, 피핀 3세 사후, 경제적 기반이 빈약하였던 왕국은 군대와 국가의 지탱이 어려운 상황이었다. 26세에 왕이 된 카를루스는 매년 전쟁에 나서, 그 전리품으로 국가를 꾸리고 군대를 강화시켰다.

라틴어와 그리스어를 유창하게 말하고 알아들었으나, 카를루스는 글을 쓰지 못하는 문맹이었다. 780년 그는 개별 글자들끼리 모양을 다르게 해, 문해 난이도를 낮춘 카롤링 서체 Carolingan Minuscule 를 만들어 문맹들도 쉽게 읽을 수 있도록 하였다. 이 문자는 서유럽으로 퍼져 오늘날 로마 알파벳 소문자의 기원이 되었다. 각지 수도원에 학교를 세워 그리스어와 라틴어 학자들을 양성하였던 그의 정책으로, 로마 그리스 고전 대부분은 이 시대에 번역되었다.

군대와 교회에 의해 유지되었던 당시 프랑크 왕국은 별다른 행정적 체제가 구축되어 있지 않아, 교회가 지방 행정을 담당하였다. 773년, 롬바르드 왕으로 즉위한 카를 대제는 800년, 교황에 의해 서로마제국 황제로 추대된다. 그로 인해 프랑스, 독일, 이탈리아 등 신성로마제국의 기원으로 여겨진 그는, 서유럽의 아버지라 불린다.

그는 평생 동안 젊은 시절의 균형이 잘 잡힌 전사형 몸매를 유지하였다. 19세기 중반 그의 관을 열고 신장을 재본 바, 키는 192cm로 확인되었다. 사치스런 옷보다는 모피 상의에 푸른 망토를 걸치기를 좋아했던 그는 무기만은 고급 무기를 고집했다.

이렇게 전설적인 카를 대제를 물리친 이슬람군의 승리를 축하하기 위해, 왕비는 성내의 모든 종을 치도록 하였다. 철수하던 프랑스 군사들이 종소리를 듣고, "Carcas sonne! ^{Carcas sounds}"라 한 것이 카르카손 ^{Carcassonne} 의 유래가 되었다고 한다.

견고한 두 개의 성문을 지나, 성 안에 자리 잡은 조그만 상가 마을 한 식당에서 흰콩, 고기와 소시지, 내장을 넣어 끓인 영양식 내장탕 카슐레를 먹었다. 이 음식은 마을에 있던 음식들을 모아 만들었던 일종의 부대찌개 같은 것으로, Cassole에 담겨져 나오면서 카슐레 ^{Cassoulet} 라는 이름이 붙여졌다. 성 안쪽의 또 다른 Comtal 성에서 로마 성벽 위를 걸었다.

고흐가 사랑한 도시
아를

아를을 무척 좋아했던 고흐는 아름다운 햇빛을 찾아 남프랑스 프로방스의 수도이었던 이곳 카렐 식당에 임시 숙소로 정하고 300여 점의 작품을 그렸다. 론 강변에 위치한 아를은 마르세유로 상권이 넘어가기 전까지 물자유통의 중심지이었던 곳이다.

고흐가 〈Cafe Terrace at Night〉를 그렸던 카페는 '카페 반 고흐'라는 이름으로 많은 손님들을 맞아 성업 중이었다. 고흐는 고갱과 함께 이곳에 예술 공동체를 만들려 하였으나, 뜻대로 되지 않자 자기 귀를 잘라버렸다. 오랫동안 정신질환을 앓아오던 고흐는 그 일로 더욱 병세가 악화되어 정신병원에 감금되었다.

고흐는 고갱이 온다는 소식을 들고 들뜬 마음으로 자신의 방을 정리하고 그림을 그렸다. 색채 대비에 중점을 두어, 라일락색 벽, 노란 침대, 의자, 진홍색 담요, 오렌지색 세면대 등에 보색 대비를 사용하였다. 그는 같은 장면을 고갱이 도착하기 전에 한 번, 고갱과 함께 머물면서 한 번, 생 폴 정신병원 입원 중 어머니와 누이동생에게 보내기 위해 또 한 점을 그렸다.

오르세 미술관에 있는 〈Bedroom in Arles〉은 세 번째 작품이다. 그는 테오에게 "화면의 전체적인 구성과 각각의 사물은 평온한 인상을 줄 것이다."라고 말했다. 그러나 거친 붓질과 일그러진 원근법, 지나치게 선명한 원색들로 그가 말하는 평온보다는 불안하고 억눌린, 그리하여 폭발 직전에 놓인 그의 심리 상태가 엿보였다.

고흐가 입원했던 정신병원도 고흐의 그림 속 풍경을 그대로 보존하고 있었다. 정신병 약을 오래 복용하면 황달현상이 일어나 사물이 노란색으로 보인다. 그런 심리적 상황이 영향을 주었는지, 그는 작품에서 이 병원을 노란색으로 표현하였다. 이 작품이 유명해지자, 현재 종합문화센터로 변한 건물은 노란색으로 칠해져 그림 속 풍경을 그대로 보여주고 있었다.

일정상 〈별이 빛나는 밤〉이 그려진 현장을 방문할 수 없어 기념품샵에서 그 작품이 프린트된 plate mat를 샀다. 거리 예술가들로 흥에 넘치고 있는 시내를 거닐다가 〈Les Arlnes〉의 배경이 되었던 로마식 원형 경기장을 찾았다. 90년경에 2만 명 규모로 지어진 거대한 이곳도 고흐의 화폭 위에, 그의 숨결처럼 남아있었다.

교황청이 둘로 갈라지다
아비뇽 유수

아를 남쪽 40km 지점에 있는 인구 9만여 명이 사는 Avignon을 찾았다. Rhône강 위에 지어진 아비뇽 다리라고도 부르는 생베네제교 Pont St. Benezet 는 스페인과 이탈리아를 오가는 순례자들과 상인들이 주로 사용하였던 다리이다. 17세기까지 보수를 여러 번 반복하다 더 이상 보수하지 않아 끊어진 상태로 남아있다.

이제 이 다리는 교황청이 있는 성 안으로 들어가기 전 론강과 어울린 멋진 경치로 관광객들에게 사랑받는 포토존으로 다시 태어났다. 12세기에 양치기 소년 베네제가 다리를 지으라는 신의 계시를 듣고 건설했다는 이야기가 전해진다.

1309년부터 1377년까지 시무했던 로마 교황청을 찾았다. 높이 50m, 두께 4m의 성벽으로 둘러쌓인 교황청은 유럽에서 가장 큰 14세기 고딕양식의 성이다. 텅 빈 회랑과 프레스코화만이 남아있는 건물을 나와 노트르담 성당 첨탑과 황금색 성모 마리아상을 돌아보며 그 쓸쓸함을 조금 달래보았다.

고대 유대인들이 바벨론에 붙들려갔던 바벨론 유수에 빗대어 교황이 정치적인 이유로 바티칸으로 가지 못하고 아비뇽에 머물렀던 사건을 아비뇽 유수라 부른다. 68년 동안 이곳에 머문 7명의 교황은 모두 프랑스인이었다.

로마 교황청으로 보내지는 헌금을 통제하고 있던 프랑스 왕 필립 4세는 교황 클레멘스 5세에게 교황청을 프랑스로 옮길 것을 강요한다. 파벌주의로 위기를 느끼고 있던 교황은 당시 교황의 봉신이 소유하고 있던 영지 아비뇽으로 거처를 옮겼다.

교황의 아비뇽 거주에 영국과 독일이 맹렬히 반대하자, 그레고리오 11세는 교황청을 로마로 다시 옮겼다. 아비뇽의 추기경회가 교황을 따로 선출하여 대립교황이 되풀이되는 분열의 시기를 거쳐, 1417년 교황청은 로마로 완전히 복귀하였다.

교황敎皇이라고 번역되는 라틴어 '파파 papa'는 그리스어로 '아버지'를 뜻하는 '파파스'에서 유래한 것이다. 3세기 모든 주교에게 사용되었던 이 칭호는 11세기에 교황 그레고리오 7세가 오직 로마의 주교만이 사용토록 하였다. 교황은 본래 '백성을 하느님께로 이끌어 감화시킨다'는 의미의 '교화황敎化皇'이었다. 교화황과 교황이 혼용되다가 1920년대부터 교황은 일반 용어로 정착되었다.

예수께서 시몬에게 "너는 베드로라 이 반석 위에 내 교회를 세우리니…"마태 16 하시며 그의 이름을 베드로로 바꾸어 주셨다. 그가 배신한 후에도 부활하여 나타나 "내 양들을 돌보라."고 세 번이나 말씀하시며, 그를 세워 교황 제도가 생겼다.

베드로는 단지 '교황'이라는 칭호를 사용하지 않았을 뿐, 사실상 초대 교황으로서의 직책을 수행하였다. 그는 64년 네로 황제의 기독교 박해 시기에 체포되어 순교하였다. 로마는 베드로를 시작으로 많은 교황을 유배하거나 처형했다. 이러한 박해는 313년 32대 교황 멜키아데 때에 콘스탄티누스 대제의 밀라노 칙령으로 종식되었고, 380년 테오도시우스 대제가 기독교를 로마 제국의 국교로 공인하였다.

452년 훈족의 침략에 속수무책이었던 서로마 황제에 실망한 로마 시민들은 교황 레오 1세에게 도움을 요청한다. 로마시의 수호자가 된 그는, 훈족 지도자 아틸라와 담판하여 그들을 물러가게 한 공로로 '대교황' 칭호를 받았다.

레오 1세에 이어 '대교황' 칭호를 받은 그레고리오 1세는 게르만과 앵글로 색슨족을 개종시켜 서유럽 각지에 성당을 세웠다. 『사목규정』을 저술하였던 그는 이전까지의 성가를 집대성하여 〈그레고리오 성가〉를 정착시키는 등 수많은 업적을 남겼다.

800년 레오 3세는 카를 대제를 서방제국 황제로, 962년 요한 12세는 오토 1세를 신성로마제국 황제로 임명하였다. 이때부터, 교황으로부터 직접 황제의 관을 받아 써야만 황제로 인정되는 관례가 생겼다.

1054년 교회는 성상 파괴의 교리적 이견으로, 동방 정교회와 서방 가톨릭 교회로 나뉘어졌다. 1096년 성지를 탈환한다는 명목으로 우르바노 2세에 의해 시작된 십자군 전쟁이 200년간 지속되다 실패하자, 교황의 권위는 크게 실추되었다. 유럽 각국의 군주들은 영토 분쟁을 벌여 힘을 키우면서 차근차근 중앙집권체계를 갖추어 나갔다.

1517년 독일의 가톨릭 신부 마르틴 루터가 종교 개혁을 일으키자, 스위스 제네바에서도 장 칼뱅이 등장하였다. 가톨릭 교회도 1560년부터 바오로 3세, 비오 5세 등에 의해 개혁이 이루어졌다. 17세기 이후 교황의 정치적 영향력은 크게 줄어들었다.

19세기 나폴레옹에 의해 없어진 교황령은 빈 회의를 거쳐서 부활하였으나, 1870년 이탈리아 왕국이 로마를 점령하여 완전히 소멸되었다. 19세기 중반, 이탈리아 통일운동에 의해 이탈리아의 5분의 1을 차지했던 교황청 영토는 많이 축소되었다. 1926년 비오 11세는 라테라노 조약으로 바티칸 시국을 선언하여 교황의 독립성을 보장받았다.

소련 등 동유럽의 공산주의 붕괴에 일조하였던 요한 바오로 2세는 과거 교회가 저지른 잘못을 처음 사과하였다. 그는 가장 많은 국외순방과 성인을 시성한 교황으로 남았다.

기독교 인구는 가톨릭 13억, 개신교 7억, 정교회 2.4억이고, 이슬람은 이집트 중동 코란 중심 수니파 9.4억, 이란 이락 무하마드 혈통 중시의 시아파가 1.7억이다. 인도 힌두교는 9억, 중국 한국 일본의 불교는 4억이며, 유대교가 1,400만 명의 신도를 가지고 있다.

한국의 개신교는 900만, 가톨릭은 600만, 불교는 1,100만이다. 북한의 주체사상을 종교로 분류한 위키피디아 자료에서는 북한 주민 중 1,900만 명을 신도의 수로 계산, 세계 10위에 올려놓았다.

세잔의 고향
엑상프로방스

아름다운 풍광과 청명한 햇빛이 있는 세잔 ^{Paul Céanne, 1839~1906} 의 고향 Aix-en-Provence를 찾았다. 현대 회화의 아버지로 불리는 세잔은 이곳에서 많은 작품을 남겼다. 세잔이 출석했던 생 소뵈르 대성당과 친구들과 자주 찾았던 café Les Deux Garcons에 들렀다.

세잔이 4년간 마지막 작업을 한 Atelier Cézanne를 방문하였다. 아담한 2층 작업실에는 그의 그림에 등장했던 소품들이 진열되어 있었다. 〈Bathers, 1894〉을 완성한 그는, 큰 작품이 쉽게 나갈 수 있도록 벽 끝에 좁고 위로 긴 유리창 문을 만들어 놓았다. 후기 인상파를 이끌었던 그는, 사물의 내재된 구조와 기하학적 구성으로 야수파, 입체파 화가들에게 영향을 끼쳤다. 피카소는 세잔의 〈목욕하는 여인들〉에서 힌트를 얻어 〈아비뇽의 처녀들〉을 그렸다.

인상파는 빛의 변화에 따라 다양하게 변화하는 자연을, 그 순간적인 장면 그대로 묘사한 유파로, 기조의 관념인 대상의 고유한 빛을 거부하고 주로 원색에 가까운 빛을 표현하였다. 작은 별관에서 뎃상 등 그의 초기 작업 모습을 볼 수 있었다.

엑상프로방스에서 부유한 은행가의 아들로 태어난 폴 세잔은 아버지의 뜻에 따라 엑상프로방스 대학 법학과에 들어간다. 하지만 아버지 몰래 시립 개방미술학교를 다닌 그는, 1861년 어머니의 도움으로 파리로 유학을 떠난다. 힘들게 아버지의 허락을 받고 친구인 졸라의 독려도 있었으나, 그는 5개월 만에 고향으로 내려간다.

파리의 아카데미 쉬스에서 그림을 배우면서 다른 학생들과 비교해 자신의 재능이 보잘것없다고 여기고 우울증에 빠졌던 것이다. 1년 뒤 다시 굳게 결심하고 파리로 상경하여 아카데미 쉬스와 루브르 박물관 등을 다니며 피사로, 모네, 르누아르, 드가 등 진보적 화가들과 사귄다.

1873년 오베르에 정착하여 인상파 화가들의 화법을 받아들인다. 그러나 그는 인상파의 색채의 변화보다 사물의 내재된 구조에 더욱 흥미를 느낀다. 미술 아카데미는 전통적인 신고전주의나 낭만주의 양식에 따르지 않는 그림들을 거절했기에 그러한 작품들은 거의 대중에게 알려지지 못하였다.

1863년 나폴레옹 3세는 아카데미 미술전람회에서 거절당한 화가들을 위한 '낙선전'을 개최한다. 세잔은 피사로를 비롯한 신진 화가들이 아카데미의 관습적인 구성과 채색 기법 등에 대항해 개최한 앵데팡당전에 〈모던 올랭피아〉 등을 출품한다. 비평가들은 "데생조차 제대로 하지 못한다"라며 비아냥거렸다. 1870년대 그림이 잘 팔리지 않아 세잔은 아버지의 재정 지원에 의존한다.

1888년 형태와 구도의 양감을 들어내는 화법으로 〈부엌의 정물〉을 그렸다. 그는 "사물을 적절히 배열하면 물체의 각 변은 하나의 중심점을 향한다. 지평선에 평행한 선들은 넓이를 알려주며, 자연의 단면을 알려준다. 반대로 지평선에 수직으로 걸친 선은 깊이를 알려준다."고 말하였다. 그림 수집광이었던 고갱이 세잔의 작품 3점을 구입한다. 그는 〈커피포트가 있는 정물〉을 가리켜 "이 작품은 내가 갖고 있는 최고의 보물"이라고 말하였다.

세잔은 일평생 의지했던 30년 지기 에밀 졸라와 불화를 일으킨다. 에밀 졸라의 소설 속의 인물 '실패하여 분노와 패배감, 열등의식에 휩싸인 화가'가 자신을 묘사한 것으로 여기고, 세잔은 졸라에 대한 절친의 감정을 거둔다. 세잔을 지지하여 그가 어려울 때마다 도움을 주었던 졸라 역시, 배려심이 없는 세잔의 행동에 실망한다. 결별하자는 세잔의 편지에 그들은 평생 만나지 않았다.

사람들과의 관계를 어려워했던 세잔은 젊은 미술가들이 존경하고 따랐음에도 아내 오르탕스가 죽은 후, 사람들과 떨어져 지냈다. 말년에 당뇨병으로 고생하는 중에도 그는 홀로 야외로 나가 그림을 그렸다. 1906년 그림을 그리던 도중, 갑자기 불어온 비바람에 정신을 잃고 쓰러진 노구의 세잔은 1주일 후 폐렴으로 사망하였다.

프랑스 근대사
마르세유

엑상프로방스에서 33km 떨어진 마르세유 구항구 Vieux Port에 도착하였
다. 새로 들어선 항구에 본래 기능을 빼앗긴 구항구는 고풍스러운 건물들과
포구를 가득 채운 고급 요트들로 눈부신 풍광을 자아내고 있었다. 그림엽서
처럼 남은 구항구는 예술과 일상의 모습으로 지중해 특유의 낭만과 여유를
보여주고 있었다.

광장에는 노먼 포스터의 대형 거울 조형물 파빌리온이 도시의 상징으로 커다란 그늘막이 되어있었다. Archipel du frioul 섬으로 가는 배편을 기다리며 아련한 추억 속의 비린내가 풍기는 가판대에서 막 잡아온 싱싱한 생선들을 구경하였다.

루디 리치오타가 설계한 유럽 지중해 문명박물관 옆을 지나, 1시간 남짓 지중해를 달렸다. Calanques 국립공원에 도착하여 지중해의 푸른 바다와 부드러운 햇볕을 즐기며 반나절 가량을 그 섬에서 보냈다. 마르세유로 다시 돌아와 높은 곳에서 등대 역할을 하였던 노트르담 성당을 찾았다. 계단길에는 예루살렘의 십자기 고난의 길 비아 돌로로사 14처가 표시되어 있었다.

1600년, 부르봉 왕조의 첫 왕 앙리 4세[1553~1610]는 이 구항구로 상륙한 피렌체 토스카나 공주 마리 드 메디시스와 결혼한다. 신교에서 구교로 개종하여 9년간의 프랑스 통일 전쟁을 끝낸 그는 '루이'라는 이름을 가진 프랑스

왕들의 시조가 된다. 1610년, 왕비가 된 마리는 남편 앙리가 암살당하자, 아홉 살에 즉위한 아들을 대신해 섭정한다.

루이 13세[1601~1643]는 어머니로부터 권력을 되돌려받아, 리슐리외 추기경과 함께 절대왕정 체제를 구축한다.

루이 14세[1643~1715]는 콜베르를 중용하여 중상주의 정책을 펴고, 해외무역으로 축적된 재정으로 군대를 양성하여 에스파냐 등의 왕위계승전쟁에 참전, 프랑스를 유럽의 강국으로 만든다. '태양왕'이라 불린 그가 1685년 낭트 칙령을 폐기하자, 상공업에 종사하던 신교도들이 신앙의 자유를 찾아 떠난다. 베르사유 궁전 건축 등으로 바닥난 재정을 위해 인두세 등을 도입하였으나, 국력은 파탄지경에 이른다.

루이 15세[1710~1774]에 이르러 경제는 천천히 회복되는 듯하였으나, 말기 7년전쟁으로 급속도로 악화된다. 전쟁에 지면서 북미와 인도의 식민지를 잃은 경제는 영국을 견제하기 위한 미국독립전쟁에 참전하면서 최악으로 치닫는다.

1789년, 루이 16세[1754~1793]는 심각한 재정문제를 해결하기 위해 삼부회를 소집하였으나, 특권층과 평민층의 대립만 계속되자 평민층 대표들이 국민의회를 구성한다. 7월 14일, 파리시민들은 바스티유 감옥을 습격하고 프랑스 대혁명을 일으킨다. 제1신분인 성직자와 제2신분인 귀족은 면세와 특권을 소유하고 있었지만, 세금을 내야 하는 제3신분 평민들은 계속된 흉년으로 식량 가격이 폭등하자, 불만이 고조되었다. 루이 16세는 자크 네케르를 등용하여 세제 개혁을 시도했지만, 기득권층의 거센 반발로 실패한다. 거기에 루소 같은 계몽사상가들의 혁명사상이 민심을 크게 흔들었다.

1791년 인권선언으로 입법의회가 탄생하여 온건파 세력인 지롱드 당이 주도권을 장악한다. 온건파는 곧 해산되고 1792년 9월 국민공회가 소집되어 강경파인 자코뱅 당이 주도권을 장악하여 공화정을 선포한다. 1793년 그들은 루이 16세와 사치의 대명사 왕비 마리 앙투아네트를 단두대에서 처형한다. 급진적 개혁을 단행하자 공포정치에 대한 반발로 로베스피에르는 처형되고, 다시 온건파 지롱드 세력들이 정권을 장악한다.

1795년 입헌 공화정과 제한선거로 총재정부를 세운다. 정부의 무능과 부패로 국민들의 실망이 커지게 되자, 1799년 나폴레옹은 쿠데타를 일으켜 통령정부를 수립한다. 그는 중앙집권정책을 추진하고 언론 통제로 독재권력을 확립하여, 프랑스 은행을 설립하고 나폴레옹 법전을 편찬한다.

1804년 국민투표에 의해 나폴레옹 1세로 즉위하여 황제가 되면서 프랑스 1제정이 시작된다. 그는 트라팔가 해전에서 넬슨 제독에게 패했으나, 육전에서 신성로마제국을 멸망시키고 프로이센과 러시아 제국을 굴복시켜 유럽대륙을 제패한다.

1812년 그는 '대륙봉쇄령'을 어긴 러시아를 응징하기 위해 원정길에 나섰지만 혹독한 추위로 패배하였다. 엘바섬으로 유배된 나폴레옹은 다음 해 탈출하여 재기를 꾀하였으나, 1814년 워털루 전투에서 패하여 세인트 헬레나섬으로 유배된다.

루이 18세[1755~1824]는 노동자나 농민 등에 온건정책을 취하여 국내 안정을 도모한다. 그가 사망한 뒤 샤를 10세가 왕이 되면서 자유, 평등사상의 혁명정신과는 달리, 선거권 제한 등 특권정치를 편다. 1830년 7월 국민들은 이에 봉기하여 샤를 10세를 국외로 쫓아낸다. 필리프 1세[1773~1850]도 자본가 계층에게만 선거권을 주는 특권정치를 하여 1848년 2월 국민들의 봉기로 영국으로 도망가고, 프랑스는 다시 공화정으로 돌아간다.

1852년 대통령으로 당선된 나폴레옹의 조카 루이 나폴레옹은 국민투표로 나폴레옹 3세가 되어 2제정을 열었다. 그는 내정개혁과 대외팽창을 통해 프랑스의 영광을 재현해 보려 했으나, 1871년 프로이센 전쟁에 패하고 자신은 포로로 잡힌다.

1914년 3공화정 8대 대통령 레이몽 재임 중, 1차 세계대전이 일어난다. 프랑스군과 영국군은 독일군과 대치하여 어느 한쪽도 밀리지 않는 양상이 된다. 1917년 미국의 참전으로 전세가 바뀌어 1919년 베르사유 조약으로 전쟁이 끝났다.

1929년, 독일 나치 히틀러가 총통이 되면서 국제연맹 탈퇴, 군비 선언, 체코 등 주변 나라를 합병하는 데에도 프랑스는 대처하지 않는다. 2차 세계대전에서 파리가 독일군에 의해 점령되자 제3공화정은 붕괴된다. 드골은 프랑스를 탈출, 영국에 망명 정부를 두고 독일이 세운 비시 정부에 대항하다 승전 후, 지금의 프랑스 정부를 만들었다.

일곱 뮤즈가 만들어 낸
피카소 예술세계 앙티브

마르세유에서 184km를 이동하여 장미와 요트의 해변도시 Antibes를 찾아, 1946년 피카소가 작품 활동을 하였던 Musee Picasso를 돌아보았다. 92세까지 살았던 피카소 ^{Pablo Ruiz Picasso, 1881~1973} 는 모델, 무용수 등, 자신보다 두세 배 어린 여인들과 함께하며 그녀들로부터 영감을 얻어 독특한 예술 세계를 만들었다.

앙티폴리스라 불렸던 로마의 교역도시 앙티브는 찰리 채플린 등 유명 인사들의 휴가지로 각광을 받고 있다. 피카소 미술관 주위에는 Cubism 화가,

조각가였던 거장 피카소의 작품들이 즐비하였다. 20개 단어로 된 긴 이름을 가진 피카소는 19세 때, 이름을 파블로 피카소라고 간단히 줄여 명성을 떨치기 시작했다.

'천재'란 단어가 그를 위한 것이라 할 정도로, 그는 말을 배우기 전에 그림을 먼저 그렸고, 처음 말한 단어는 연필이었다. 아들을 조수로 썼던 화가 아버지는 새에 다리를 그려 넣은 그의 재능을 보고, "네가 내 꿈을 이루어다오."라 말했다.

바르셀로나 예술 학교에 입학할 때에도, 남들이 일주일 걸리는 과제를 몇 시간 만에 끝내, 바로 월반하였다. 남들이 한 달 정도 준비하는 과제를 며칠 만에 완성하는 등, 그는 15세쯤에 이미 대가의 실력을 가지고 있었다. 아름다움보다는 사람 비슷한 것이 나오다가 별안간 도형과 선으로 괴상하게 바뀌는 그의 작품에서 새로운 개념과 장르인 입체파의 진면목을 느껴볼 수 있었다.

1차 세계대전 후, 야수파 창시자 앙리 마티스를 만난 피카소는 훗날 서로 라이벌 관계가 되었다. 열두 살 연상의 마티스가 회화에서 색을 해방시켰다면, 피카소는 형태를 해방시켰다. 그들의 스타일은 달랐지만, 피카소는 마티스의 작품 일부를 차용해서 쓰기 위해 피카소가 화실에 자주 놀러 왔다. 그가 왔다 가면 마티스는 "저 인간 또 아이디어 훔치러 왔다."며 투덜거렸다.

우중충한 테마로 슬픔과 고난을 표현하였던 그의 초창기 청색시대 작품은 장미빛시대로 넘어가면서 화사해졌다. 새로운 개념으로 미술계의 혁명가가 된 피카소 작품들은 미술품 경매시장에서 최고가 행진을 계속하고 있다. 2015년 뉴욕 크리스티 경매에서 〈알제리의 여인들 Les Femmes d' Alger〉은 179백만 불 2,000억 원로 낙찰되어 세계 기록을 보유하고 있다.

스페인 내전 당시, 나치의 게르니카 무차별 폭격에 수많은 민간인이 희생되었다. 그 참상을 〈게르니카〉로 표현한 반전주의자 피카소는 독재자 프랑코의 박해로 미국 망명길에 올랐다가 이후, 그는 프랑스에서 활동하며 살았다.

"스페인이 민주화되기 전에는 〈게르니카〉를 스페인에 걸 수 없다"는 그의 주장으로 〈게르니카〉는 한동안 미국의 뉴욕 현대미술관에 소장되었다. 프랑코가 죽고 피카소 탄생 100주년이 된 1981년이 되어서야, 스페인으로 반환되었다.

349×775cm의 이 대형 작품을 붓 대신 롤러로 그렸던 피카소. 나치의 파리 점령 직후, 한 게슈타포 장교가 "당신이 〈게르니카〉를 그렸나?"라고 묻자, "아니, 당신들이 그렸지"라 답하였다.

여성 편력이 많은 피카소는 육칠십이 넘어서도 스무 살이 갓 넘은 손녀뻘되는 여자들과 살림을 차려 자식을 낳았다. "당신을 어제보다 내일 더 많이 사랑한다"라는 그의 달콤한 말에 홀린 많은 여인들이 기꺼이 그의 기쁨조가되었다.

19세에 만난 첫사랑이자 모델이었던 페르낭드와 이혼한 피카소는 무용수에바를 만났으나, 3년 만에 폐결핵으로 그녀를 잃었다. 세 번째 뮤즈 발레리나 올가와 이혼한 피카소는 작품 활동에 전념하며 40대를 맞이하였다.

45세가 된 피카소는 17세의 네 번째 뮤즈 마리를 만났다. 피카소를 광적으로 사랑하였던 마리는 피카소가 죽으면 죽은 그를 돌봐줄 사람이 필요하다며 자살하였다. 〈게르니카〉 제작시 사진작가였던 다섯 번째 뮤즈 도라는 여섯 번째 뮤즈에게 밀려 50년을 홀로 살다가 죽었다.

로버트 카파의 사진 〈피카소와 질로〉에서 62세 피카소는 시종처럼 파라솔을 받쳐들고 스물이 갓 넘은 질로의 뒤를 따라 걷는다. 피카소가 전 뮤즈 도라와의 부적절한 관계를 계속하자 질로는 나 비록 내사랑의 노예였을지언정 당신의 노예는 아니라며 자살하겠다고 협박하는 피카소를 떠났다. 질로는 피카소와 이별 후, 〈Life with Picasso〉에서 "저는 저희 아버지나 남자친구와는 대화가 되지 않는데, 3곱절 연상인 피카소와 말이 통하는 것이 믿어지지 않아요."라 고백했다. 사랑과 희생으로 그의 임종을 지킨 자크린 등, 7명의 뮤즈 모두는 피카소에게 예술적 영감의 원천이었다.

피카소는 Sylvette를 모델로 수십 점의 〈실베트 연작〉을 만들고 순수한 마음으로 그녀를 격려하며 예술가의 꿈을 키워주었다. 훗날 실베트는 영국에서의 활발한 창작 활동으로 성공한 화가가 되었다. 1953년 당시 피카소는 72세였고 실베트는 19세였다.

그는 "입체파는 기존의 미술과 같은 원칙과 요소를 가지고 있기에 기존의 미술과 다르지 않다. 단지 입체파는 이해되지 않았기에 이를 볼 수 없었던 사람들에게 없는 것처럼 간주된 것이다. 영어를 읽을 수 없는 나에게 영어책은 백지와 같다. 그렇다고 해서 영어가 존재하지 않는다고 할 수는 없다."고 말했다.

한 여인이 파리의 한 카페에 앉아 있는 피카소에게 다가와 적절한 값을 치르겠으니 자신을 그려 달라 부탁하였다. 그가 여인의 모습을 그려주고, 8만 불을 요구하자, 여자가 놀라서 항의했다.

"아니, 선생님은 그림을 그리는 데 불과 몇 분밖에 걸리지 않았잖아요?"

피카소가 대답했다.

"천만에요. 나는 당신을 이렇게 그리는 실력을 얻기까지 40년의 시간이 걸렸습니다."

피카소가 큐비즘 작품으로 화제가 되고 있을 때, 어느 화가가 실사로 데생한 고양이 그림을 들고 와 피카소의 그림을 비판했다.

"그런 아이 같은 그림이 부끄럽지도 않습니까? 전 이만큼 그릴 수 있습니다."

피카소는 몇 분간 화가의 말을 들으면서 스케치를 했는데, 잠시 후 "이런 그림말입니까?"라며 화가가 들고 온 고양이 그림을 똑같이 그려냈다.

Saint Paul de Vence

샤갈이 사랑했던 마을
생폴드방스

~~~~~~

앙티브에서 북쪽으로 16km 떨어진 Saint Paul de Vence는 1차 세계 대전 이후, 혼란의 시기에 마티스, 샤갈, 피카소 등 많은 예술가들이 모여 살았던 조용하고 아름다운 시골마을이다. 중세의 모습을 그대로 간직하고 있는 생폴드방스 성문 안으로 들어서, 마을 중심 거리에 펼쳐진 예쁜 상점들을 구경하며 거리의 끝까지 걸었다.

그 길을 다 지나 나타난, 인생의 종착역 공동묘지에는 샤갈이 잠들어 있었다. 샤갈에 대한 사랑의 표현으로 그의 묘판 위에 작은 돌을 얹어 놓고, 다시 그랑데 거리를 걸어 올라왔다. 예술가들의 열정과 애환, 사랑이 배어있는 앙증맞은 화방의 예술품들을 천천히 감상하며 성문을 나왔다.

Marc Chagall [1887~1985] 은 벨라루스 비텝스크에서 태어났다. 유대교 가정에서 행복한 유년시절을 보냈던 그는, 평생 고향 마을을 그리워하며 러시아 민간 설화와 유대인의 생활을 다채로운 색채로 그려내었다. 19세 때 화가 예후다 펜에게 그림을 배운 샤갈은, 이듬해 상트페테르부르크 왕립미술학교에 다녔다.

1910년 샤갈은 한 후원자의 지원을 받아 파리로 향했다. '두 번째 비텝스크'라고 부를 만큼 파리를 사랑했던 샤갈은 "파리에서 나는 미술학교에 다니지도, 선생을 찾아다니지도 않았다. 그 도시 안의 모든 것, 그 도시에서의 하루하루, 모든 순간들이 모두 다 내게 스승이었다."라 말했다.

샤갈은 la ruche라 불리는 벌집처럼 생긴 초라한 건물에서 생활하며, 젊은 아방가르드 예술가들을 만났다. 라 뤼슈에서, 후기 인상파와 야수파 화가들의 강렬한 색채 사용에 크게 영향을 받았으며, 입체파에서도 일부 영향을 받았다. 파리에서 4년 동안 확립한 양식은 이후 60여 년간 샤갈 화풍의 기저에 자리 잡았다.

〈나와 마을〉, 〈기도하는 유대인〉 등은 샤갈의 고향 비텝스크의 민속 생활 상을 담고 있다. 1911~1912년 앵데팡당전에 출품한 샤갈은 그 특유의 환상 적인 색채로 예술가들의 주목을 받았고, 1914년 베를린 슈트룸 갤러리에서 첫 개인전을 열었다.

1915년, 연인이자 어린 시절 친구 벨라와 결혼한 샤갈은 "나는 그냥 창문 을 열어두기만 하면 됐다. 그러면 벨라가 하늘의 푸른 공기, 사랑, 꽃과 함께 스며들어와 캔버스 위를 날아다녔다."라고 회고하였다.

1917년, 러시아 혁명정부의 선전도구로, 샤갈은 비텝스크 미술학교 교장 에 임명되어 학생들을 가르쳤으나, 사회주의에 실망하여 1922년 러시아를 떠났다. 파리에 정착한 샤갈은 책의 삽화용 동판화를 제작하며 지내다가, 1924년 파리에서 첫 번째 회고전, 1926년 뉴욕에서 첫 개인전을 열면서 명 성을 얻었다.

향수 어린 감정과 소박한 시정을 지닌 동화적이고 환상적인 그의 작품들은 대중의 환호를 받았다. 대표작 중, 〈에펠탑의 신랑과 신부〉는 말년에 샤갈이 자신의 거실을 장식할 만큼 아꼈다고 한다.

1939년, 제2차 세계대전 중 파리가 점령되자, 유대인인 샤갈은 프로방스 등으로 피난을 다니다, 뉴욕 현대미술관의 초청으로 미국에 갔다. 피카소와 함께 현대미술 운동의 양대 거두가 된 샤갈은 유럽에서 온 예술가들과 함께 전시회를 개최했다.

1944년, 아내가 바이러스 감염으로 사망하자, 샤갈은 실의에 빠져 9개월 간 붓을 들지 않았다. 〈그녀 주위에〉 등은 벨라를 잃은 슬픔을 극복하려는 작품들이다.

파리 오페라 하우스 천장화, 뉴욕 메트 오페라 극장과 링컨센터 벽화를 제작한 색채의 마술사 샤갈은, 1962년 벨라와 사별한 지 8년 후, 65세 되던 해 스물다섯 살 연하의 발렌티나를 만나, 결혼하여 마음의 안정을 찾았다. 이곳 생폴드방스에서 20여 년 동안 작품 활동을 하며 평화롭게 살다, 1985년 98세로 하늘나라에 갔다.

고급스러움의 대명사
모나코

Monaco의 공식 명칭은 모나코 공국 Principatu de Munegu 이다. 1297년부터 그리말디 가문이 통치하고 있는 모나코는, 바티칸 시국에 이어 세계에서 두 번째로 영토가 작은 나라로 230여 유엔 회원국 가운데 국토 면적이 가장 작다.

프랑스 귀족 폴리냑과 루이 2세의 딸 샤를로트 사이에서 태어난 모나코 대공 Prince Rainier III de Monaco, 1923~2005 은 1949년 외조부 루이 2세로부터 왕위를 승계받았다. 56년간 재위하며, 미국 영화배우 그레이스 켈리와의 결혼으로 화제를 일으켰던 레니에 3세가 죽자, 아들 알베르 2세가 왕위를 이었다. 1918년에는 왕위를 계승할 사람이 없을 때 프랑스에 합병된다는 조약이 체결되었다.

1701년 군대를 포기하고, 프랑스에 국방을 위임한 모나코는 1861년 프랑스-모나코 조약으로 주권을 인정받았다. 1943년 이탈리아에 점령되었던 모나코는, 곧이어 나치 독일군에 점령되기도 했다. 세금이 없는 모나코는 관광, 컨벤션, 페스티벌 등 레저 산업으로 국가를 운영하고 있다.

그중에서 카지노와 중계무역이 주요 재원이다. 포뮬러-1 자동차 경주는 매년 5월에 전용 트랙이 아닌, 일반 도로에서 펼쳐진다. 수려한 경관 속에서 요란한 굉음을 내는 차들이 거리를 질주하며, 대축제를 만들어낸다. 대포알을 조각품처럼 전시해놓은 왕궁 언덕 또는 아래쪽 항구 주변에서 관람할 수도 있다.

대표적인 카지노는 Monte Carlo Casino이다. 파리의 가르니에 오페라를 설계한 샤를 가르니에가 1878년 2년 동안 증축한 곳으로, 부유한 관광객을 타겟으로 지어져, 내국인은 출입 금지이다. 이곳은 2004년 영화 〈오션스 트웰브〉를 비롯하여 여러 편의 〈제임스 본드〉 시리즈의 촬영지가 되기도 했다.

　이름만으로도 고급스러움이 느껴지는 모나코는 프랑스 남부 지중해 해안 3km를 따라, 폭 500m의 작은 영토에 35,000여 명이 살고 있다. 지역 특성상 공항 건설이 어려운 그들은 서쪽 20km 거리의 프랑스 니스 공항을 이용한다.

　40년 만에 다시 찾은 모나코 항구는 세금을 피해 모나코로 온 부호들의 요트로 빼곡히 채워져, 영화 속의 한 장면을 연출하고 있었다.

　마릴린 먼로와 쌍벽을 이루었던 그레이스 켈리 1929~1982 와 레니에 3세의 결혼식이 있었고, 지금은 남편과 함께 영면하고 있는 대성당 Saint Nicholas Cathedral을 방문하였다. 몬테카를로 카지노 앞에 일렬로 서 있는 초호화 스포츠카들은 오토쇼를 방불케 하였다. 뒤편 공원에서 고급스러운 조형물들을 감상하며, 시원한 지중해 바람을 몸속에 가득 채웠다.

낭만과 철학
에즈 마을

모나코에서 멀지 않은 에즈 마을 Eze Village 을 찾았다. 이곳은 바이킹이나 해적들의 약탈을 피하기 위하여 지중해 해안 절벽 430m 위에, 13세기 중세 시대 모습으로 조성된 작은 요새 마을이다. 이곳은 고성의 고즈넉한 분위기와 방문객 시선을 강탈하고 있는 갤러리, 선별된 여성 의류를 판매하는 센스 있는 가게들이 많이 있어, 성수기에는 하루 1만 명 정도가 찾는다.

마을 정상에 있는 Le Jardin Exotique에서는 특이한 선인장들이 따사로운 햇살을 받으며 자라고 있었다. 지중해 바다와 붉은 지붕들이 내려다보이는 이 열대정원에는 장 필립 리챠드 조각품들이 투어의 이정표처럼 전시되어 있다.

에즈 전망대 바위산 정상에 올라, 1706년 프랑스-스페인 전쟁 중에 파괴된 성벽을 돌아보았다. 철학가 니체는 해변마을까지 이어지는 오솔길을 걸으며 영감을 받아 『자라투스트라는 이렇게 말했다』를 완성하였다. 그는 에즈 빌리지에 대하여, "잘 자고, 많이 웃고, 환상적인 활기와 인내심을 얻었다."고 말하였다.

전 세계의 철학과 이념을 선도하는 프랑스의 계몽 사상은 민족과 식민지들의 자주독립을 이끌었고, 공산주의도 독일로 넘어가 러시아와 동유럽으로 퍼져나갔다. 2017년, 프랑스는 역사상 최연소인 39세의 대통령 Emmanual Macron을 탄생시켰다. 마크롱은 고등학교 연극반 지도 교사였던 스물다섯 살 연상의 Brigitte Trogneux에게 사랑을 고백한다.

수상한 세계여행 : 북극에서 남극까지

마크롱의 아버지가 그를 다른 학교로 전학시켰지만, 그의 사랑은 10여 년 동안 변하지 않았다. 세 자녀의 어머니였던 트로뉴는 불화 중인 남편과 이혼하고, 2007년 마크롱과 결혼한다. 그녀는 2014년 경제 장관이었던 마크롱을 도와 대통령에 당선시킨다. 마크롱 역시, 그녀의 자녀들과 7명의 손자들까지 가족으로 받아들였다.

원자력 발전으로 자국 소요량의 40%를 담당하고 있는 프랑스는 탈원전을 하고 있는 독일, 스페인, 이탈리아 등에 전기를 수출하는 원전 강국이다. 20년 동안의 탈원전을 접고, 다시 시작한 미국과 함께 가장 강력한 원전 수출국이 되었다. 미국 99, 프랑스 58, 일본 43, 러시아 36, 중국 36기 등 전 세계의 원전은 450기에 이른다.

30여 년간 25기의 원전으로 기술이 축적된 한국은 미국, 프랑스, 일본 등과 수출 4대 강국이 되었다. 중국은 2030년 200, 2050년에는 400GWe의 원자력 발전으로, 세계최대 원전강국이 된다. 산둥성 남쪽 해안에 건설 중인 32기의 원전 중에서 방사능이라도 누출되면, 맛있는 황해조기는 영영 못 먹게 된다.

영화 〈판도라〉의 재앙을 피하기 위해, 탈원전 중인 한국은 중국, 일본 등의 원전 강국에 포위되어 있다. 자연재해나 안전에 취약한 어느 한 곳에서 일이 터지면, 국내에서 발생하는 사고 만큼이나, 큰 피해를 입을 수도 있다. 통일이 늦어지면, 중국산 전기를 수입하기 위해, 송전탑 설치도 고려해야 한다.

아오지 탄광에서, 정치범 수감자들이 채굴한 석탄으로 화력 발전을 하거나, 온 산의 나무를 베어내고 태양광을 설치해야 할 것이다. 정권 유지를 위한 포퓰리즘으로 성급하게 늘어나는 복지 정책에, 남미의 어느 나라처럼 되는 일은 없어야 한다.

캐슬힐과 현대미술관

남프랑스의 휴양지 니스에 도착하여, 해변에서 시내 쪽으로 길게 조성된 Water Fountain and Mirror으로 갔다. 분수가 멈추고 바닥이 거울로 바뀌면, 주위의 그리스 로마 신상들과 꽃들이 그 안에 반영되어 환상적인 풍경을 만들어 낸다. 나무로 만든 동물형상의 놀이 기구가 많은 놀이터에서는 아이들의 웃음소리가 그치지 않고 있었다.

아파트식 호텔에서 식사를 해결하며 2박 3일 동안 니스의 명소들을 돌아보았다. 숙소에서 우버로 Castle Hill을 찾았으나, 반대편 언덕 아래에 내려놓고 가버리는 바람에 정상까지 걸어 올라갔다. 그 바람에 30분가량의 하이킹으로 니스의 풍경을 좀 더 가까이에서 들여다볼 수 있었고, 정상의 인공폭포는 더욱 시원하게 느껴졌다. 발품을 아끼려면 우버보다는 택시를 권한다.

Museum of Modern and Contemporary Art를 찾아, 미술사의 끝판왕이라 할 수 있는 현대미술의 진수를 돌아보았다. 그곳에는 알몸의 모델에 페인트를 칠하여 캔버스에 굴려 작품을 만드는 등 기괴한 시도를 많이 하였던 Yves Klein[1928~1962]의 작품들이 많이 전시되어 있었다. 34세에 요절한 천재 예술가 클라인은 신사실주의 Nubo Realrism의 대표 작가로, Klein Blue라는 자신만의 고유한 청색을 만들어 특허를 받았다. 원시미술과 현대미술이 공존하는 니스에서 유럽의 미술역사를 살펴보았다.

미술역사는 니스에 있는 40만 년 전 원시인류 유적지 테라 아마타에서 발견된 물감의 원료, 주황색 물감, 나무그릇 등에서 유추해 볼 수 있다. 3만5천 년부터 1만 년 전의 스페인 알타미라 동굴벽화는 인류 최초의 미술이다.

2만5천 년 전, 후기 구석기시대에 만들어진 조각 〈빌렌도르프의 비너스〉는 오스트리아에서 출토된 11cm의 작은 돌조각 작품이다. 인류 최초의 이 여인 조각상은 복부와 유방이 크게 강조된 반면 팔과 다리는 축소되어 있다. 노동력과 전사 확보가 절실했던 원시인들은, 여인들이 아이를 많이 낳아야 했기에, 다산을 바라는 주술적인 염원으로 유방과 배를 크게 부각시킨 조각상을 만들었다.

기원전 5000년경의 이집트 미술은 아름다움보다 미술작품에 영원성을 담아 전형적인 상황을 특징적인 각도에서 묘사하였고, 기원전 3500년 티그리스와 유프라테스강을 낀 비옥한 땅에서 수메르인들의 메소포타미아 문명이 태동한다.

미노스 미케네 문명에서 발생한 기원전 900~146년의 그리스 초기미술은 올림픽의 원년인 기원전 776년 이전 시기를 선사시대로 부른다. 역사시대는 이집트 문명의 영향을 받은 기하학기와 메소포타미아 문명의 영향을 받은 동방화기, 아케익기, 고전기, 헬레니즘기 등 5단계로 나눈다.

기원전 600년 전후 100여 년간의 고졸기 古拙期, Archaic period 에 도리스식과 이오니아식의 건축 양식이 발전한다. 이때, 아폴론 신전, 아르미테스 신전이 세워졌고, 미론의 〈원반 던지는 사람〉 등이 등장한다. 기원전 450~400년에 나타난 고전기 The High Classic Period 에는 〈파르테논 신전〉이 건축되는 등 다소 졸렬했던 고졸기의 작품들이 그리스 고유의 문화로 화려하게 꽃을 피워, 서양미술의 원류 지위를 차지한다.

기원전 7~4세기 이집트 미술의 평면성을 벗어나 공간감을 얻은 그리스 미술은, 인물 등을 사실적으로 묘사한다. 원시적인 신화에 의심을 갖고 시작된 사물의 본질에 대한 연구로 기하학, 자연과학, 철학 등이 발전한다.

기원전 323~기원후 31년 알렉산더 대왕의 페르시아, 인도, 이집트 정복으로 동방과 서방의 문화가 혼합되어 Hellenistic 문화가 생긴다. 알렉산더부터 이집트 왕조의 마지막 여왕 클레오파트라 7세까지를 헬레니즘 시대라 한다. 알렉산더는 제국의 위용을 과시하기 위해 이전의 양식보다 훨씬 강하고 화려한 코린트식 건축을 한다. 기원전 180년경 〈사모트라케의 니케, 승리의 여신〉과 기원전 150~100년 〈멜로스의 아프로디테, 밀로의 비너스〉가 만들어진다.

  이탈리아 작은 마을에서 출발하여 그리스를 정복한 로마는 콜로세움, 공중목욕탕, 도로, 수로 등 거대한 건축물로 실용적 가치를 추구한다. 그리스의 조각을 모방, 수집하여 화려한 저택을 지었던 그들의 문화는 서로마제국 멸망 후, 동로마제국의 비잔틴 미술로 발전하여 6세기에 콘스탄티노플에서 전성기를 누린다.

  5세기부터 천 년 간의 암흑시기 ^{Dark age} 동안 미술은 문맹자들에게 신의 섭리와 교리를 전달하기 위한 수단이 된다. 사회 전체를 지배했던 신 중심의 인간관 아래, 미술은 신^神적인 것을 감각적인 것으로 바꾸는 역할을 한다. 11세기 후반, 유럽 전역에서 일어난 로마네스크 미술은 '교회의 승리'를 대표하였다. 기독교로 개종한 유럽 전역의 정치, 경제, 사회의 일반이 교회의 지배하에 들어간다. 로마네스크는 창문은 거의 없고 작으며 둥근 아치의 석조 건물이 특징이다.

12세기 말, 프랑스 북부에서 발생한 고딕양식은 로마네스크의 둥근 아치와는 달리 뾰족한 첨형아치가 특징이다. 가느다란 석재 기둥 및 스테인드 글라스 등의 재료를 사용하여 내부가 밝고 넓어져 이후 르네상스의 초석이 된다.

14세기부터 16세기까지 부활, 재생을 뜻하는 Renaissance는 이탈리아를 중심으로 고대 그리스, 로마의 문화 번영을 꿈꾸며 시작된다. 봉건 영주로부터 벗어나 권리와 능력을 자각한 시민 계급이 신 중심의 시선을 인간 중심으로 옮겨놓는다. 피렌체의 메디치가처럼 부를 축적한 상인이 새로운 지배계급으로 등장하여 후견인이 된다. 미술은 교리전달보다는 사실적 묘사로 현실세계의 전달수단이 된다. 다빈치, 미켈란젤로 등에 의해 르네상스는 화려하게 꽃을 피운다.

Baroque는 1600~1750년까지 가톨릭 국가에서 르네상스의 이성적 규칙에 의한 지나친 속박을 벗어난 미술양식이다. 바로크는 포르투갈어로 '비뚤어진 진주'라는 뜻이다.

17세기 중엽, 프랑스가 유럽에서 가장 풍요롭고 강력한 나라가 되자, 예술의 중심도 로마에서 파리로 옮겨진다. 루이 14세의 경제적 안정으로 바로크의 물결에 휩쓸리지 않는 프랑스의 독자적인 양식 Classic in France가 탄생한다.

샤갈과 마티스 미술관

20세기 최고 색채화가 샤갈의 작품이 있는 Musee National Marc Chagall 을 찾았다. 마르크 샤갈 성서 메시지 미술관으로도 불리는 샤갈 미술관은 1973년 프랑스 초대 문화부 장관 소설가 앙드레 말로에 의해 건립되었다. 은은한 라벤더 향이 있는 정원을 갖춘 현대식 건물 안에는 450여 점의 샤갈 작품이 전시되어 있다.

표현주의 화가로 피카소와 함께 20세기 최고의 화가로 불리는 Marc Chagall [1887~1985] 은 1910년 파리로 건너와 유화, 판화, 벽화, 조각, 무대장식 등 여러 분야에서 자신만의 세계를 담은 예술을 창조하였다. 1950년대부터 본격적으로 성서를 주제로 한 작품들을 그려, 작품을 통해 종교적 메시지를 전달하였다. 그는 아름다운 색채로 인류애와 평화, 희망 등을 나타내었다.

창세기와 출애굽기를 테마로, 푸른색과 황금색이 조화를 이루는 〈인간의 창조〉와 어두운 분위기에 강렬한 원색의 〈에덴동산에서 추방되는 아담과 이브〉, 평화와 전쟁을 상징하는 〈노아와 무지개〉 등이 인상적이었다. 연인과 사랑을 주제로 한 로맨틱한 다른 전시실에서는 구약의 아가서를 테마로 한 작품들이 강렬한 붉은색으로 정열적인 사랑을 표현하였다.

여기에서는 신랑과 신부, 꽃과 여인, 평화를 상징하는 새 등이 주인공으로 등장하였다. 자연광을 통해 강렬하게 빛나고 있는 스테인드글라스는 샤갈의 종교적인 신념으로 파란색이 많이 사용되었다. 샤갈은 몽환적이고 신비로운, 마치 꿈속을 거니는 것 같은 색의 조화를 작품에 표현하였다.

마티스 미술관으로 가기 위해 방문객들이 가는 방향을 따라, 2km 정도의 언덕길을 천천히 걸어 올라갔다. Henri Matisse[1869~1954]는 20세기 표현주의 화가로 Fauvism 운동을 주도했다. 야수파 운동은 20세기 회화의 일대 혁명으로, 야수파란 고흐와 고갱의 영향을 받아 원색의 강렬한 색채를 사용한 프랑스의 미술 사조이다.

순수하고 섬세한 색조, 단순한 선과 구성을 토대로 충만함을 표현한 그의 작품은 신선하였다. 마티스는 항상 "균형이 잡힌 그림을 그리고 싶다. 지친 사람에게 조용한 휴식처를 제공하고 싶다."고 말하였다.

1869년 프랑스 북부 캉브레지에서 태어난 마티스는 아버지의 뜻에 따라 법학을 공부하여 변호사가 되었다. 맹장 수술로 입원했을 때, 미술 교본 그림을 베끼던 이웃의 권유로 미술을 시작했다. 루브르 미술관에서 모사하던 중, 귀스타브 모로가 그의 재능을 알아보고 자신의 화실에 받아주었다.

1893년 마티스는 조블로와 동거로 마르그리트를 낳았다. 그리고 딸은 마티스에게 영감을 주는 원천이자, 작품을 평가해 주는 조언자가 된다. 1901년부터 파리 미술계에서 조금 진보적이었던 마티스는 앵데팡당전에 출품하기 시작했다. 1905년경부터 원색 대비, 단순화된 선을 바탕으로 강렬한 색을 사용하는 기법을 시도하였다.

1905년 살롱전에 〈젊은 선원〉 등이, 강렬한 색채를 쓰는 젊은 예술가들의 작품과 나란히 전시되면서 '야수들'이라는 이름을 얻었다. 이렇게 야수파의 선두로 인정받은 그는, 1908년 뉴욕에서 개인전을 할 만큼 성공하였다.

1910년 니스에서 지중해의 평온하고 행복이 배어나는 〈삶의 기쁨〉을 그렸다. 점차 평면화되던 그의 그림은 원근법과 같은 관습적인 기법들이 무시되고, 색채는 밝고 얇게 칠해졌다. 그림자가 제거된 형태는 굵은 윤곽선으로 표현되었다.

그는 '가위로 그린 소묘'라고 일컬은 종이 오리기 작품 등으로 새롭고 다양한 시도를 계속하였다. 종이에 물감을 칠하고, 이를 잘라 풀로 붙여 완성한 20점의 작품집 〈재즈〉는 그가 서커스를 보고 느낀 감정을 표현한 것으로, 〈광대〉, 〈서커스〉 등은 단순하지만 선명한 색과 역동적인 포즈가 생생하게 살아있다.

말년에 아내와 헤어지고, 병으로 쇠약해진 그는 대부분의 시간을 누워서 지내다가 1954년 이곳 니스의 집에서 평화롭게 숨을 거두었다.

니스에서 프랑스 일주를 마치다

프랑스 일주 여행은 미술을 대하는 나의 자세를 고쳐준 좋은 기회였다. 세 번째 파리 방문으로, 세계의 여성들이 가장 가고 싶어하는 파리를 마음속에 담아놓고 언제든 행복에 빠져들 수 있는 무형자산도 갖게 되었다. 극작가이며 미술평론가이신 장소현 시인과 김인경 사진작가 부부와 함께한 것은 큰 행운이었고 여행 내내 미술에 대한 이해의 폭을 많이 넓힐 수 있었다.

니스에서 런던을 거쳐 뉴욕으로 가는 비행기에서 내려다본 유럽대륙은 참으로 아름다웠다. 저 알프스 만년설산 주위 나라에서 일어난 수많은 역사적 사건들, 그리고 문화 예술 사조들이 인류의 문명을 풍요롭게 발전시켰다.

18세기의 Rococo는 바로크 시대의 호방한 취향을 이어받아, 화려한 색채와 섬세한 장식, 건축의 유행을 말한다. 바로크 양식이 수정, 약화 된 로코코는 귀족과 부르주아의 예술이다. 18세기 말~19세기 초 프랑스를 중심으로 나타난 신고전주의 Neoclassicism 는 고고학적 정확성에 따른 형식과 내용을 중요하게 여겼다.

19세기 초 낭만주의 시대에는 감성적 분위기의 작품들이 유행하여, 예술이 다양해졌다. 현실적인 사건을 주제로 느끼는대로 표현하였기에 낭만주의로 불린다. 19세기 중엽에 이르러 사실주의는 작가의 감정과 상상력이 중요시되었던 낭만주의와 다른 개념으로 대조를 이루었다. 19세기 말에 나타난 인상주의 Impressionism 는, 빛의 변화에 따른 순간적인 색의 변화를 포착하려는 미술양식을 말한다. 모네의 〈수련 연작〉에서 사물들은 얼마간의 거리를 유지해야 윤곽과 형태가 드러난다.

신인상주의Neo Impressionism는 광학이론과 색채학에 따른 과학적 이론에 기초한 색채분할을 구현하였다. 인상주의가 본능적, 감각적이라면, 신인상주의는 과학적이며 분석적이다.

인상주의에 만족하지 못한 세잔, 고갱, 고흐는 후기인상주의Post Impressionism로 지나치게 순간적인 시각 세계에 사로잡혀 있는 인상주의를, 주관적인 경험에 근거하여 추구하였다. 고갱은 순수한 인간과 자연을 융합하고자 타이티로 떠나, 형태와 선, 색채를 통하여 인간 내면 세계를 표현하였다.

유럽의 땅끝 리스본

2012년 4월, 뉴욕에서 출발하여 파리 드골공항을 거쳐, 단체여행 3일 전에 리스본에 도착하였다. 유럽 최남단 서쪽 끝에 위치한 포르투갈은 최초로 알파벳을 사용한 페니키아인들에 의해 건설된 나라로, 수도는 리스본이고 국민 대부분은 가톨릭교도, 언어는 포르투갈어이다.

공항에서 택시로 호텔에 내려 체크인하고 가까이 있는 Gulbenkian Museum으로 갔다. 부활 주일이라 문을 열지는 않았으나, 정원을 천천히 걸으며 일탈의 여유를 부려보았다. 시내로 나가 로시우 광장과 골목을 장식한 아름다운 돌길을 거닐다, 쥬스타 엘리베이터를 타고 올라가 윗동네의 기념품 가게도 돌아보았다.

공화정을 수립한 날을 기념하여 테주강 위에 건설된 425 다리가 저 멀리 보였다. 강 입구에서 선박의 출입을 통제하던 곳에, 바스코 다 가마 ^{Vasco da Gama} 의 인도항로 발견기념으로 세워진 벨렘탑을 찾았다. 엔리케 왕자 사후 500주년을 기념하여, 1960년에 세워진 대항해 발견기념비는 리스본의 랜드마크이다. 엔리케 왕자가 앞장서고 항해사, 과학자, 성직자 등이 뒤를 따르는 모습으로 조각되어 있다.

　항해를 해본 적이 없는 왕자이었지만, 그는 항해 전문가들을 기용하여 속
도가 빠르고 암초에 잘 견디는 선박을 개발하고, 해상활동을 지원하여 세계
의 절반을 식민지화하는 데 공헌을 하였기에 해양왕이라는 칭호를 받았다.
기념비 앞에는 커다란 세계지도가 새겨져 있었다.

　길 건너 제로니무스 수도원은 성당과 해양 박물관으로 사용되고 있었다.
이 건물은 천장의 종려나무 문양의 돔 구조로 인하여 대지진에도 무너지지
않았다. 바로 옆에 있는 드 블렝^{벨렘} 빵집으로 갔다. 호떡집에 불난 것처럼
많은 사람들이 북적거렸다. 본래 수도원에서 만들어지던 Egg tart가 지금은
세계 에그타르트의 원조가 되어, 이곳에서 불터나게 팔리고 있었다.

　　영국의 시인 바이런이 에덴의 동산이라 불렀던 신트라의 페나궁과 무어성
을 돌아보았다. 지하철로 로시우 광장에 내려, 9유로를 내고 신트라행 기차
에 올랐다. 아줄레주 Azulejo 로 장식된 신트라역은 고풍스러우면서도 산뜻하
였다. 아직도 사용되고 있는 중세기 우물터를 지나, 중앙광장 옆 여행자 정
보센터를 찾았다.

　신트라산 정상에 있는 Pena Palace는, 포르투갈의 마지막 국왕이었던 돈 메뉴얼 2세가 1910년 영국으로 망명할 때까지 살았던 왕궁이다. 정보센터 앞에서 434번 버스^{왕복 5유로}를 타면 페나궁 정문까지 갈 수 있다. 궁 외부 입장료는 10유로, 촬영이 금지된 궁 내부까지 볼 경우에 13.5유로이다. 정문 안에 들어서면, 왕복 2유로의 구내버스를 타고 페나궁까지 올라간다. 페나궁에서 바라본 신트라 시내는 그림엽서처럼 아름다웠다.

　구내 버스를 타고 정문까지 내려와, 왼쪽으로 돌아서서 약 10분 정도 걸어가면 Moorish Castle이 나타난다. 매표소에서 7유로를 내고 성곽에 올랐다. 물론 정문에서 기다리면 버스를 이용하여 편히 갈 수 있지만, 무어인들의 숨결을 좀 더 많이 느껴보기 위하여 숲 속을 걸었다. 무어성은 8세기 코란과 칼을 앞세우고, 지브롤터 해협을 건너 이베리아 반도를 점령한 아랍인들이 세운 성이다. 이곳은 16세기 알함브라 궁전을 빼앗겨 거점을 잃고, 모로코로 물러난 무어 왕조의 800년 영광과 한이 서린 곳이다.

무어성 성벽은 유럽대륙의 서쪽 땅끝, 대서양 해안을 끼고 산등성이를 따라 펼쳐져 있다. 한 사람이 겨우 지나갈 정도의 좁은 성곽길을 따라 시원한 바닷바람을 맞으며, 1시간가량 성곽 트래킹을 하였다. 저 멀리 또 다른 산 정상에 서 있는 페나궁이 동화 속의 작은 성처럼 신트라를 내려다보고 있다.

1917년 5월~10월 사이, 매달 13일에 성모께서 나타났다는 장소에 세워진 파티마 성모발현교회를 찾았다. 교황청에서는 매년 늘어나는 순례자들을 위하여 9,000명을 수용하는 현대식 대형 교회를 지어 봉헌하였다. 성당 앞에는 전 세계의 언어로 성구가 새겨져 있었고, 안에는 전 세계 가톨릭 신도들의 헌금으로 만들어진 황금 제단이 있었다. 특이하게도 십자가에 매달려 있는 예수는 동양인의 모습이었다.

성모께서 양을 치던 세 아이, Lúcia와 사촌동생 Francisco와 Jacinta에게 나타났다는 들판에 세워진 교회에서는, 매일 미사가 열리고 있었다. 어떤 성지순례자들은 왼쪽에 보이는 성모 발현 장소까지 수백 미터를 무릎으로 기어서 다가가며 서원을 빌고 있었다. 구성당 안에는 세 아이가 안치되어 있었다. 두 남자아이는 일찍 세상을 떠났지만, 루시아^{1907~2005}는 "오랫동안 살며 내가 나타났음을 증거하라."는 성모 마리아의 말씀대로, 이 성당에서 수녀로 섬기며 98세까지 살았다.

어렸을 적에 말을 지어내 거짓말을 많이 하였던 이 아이들인지라, 성모를 만났다고 아무리 이야기를 해도 동네 사람들은 믿지 않았다. 6개월 동안 성모를 만나 대화를 했다는 이야기가 퍼져 나가자, 교회 측은 성모께서 아이들에게 말씀하신 10월 13일에 대집회를 계획하였다. 전날 밤 엄청난 비가 밤새 내려 집회가 어려울 지경이었지만, 소문을 듣고 찾아온 수만 명의 신도들은 아침부터 그곳에서 기도하며 성모를 기다렸다. 시간이 많이 지났으나 성모는 나타나지 아니하였다.

땡볕에 성도들이 빈사상태에 이를 무렵, 갑자기 태양이 춤을 추듯 흔들리며, 여러 가지 색의 광선을 발산하였다. 이 광선은 40km밖에 있었던 사람들도 볼 수 있었다고 한다.

그러나 어떤 사람들은 아무것도 보지 못했다고 증언하였다. 교황청은 이 현상을 단순히 현기증을 느낀 사람들의 착시현상으로 보지 않고 성모발현으로 인정하여, 성모발현 교회를 봉헌하였다. 이곳에는 매년 30만 명이 넘는 순례객들이 찾고 있다.

세비야 대성당

1492년 콜럼버스의 신대륙 함대가 출발했던 세비야는 그 이후 남아메리카와의 무역 거점항으로 금은보화가 스페인으로 유입되면서 최고의 전성기를 맞이하였다. 공기는 통과시키되 물은 안되는 코르크, 그 마법의 성질로 인하여 고급 포도주 생산을 가능케 했던 코르크 나무가, 포르투갈에서 스페인 국경에 이를 때까지 끊임없이 나타났다. 포르투갈은 전 세계 코르크 생산량의 1/3을 차지한다.

콜럼버스의 신세계 탐험선을 환송했던 세비야 정십이각형 황금탑 길 건너에는, 1893년 산텔모 궁전의 절반을 세비야에 기증한 왕비를 기념하여 만든 마리아 루이사 공원이 있다. 그곳에는 이슬람 건축양식 위에 기독교 양식이 혼합된 무데하르 Mudejar 양식의 건물이 있었다.

마리아 루이사 공원의 오솔길 끝에 나타나는 스페인 광장은, 그 웅장함과 아름다움에 탄성이 저절로 나오는 곳이다. 호화롭게 건축해 놓은 반원형의 건물에는 도시 이름과 역사적 기록들이 아줄레주로 장식되어 있었다.

세비야 대성당은 바티칸 성 베드로 성당과 런던 세인트 폴 성당과 함께 세계 3대 성당으로 꼽힌다. 이 성당은 12세기에 세워진 이슬람 사원의 일부를 허물고 1402년부터 100년에 걸쳐 지어져 이슬람 건축과 고딕 르네상스 양식이 조화를 이루고 있었다.

90m의 히랄다 La Giralda 종탑은 계단이 없는 나선형 통로로, 말을 타고 70m까지 올라갈 수 있는 이슬람 건축물이다. 그 위에 20m의 종탑이 기독교 양식으로 지어졌다.

예수께 씌웠던 가시면류관의 가시조각을 넣어 만든 황금 성체가 있는 곳은 사람이 몰려 접근하기가 쉽지 않았다. 이 성체는 이슬람 세력을 유럽에서 몰아낸 노고에 감사하여, 프랑스가 스페인에 선물한 것이다.

성당의 남쪽 문 근처, 콜럼버스의 관을 스페인의 고대 왕국 레온, 카스티야, 나라바, 아라곤의 왕들이 메고 있는 조각상이 보였다. 이는 콜럼버스의 공적과 권위를 인정해 주는 상징적 의미와 이사벨 여왕의 콜럼버스 스페인 입국 금지령에 반발하여, 스페인 땅에 묻히고 싶지 않다는 콜럼버스의 유언에 따라, 공중에 받들고 있다 전해진다. 콜럼버스의 둘째 아들도 아버지의 행적을 책으로 남겨, 박탈되었던 콜럼버스의 지위를 회복하고, 스페인의 영웅이 되게 한 공적으로, 이 성당 안에 안치되어 있었다.

미로도시 메디나

　Gibraltar Strait에 가까워지면서 스페인 전기의 12.5%를 공급하고 있는 풍력발전기들이 끊임없이 나타났다. 전설의 여행가 이븐 바투타의 고향 아프리카 모로코 Tanger로 가는 길에, 저 멀리 1만 명의 영국인이 살고 있는 지중해에 유일한 영국 영토 지브롤터 섬이 보였다.

　300여 년째 영국이 소유하고 있는 지중해 최고의 휴양지인 이곳에는 강력한 해안포가 설치되어 있다. 7차에 걸친 스페인의 탈환작전을 막아낸 이 포대는 냉전시대에는 흑해로부터 나오는 소련 함대를, 2차 세계대전 때에는 독일 함대를 제어하였다. 스페인의 끊임없는 반환요구에 영국은 응답하지 않고 있다.

지브롤터 해협은 해상교통의 요지로서 고대로부터 페니키아, 그리스, 로마, 카르타고, 무어인들이 서로 뺏고 뺏기를 계속했던 곳으로, 많은 성채 유적이 남아 있다. 10마일도 채 안 되는 해협을 건너기 위해, Tarifa에서 페리를 탔다.

좁은 해협의 거센 물결을 헤치며, 쾌속 페리도 1시간 넘게 걸려 탕헤르에 도착하였다. 현 국왕인 마호메드 6세는 정치를 잘해서 국민들에게 인기가 높다고 한다. 밀가루가 주식인 모로코식 아침 식사용 빵맛이 매우 좋았다. 휴게소마다 기도실, 샤워실, 화장실 등이 구비되어 있다. 휴게소 식당에서는 고기를 허브에 재어 두었다가, 양파와 감자, 콩, 고추를 얹어서 뚜껑을 덮고, 숯불 위에 올려 모로코 전통요리 타진^{Tajin}을 만들고 있었다.

드넓은 평원을 지나 행정수도 모하메드 6세가 집무하고 있는 Rabat로 가는 길에 끝없이 펼쳐지는 옥토를 보며, 이 나라의 1인당 국민 소득이 3천여 불인 것이 이해되지 않았다. 오랜 기간 동안의 정치, 종교, 혹은 국민성… 아니면 이 모든 것?

라바트에 도착하여 유일하게 사진 촬영이 허용되는 궁전의 한쪽 문 앞에서 화려한 황금과 아줄레주로 장식된 이슬람식 궁전을 배경으로 인증사진을 찍었다. 모로코식 전통 식당에서 점심식사를 마친 다음, 미로도시가 있는 Fez로 향했다.

탕헤르 호텔에서 아침 5시 기상, 5시간을 달려 페즈로 가서 인구 45만 명의 중세도시 메디나를 방문하였다. 현지 가이드가 없이는 도저히 찾아 나올 수 없는 좁고 복잡한 미로도시에 들어서자, 시끌벅적한 상인들의 소리가 들려왔다. 현지 가이드의 "반갑습니다, 오른쪽, 계단 조심, 머리 조심, 왼쪽!" 하는 정확한 한국어 발음이 들렸다. 토산품 가게, 전통 음식가게, 가끔은 마네킹에 입혀진 현대식 옷가게, 수공예품가게들이 끝없이 나타났다. 그리고 회교사원들도 그 안에 있었다.

페즈에 있는 메디나에는 9,400개의 미로를 구분하기 위한 출입문이 150개
가 있다. 청동 공예품가게에 들러 패턴도 없이, 오직 나무망치와 끌로 작업
하는 장인들의 솜씨와 완성되어 주인을 기다리는 공예품을 돌아보았다. 방
앗간에 해당하는 빵공장에서는 밀가루 반죽을 가져오면 이곳 화덕에 구워
주고 수고료를 받고 있었다.

천년 이상 전통 방식으로 가죽을 처리하는 천연염색 공장을 방문하였다. 그곳에서는 비둘기 배설물과 천연재료로 부드럽고 아름다운 색상의 가죽 원단을 만들고 있었다. 지독한 냄새를 희석시킬 목적으로 공장 입구에서 박하잎을 나누어주며 코에 대고 다니게 하였다.

페즈의 미로도시와 가죽 염색공장을 돌아본 후, 영화 〈카사블랑카〉로 우리의 추억과 낭만이 된, 지금은 모로코의 경제를 이끌어가는 제1의 상업도시 카사블랑카로 향했다.

모로코를 프랑스와 영국으로부터 해방시킨 하산 2세 능을 찾았다. 화려한 왕릉 앞에는 13세기 베르베르인의 왕조가 망하면서 건설이 중단된 44m의 미나래^{첨탑}가 말없이 서 있었다. 1987년부터 6년간 걸쳐 지어졌다고 한다. 이슬람의 3대 사원인 메카, 메디나, 카사블랑카 모스크 중에서 이곳이 가장 크다. 첨탑의 높이가 170m인 이슬람 최고의 현대식 사원은 1층에 18,000명의 남자, 2층에 7,000명의 여자를 수용하는 대예배실과 8만 명이 모일 수 있는 광장이 있다.

많은 모로코인들이 유럽으로 가기 위하여 목숨을 건 지브롤터 해협 도하를 시도한다. 허술한 목선을 타기도 하고 체구가 작은 10세가량의 소년들은 버스가 신호 대기로 정차할 때를 기다려 버스 밑창으로 숨어들어와 매달린다. 지브롤터 해협을 건너기 전, 첨단 장비를 동원한 차량 검색이 철저하게 이루어지고 있었다.

알함브라 궁전의 추억

    지브롤터 해협을 건너 스페인의 Tarifa로 돌아와, 지중해 남부 Malaga 해변에서 환상적인 석양을 즐겼다. 하얀 마을 Mijas를 돌아보고, 학창 시절 교정 잔디밭에 앉아 아름다운 기타 선율의 〈알함브라 궁전의 추억〉을 들으며 꿈꾸었던 그곳을 찾았다.

'붉은 성'이라는 뜻의 알함브라 궁전은 14세기 이슬람 왕국의 마지막 나사리 왕조에 의해서 지어졌다. 내부는 왕궁, 카를로스 5세의 궁, 헤네랄리페 정원, 알카사바 성채로 구성되어 있다. 이슬람 왕조의 마지막 왕 보아브딜은 스페인에 굴복하여, 이사벨 여왕에게 이 성을 건네주고 모로코 지역으로 떠났다. 그는 알함브라궁이 보이는 마지막 고개를 넘으면서, "빼앗긴 땅과 재산보다 아름다운 알함브라궁을 다시는 보지 못하는 것이 더욱 아쉽다"라고 탄식하였다.

18세기 초 펠리페 5세 왕가가 거처를 옮긴 후, 군사요새로만 쓰여져 궁전은 방치되고 정원은 폐허가 되었다. 1832년 미국의 작가 Washington Irving의 소설 『Tales of the Alhambra』에 의해서 세상에서 가장 낭만적인 곳으로 새롭게 태어났다. 그는 소설 속에서 "목마른 사람은 샘과 흐르는 시냇가를 꿈꾸고, 배고픈 사람은 잔칫상을 꿈꾸며, 가난한 사람은 숨겨진 황금더미를 꿈꾼다."라 말했다.

현재도 복원 중인 이곳은 엄청난 수의 관광객을 수용하기 위하여 관람시간을 1시간 40분으로 제한하였다. 그 시간이 지나면 다시 티켓을 구매하게 하고 성내에 들어가서도 구역마다 티켓 검사가 이루어졌다.

이루어질 수 없는 사랑을 했던, 스페인의 기타리스트 프란시스코 타레가는 실연의 아픔을 달래기 위해 여행을 하던 중, 알함브라 궁전의 아름다운 창밖의 달을 보며 사랑의 세레나데를 작곡하였다. 고요한 달빛 아래 창가에 앉아 분수에서 떨어지는 물방울 소리에서 영감을 얻어, 주옥같은 기타곡을 만들었다.

알함브라 헤네랄리페 정원과 분수의 물은 시에라 네바다 산맥의 설산에서 녹아내린 물을 끌어들여 공급하고 있었다. 이슬람식 알함브라 궁전 안에 유일하게 지어진 가톨릭 양식의 카를로스 5세 궁에 들어서면 로마의 콜로세움이 연상된다.

　카를로스 5세는 이슬람식 알함브라 궁전보다 더 멋지게 로마네스크 양식의 궁을 건축하도록 명했으나, 여러 가지 이유로 이 궁은 2층까지만 올라가다가 미완성으로 남아있다. 지금은 국제 음악제, 무용제 등의 공연장으로 이용되고 있다.

　스페인의 국토회복운동으로 무력 충돌이 잦아지자, 이슬람은 9~13세기에 걸쳐 이곳을 요새화하였다. '붉은 요새'라 불리는 알카사바 Alcazaba 도 포위되어 식량 공급을 받지 못해 항복한다. 1492년 1월 2일 기병 3천 명을 거느리고 그라나다 알함브라궁에 무혈입성한 이사벨 여왕은 가톨릭으로의 개종을 거부한 이슬람을 모로코로 추방하고 유대교도들은 유럽의 타 지역으로 떠나도록 하였다.

　이사벨 여왕은 유랑하던 집시들을 아랍인들의 거주지였던 그라나다 지역 알바이신 언덕에 정착시켰다. 유목과 영세 수공업을 했던 집시는 이슬람과 가톨릭문화를 잘 융화하여 즉흥적이며 기교적 성향의 독특한 음악을 만들었다.

　18세기에 집시들은 농부나 도망자라는 의미의 '플라멩코'로 불렸다. 손과 발로 만들어 내는 리듬을 가미한 플라멩코 춤은 가까이에서 표정과 손발의 움직임, 숨소리와 땀방울까지도 볼 수 있어야 제맛이 난다 하여 앞자리에 앉아 관람하였다. 이 춤은 스페인 남부 안달루시아의 지방문화로 정착되었다.

마드리드와 코르도바

1960년대 고야의 〈옷을 벗은 마야〉가 중학교 미술교과서에 등장하여, 많은 까까머리 남학생들이 미술에 관심을 갖게 만들었다. 프라도 미술관 앞뜰에는 고야의 동상과 그 아래 옷을 벗고 당당하게 관객들을 바라보고 있는 마야가 누워있었다. 미술관 안에서는 사진 촬영이 안 되며 관람시간도 짧을 것 같아 미리 관련 서적을 읽고 갔다.

1시간 40분 동안 주마간산으로 돌아본 프라도 미술관은 아쉬운 마음에 발길이 떨어지지 않았다. 18세기 말 카를로스 3세에 의해 세워져 1819년 왕립 미술관이 된 프라도 미술관은 1868년 다른 왕실 재산들과 함께, 왕립에서 국립으로 전환 되었다. 이곳에는 고야, 벨라스케스, 엘 그레코, 루벤스, 티치아노 등 대가들의 작품 3만 점 이상이 소장되어 있다.

지금도 국가 공식행사를 하고 있는 마드리드 궁 안에는 엄청난 문화재급 보물들이 전시되어 있었으나, 촬영금지라 마음에만 담았다. 투우하면 스페인이었으나 지금은 동물학대라고 반대하는 여론으로 일부 주에서는 투우가 금지되었다. 마드리드의 투우장 앞에는 사망한 젊은 투우사의 동상이 서 있었다.

마요르 광장 한쪽 사람들이 살고 있는 아파트의 벽에는 그리스 로마 신들의 벌거벗은 벽화가 가득하였다.

마드리드에서 가장 아름다운 광장 중의 하나인 시벨레스 광장 분수대 중앙 사자 두 마리가 끄는 수레 위에는 그리스 신화에 나오는 풍요의 여신 '시벨레스 여신'이 앉아있다. 10km의 길이로 마드리드에서 가장 긴 알깔라 거리에는 스페인을 세계적인 문화의 나라로 알린 작가 세르반테스의 기념탑이 있고, 소설의 주인공 돈키호테와 하인 산초의 동상이 수많은 관광객들의 방문을 반기고 있었다.

스페인 남부, 역사를 자랑하는 유서 깊은 도시 코르도바를 찾았다. 2천년 전 로마의 속주인 에스파니아의 수도이었으며, 8세기부터는 이베리아 반도의 지배자 이슬람 왕국의 수도이었다. 10~11세기에는 서방 세계에서 비잔틴 제국의 이스탄불과 쌍벽을 이루는 대도시로서 과학과 학문이 꽃 피웠던 곳이기도 하다. 지금은 인구 34만 명의 작은 도시이지만 로마, 이슬람, 그리고 기독교 문화가 어우러져 독특한 매력을 지닌 도시로서 매년 수많은 관광객이 찾아오고 있다. 2천년 전 로마시대에 건설된 로마교도 건재하고 있다.

코르도바 대성당은 2천 년 전 로마 유적지 위에 세워진 이슬람 모스크의 일부를 허물고, 카를로스 5세 때 르네상스 양식으로 지은 가톨릭 성당이다. 코르도바 성당은 천 개의 기둥으로 떠받치고 있는 사원이다. 그중 150개의 기둥은 떼어내서 알함브라 궁전 내에 있는 카를로스 5세 궁 건설에 사용되었다.

지하 7m에서 발견된 2천 년 전 로마시대의 건축 양식인 모자이크 바닥 타일은 로마가 망한 후, 수백 년 뒤에 그 위에 이슬람 모스크가 지어졌음을 보여주고 있었다. 이 이슬람 모스크를 허물고, 그 위에 가톨릭 성당을 짓도록 명령한 카를로스 5세는 예술을 사랑한 사람들의 강력한 반대에 부딪혀 일부만 허물고, 그 회교사원 안에 성당을 짓도록 하였다.

그 대신 이슬람교에 비하여 기독교가 위에 있다는 것을 보여줄 수 있도록 아주 호화롭게 제단을 꾸미도록 지시하였다. 성당이 완공된 후에 이곳을 둘러본 카를로스 5세는 남아있는 이슬람식 모스크를 보고 그 아름다움에 감탄하여 "이 세상 어디에도 없는 것을 부수고 이 세상 어디에나 있는 것을 지었구나." 하면서 후회하였다.

엘시드의 전설 톨레도

스페인의 Toledo는 2천 년 된 고도로, 영화 〈엘시드〉의 촬영장소로 유명하다. 로마시대에는 정복되지 않는 도시라는 뜻의 톨레툼이라 불렀으며, 그 후 6세기 말 서고트 왕국 시절에는 같은 어원인 톨레도라는 이름으로 수도의 자리를 지켰다.

그러나 711년 아랍왕 타리에 의해 점령되었고, 그 후 스페인의 국토회복운동 시절, 까스티야 왕국의 알폰소 6세와 그 유명한 전설의 인물 엘시드 1040~1099년에 의해, 1085년 톨레도가 수복되어 까스티야 왕국의 수도가 되었다.

영화 〈엘시드〉에서는 거구의 찰튼 헤스톤이 엘시드로 나왔지만, 실제의 엘시드 장군은 158cm의 아담한 체구이다. 적군과의 교전 중 가슴에 화살을 맞은 엘시드는, 거의 말에서 떨어질 뻔하다가 겨우 성 안으로 들어온다. 그 날 저녁 엘시드는 가슴의 화살을 빼지 않고 부러트려, 갑옷으로 가린 채 발코니로 나온다.

엘시드가 죽었다는 소문으로 사기가 저하되어 두려움에 떨고 있는 군사들과 시민들에게 짤막한 명연설 한마디를 한다. "Citizens of Valencia, Tomorrow morning, I'll lead the attack." 다음 날 아침, 죽은 엘시드를 말 위에 고정시켜 앉히고 선두에 세워, 사기충천한 스페인군은 엘시드의 모습에 겁먹은 이슬람군을 새벽 풀숲에서 이슬 떨구듯 흐트러뜨려 대승을 거둔다. 죽은 줄 알았던 엘시드의 연설을 듣고 많은 병사와 시민들이 뛰쳐나왔을 것 같은 골목을 걸어보았다.

1492년 알함브라궁에서 이사벨 여왕이 마지막 이슬람 세력을 추방할 때, 스페인 반도 내 유대인들에게 추방령을 함께 내렸다. 거의 모든 공업과 상권을 소유하고 있던 유대인들이 떠나면서, 톨레도는 쇠퇴의 길을 걷게 되었다. 삼면이 타호강으로 둘러싸여 있는 지형이 전란의 시대에는 정복하기 힘든 요새이었으나, 평화 시대에는 도시 확장에 방해되는 장애물이 되었다. 1561년 펠리페 2세는 수도를 마드리드로 옮겼다. 마드리드의 어원은 마흐릿트, '샘의 원천'이라는 뜻으로 마드리드의 물은 식수로 사용할 수 있을 정도로 깨끗하다.

톨레도에서 활동했던 화가 엘 그레꼬의 작품 〈오르가스 백작의 매장〉이 전시되어 있는 산또 또메 성당을 찾았다. 한참을 기다려 관람료를 내고 안으로 들어가 인물과 여성들의 손가락을 가느다랗고 길게 그려, 더욱 여성답게 표현한 작품을 감상하였다. 그는 시대를 초월한 화가로서, 진취적인 화풍으로 후대에 인기가 높아진 현대미술의 선구자이다.

1323년 성당에 많은 재정적 지원을 하며 소외된 사람들을 많이 도와주었던 톨레도 지방의 귀족 오르가스 백작이 사망하였다. 그의 장례식에서 "하나님과 성인을 잘 섬기는 사람은 포상을 받느니라" 라는 말을 주위에 있던 사람들이 들었다는 전설을 바탕으로, 엘 그레꼬는 9개월에 걸쳐 1586년에 이 성화를 완성한다. 상부의 천상의 세계는 표현주의 양식으로 그렸고 하부의 지상의 세계는 사실주의 화법으로 표현하였다. 이 작품을 15분 동안 보기 위하여 수많은 방문객들이 장사진을 이루고 있다.

톨레도 지역은 세계적인 고대 무기 생산지로서 칼, 방패, 갑옷 등의 품질이 우수하여, 많은 장식용 무기 애호가들로부터 사랑을 받고 있다. 톨레도 대성당은 이슬람 왕국 시절 회교 사원이었으나, 알폰소 6세에 의해 가톨릭 성당으로 개조되었다. 그 후 알폰소 8세 때, 톨로사 전투의 승전을 기념하여, 현재의 톨레도 대성당을 건축, 스페인 가톨릭의 중심으로 가장 큰 규모를 자랑하고 있다. 1226~1493년 동안 3세기에 걸쳐, 여러 양식으로 건축되어 더욱 화려하였다.

Transparente의 진면목은 맞은편 돔을 통해 들어오는 빛과 어우러질 때, 그 환상적인 자태가 나타난다. 복잡하게 얽혀있는 대리석 기둥의 조각들이 빛을 받아 마치 살아서 움직이는 것처럼 생동감이 넘쳐났다.

바르셀로나

새벽 5시에 일어나 호텔에서 주는 아침 도시락을 받아들고 공항으로 나가 1시간여 만에 바르셀로나에 도착하였다. 스페인 현대미술의 3대 거장인 피카소, 미로, 달리가 활동했던 예술과 낭만의 도시로서 지중해 최고의 휴양지이다.

몬쥬익 언덕 올림픽공원 안에는 1992년 하계올림픽 마라톤을 제패한 황영조 선수의 조각상이 있다. 이 조각상은 바르셀로나시와 자매결연을 맺은 경기도에서 기증한 것이다. 황영조 선수는 일제 강점기 베를린 올림픽에서 마라톤에서 금메달을 얻고서도 가슴에 태극기 대신 일장기를 달고 시상대에 슬픈 표정으로 서 있었던 손기정 선수의 한을 풀어주었다.

황영조 선수는 죽을 힘을 다하여 이 몬쥬익 언덕을 달렸다. 앞서 달리던 선수들을 차례로 따라잡고 골인지점을 통과하자마자 기절했다. 그리하여 그는 마라톤 역사상, 우승자가 자기 나라 국기를 들고 스타디움을 한 바퀴 도는 세레모니를 하지 못한 유일한 선수가 되었다.

1936년 올림픽 경기장으로 사용하기 위하여 처음 만들었으나, 스페인 혁명에 따른 내전으로 개최지가 바뀌었다. 그 후 56년 뒤인 1992년 하계 올림픽 개최지로 다시 지정되자 3만 명밖에 입장할 수 없었던 옛날 시설을 지하로 9m를 파 내려가 9만 명 규모의 현대식 메인스타디움으로 만들었다.

산티아고, 뻴라와 함께 스페인의 3대 성지에 속하는 Montserrat에 도착하여 톱니바퀴식 열차를 타고 산 위에 있는 몬세라트 수도원으로 올라갔다. 미국의 세도나, 중국의 북경 천단공원에 이어 스페인이 주장하는 기 Vortex의 원천지인 바시리까 성당 안에서 기를 받았다. 후니쿨라가 생기기 전까지 모든 물자가 노새 등에 업혀 운반되었던 오솔길이 지금도 순례자들의 트레일로 사용되고 있었다.

성가족 성당과 이사벨 여왕

스페인 천재 건축가 안토니오 가우디는 1884년부터 바르셀로나에 성가족 성당 Sagrada Familia 을 짓기 시작하였다. 공사장 쪽방에서 숙식하며 건축에 전념하였던 가우디는 어느 날 외출하였다가 교통사고로 병원에 옮겨졌다. 그러나 남루한 차림의 그는 무연고 걸인으로 취급되어, 응급 처치가 늦어지는 바람에 비명에 횡사하였다.

나중에 이 사실을 안 당국은 성당 앞에서 국장으로 성대한 장례식을 치러주었다. 비록 가우디의 육신은 이렇게 허무하게 갔지만, 그의 건축에 대한 천재성과 열정은 전 세계 60여 건축물에 남아, 그를 20세기 최고의 건축가 반열에 올려놓았다.

성가족 성당은 지금도 공사 중인 미완성의 성당임에도 불구하고 20세기 최고의 걸작으로 인정받고 있다. 로마건축 양식과 고딕의 요소를 혼합한 아르누보 양식으로 환상적인 건축 공간을 연출하고 있었다. 자연과의 조화라는 가우디 건축의 특성을 잘 나타내주는 성당의 천장에는 바다와 바닷속 생물들이 연상되는 부조들이 장식되어 있어 매우 신비스러운 모습을 하고 있었다.

성당의 외벽에는 어느 방향으로 더해도 값이 같은 숫자판을 조각해 놓았다. 이는 하나님께서 우리 인간을 구원하고자 인간의 몸을 입고 성육신하셔서 인류와 함께 생활하셨던 33년을 나타낸다.

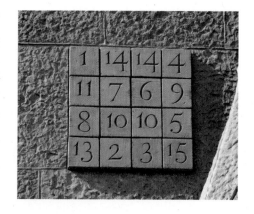

바르셀로나의 갑부였던 구엘 백작은 시가지와 항구, 그리고 바다를 한눈에 볼 수 있는 페라다산 남쪽 구릉지대를 확보하고 가우디의 상상력을 동원하여 고급 정원 타운을 건설하게 한다. 그러나 돌이 많고 경사진 곳에서 이루어지는 건축 공사에는 어려움이 많이 따랐다.

주변의 자연스러움을 살리기 위해 가우디는 인부들에게 돌 고르는 일조차도 못하게 하였다. 그곳에 있는 돌과 나무, 그리고 타일 공장에서 나오는 타일 조각들을 이용하여 작업하는 바람에 14년에 걸친 공사에도 불구하고 경비실과 관리실 그리고 중앙 광장만 만들어졌다.

그러던 와중에 재정적인 문제와 구엘 백작의 죽음으로 공사가 중단되자, 1922년 바르셀로나시에서 이곳을 사들여 시립공원으로 만들었다. 소수 부유층의 전원주택이 아닌 시민들의 쉼터로 남을 수 있었으니 오히려 잘된 일이 아닌가 싶다. 시장으로 만들려고 했던 광장의 지하층은 시장의 소음을 줄이기 위하여 천장 부분을 오목하게 설계하였고, 수산물 모양의 문양을 시장 천장에 만들어 놓기도 하였다.

산책로의 기둥 하나하나도 직선보다는 곡선의 자연 친화적인 모습으로 조성하여 놓았다. 바르셀로나의 가우디 건축물들은 공학적인 정교함과 환상적인 면의 결합으로 초현실주의적인 작품 세계를 보여주고 있었다.

스페인 여행을 마치면서 오늘의 스페인이 있게 한 이사벨 여왕 Queen Isabel 의 일생을 회상해 보았다.

포르투갈의 공주로 스페인 카스티야 왕국의 왕후가 된 어머니의 이름을 이어받은 이사벨 공주는 세 살 때 배다른 오빠의 정치적 견제에 의해 시골로 유배되었다. 그녀는 서민보다 못한 생활 속에서 어머니의 실성으로 인하여 남동생까지 돌봐야 하는 소녀 가장으로 살아가면서 단련되고 강인해졌다.

그 환경은 독실한 가톨릭 신자인 그녀가 서민들의 삶을 이해하는 미래의 군주로 성장하도록 도와주었다. 왕위 계승권을 놓고 국왕 아들의 친자 여부 의혹이 불거진 가운데, 현명하고 지혜롭고 성실하여 국민들의 지지를 많이 받았던 이사벨 공주가 남동생의 갑작스런 죽음으로 왕위 계승권자가 된다.

국왕 엔리케는 이사벨에게 불안을 느껴 40세가 넘은 공주의 외삼촌인 포르투갈 국왕 알폰소 5세와 정략결혼을 추진하려 했으나, 그녀는 왕궁을 탈출한다. 멀리 세고비아성으로 피신한 그녀는 스페인에서 두 번째로 큰 아라곤 왕국의 페르난도 왕자에게 청혼한다.

17세의 페르난도 왕자는 미모에 지혜를 겸비한 18세의 이사벨 공주의 청혼을 기꺼이 받아들여, 세고비아 성에서 농민들의 열렬한 지지하에 결혼식을 올린다. 이사벨은 남편 페르난도의 도움으로 엔리케를 이기고 카스티야 왕국의 새로운 왕으로 추대된다. 카스티야의 국왕이 된 이사벨은 아라곤의 국왕이 된 페르난도와 함께 스페인의 대부분의 지역을 통치하게 된다.

양국 신하들의 이권 다툼에 지혜롭게 대처하며 그 두 사람은 처음 사랑으로 서로를 믿고 의지하여 생을 다할 때까지 다섯 자녀를 낳으며 행복하게 살았다. 1492년, 스페인 남부 지중해 해변의 이슬람 세력인 그라나다 왕국의 알함브라궁을 함락시키고, 가톨릭을 국교로 하는 통일된 스페인 왕국을 세운다.

같은 해, 이사벨은 신하들의 반대에도 불구하고 포르투갈에서 거절당한 콜럼버스를 기용하여 신대륙을 발견, 남미 등 세계의 절반을 차지, 스페인을 세계 최강국 반열에 오르게 하였다.

이 책은 2011년부터 미주 중앙일보 J블로그 〈들꽃사랑〉의 660여 개의 포스팅과 2017년부터 네이버 블로그 〈여행에 미친 부부〉의 글을 다시 재구성한 것입니다. 모두 5권의 시리즈로 묶어 『수상한 세계여행』을 발간할 예정입니다.

2권은 아프리카·이집트·그리스와·터키·발칸·동유럽·스위스, 3권은 90일간의 북미대륙일주·유타 애리조나·캘리포니아, 4권은 남극·중남미·미 동부·알래스카·하와이, 5권은 호주·아시아 등 결혼 40주년 기념 77일간의 7개국 여행기와 인도 히말라야 이야기가 펼쳐집니다.

세계여행의 꿈을 안고, 마일리지나 포인트로 항공권이나 호텔을 해결하며, 기적처럼 여행을 계속하다 보니, 열정만 있으면 얼마든지 해낼 수 있다는 확신을 갖게 되었습니다. 이 소중한 정보를 더 많은 사람들과 나누길 원합니다. 평범한 이민생활이 전부인 우리는, 아무도 관심 없는 족보 대신 삶의 흔적을 담은 세계여행기로 남기고 싶습니다.

2018년 9월부터 1년여 동안 수없이 수정된 원고는, 출판사 '지식공감'을 만나 산고의 고통을 거쳐 한 권의 예쁜 책으로 태어났습니다. 여행기를 기대한다며 사랑으로 격려해 준 블로그 친구들의 댓글을 추천사로 대신합니다.

프시케 psyche

꿈은 꾸는 사람에게만 이루어진다고 합니다. 저도 유럽여행, 세계여행을 꿈꾸지만 아직도 언제가 될지 이루어지지 않고 있는데, 지금 여행하고 계신 두 분을 뵈니 정말 부럽습니다. 멋지고 아름다운 포스팅 잘 감상하고 갑니다. 오늘도 멋진 날 되세요.

은향 ngqueen

들꽃사랑님의 발자취를 따라 유럽여행의 중요 포인트를 맛보게 되었네요. 두 분의 인생 스토리가 이 한 편의 포스팅에 고스란히 담겨있는 듯... 진솔한 문장들과 고운 사진들 감사히 감상했습니다. 황혼을 준비한다고 하기엔 좀 이른 감도 보이지만 앞으로도 더 멋지고 행복한 나날 되시길 바랍니다.

자카란다 suinlkim

들꽃님의 긴 인생여정을 본 듯합니다. 샘과 제자로 만나, 질긴 인생길에 동반자가 된... 그 운명의 고리... 열심히 살아온 만큼 받는 보상도 큰, 님은 분명 행운이십니다. 그만큼 건강도 받쳐주기에 여행도 가능한 것이겠지요. 남은 생은 더욱 건강하시고 활기있게 세계를 여행하며 복된 시간 누리세요.

배낭이 hector

인생, 사랑, 여행의 이야기가 들어있습니다. 준비만 하고 떠나지 못하는 사람이 많은데 들꽃님은 떠나셨군요. 정말 축하드립니다. 중동과 아프리카 중앙아시아가 남아있군요. 갈 곳은 너무나 많습니다. 건강한 여행길 되길 바랍니다.

앤 yeppi

열심히 사랑하시며 사신 두 분의 인생... 아름답고 행복하실 듯합니다. 오랫동안 꿈꾸어 왔던 여행들을 엮어서 여행기도 만드시고 멋진 황혼을 맞으며 보내시길 바랍니다.

sue soonyounghong

마음이 찡한 글입니다. 두 분의 사랑이야기, 여행이야기 모두 감동으로 다가옵니다. 황혼 준비 정말 멋지게 하고 계시군요. 늘 건강하시고 보시고자 하시는 곳 모두 여행 하시기 바랍니다.

모닝커피 soymilk77

눈물겹고 가슴 찡한 아저씨와의 러브스토리와 지금까지 행복한 모습으로 살아가시는 들꽃사랑님의 삶이 너무 훈훈하고 감동스럽습니다. 인생은 60부터.... 앞으로 더욱 건강하고 행복하신 아름다운 삶과 여행 이야기가 끝없이 전개될 수 있길 기도드립니다.

흰머리 소녀 soulcafe

너무 너무 멋지시고... 감동이네요. 제가 꿈꾸고 생각하고 있는 것들과 너무나 비슷해서 뛸 듯이 기뻤습니다. 저 역시 들꽃사랑님처럼 행복하고 보람있는 은퇴 후의 삶을 이야기를 할 수 있도록 분발해야겠다고 생각했습니다. 늘 행복하시고 건강하세요~~

shepherd choidk

님의 여행기를 보며 삶의 진수를 보는 듯했습니다. 어느 하나 흐트러진 곳이 없는 완벽에 가까운 그런 생의 여정을 가고계시단 생각도 들구요. 님의 바람이 앞으로도 계속 이루어지시길 바랍니다.

아하하 Joajoa

항상 님의 포스팅을 즐기고 있습니다. 가만히 앉아서 약국 일 보면서 님 따라 안 가는 곳이 없거든요~ 그 점 감사드리고요~ 글 좋고 사진 좋고 음악 좋고~ 님의 러브스토리도 넘 좋고 추억을 쌓아가는 님의 현명한 판단과 생활 너무 아름답습니다.

향원 香園 wsc9292

그동안의 인생 여정이 담담하게 그려져 있네요. 노년의 언덕에서 지난날을 회고하고 행복했던 한때를 생각하며 이 글을 올렸을 것이라 생각하니 저까지 마음이 업되는 것을 느낍니다.

잔잔한 강물 같은 인생... 그 가운데서 행복을 찾고 작은 것에 만족하며 살아오신 두 분 부부님께 경의를 표합니다.

유니스김 생활영어 english33

왜 이렇게 저는 눈물이 자꾸 나오지요? 두 분의 만남의 시작이 너무나 아름다워서 눈물이 맺히더니 긴 세월 함께해오신 두 분의 삶의 모습에 마음이 다 뜨거워지면서 자꾸 눈물을 훔치며 읽었습니다.

"힘든 이민 생활 동안에도 돈 버는 일보다는 가족의 행복을 우선으로 생각하며 살았습니다."

정답이네요. 우리 모두가 이렇게 살 수 있다면 참 좋겠다는 생각을 하다가 갑니다.

촌장 kubell

들꽃님, 이번에야말로 젤로 쎄게 감동 먹었네요 *^^* 두 분이 함께하신 여정이 참 아름답다 여겼는데 그보다 더 아름다운 사연들, 뭉클해지는 옥탑방의 젊은 날 그리고 저마다 쉽지만은 않았던 이민생활, 돌아보니 그마저도 다아~귀한 추억의 삽화가 되는군요. 모두에게 귀감이 되고도 남는 두 분의 삶에 찬탄을 보내며 추천의 기립박수를 오래오래 치다 갑니다.

이상숙 sanglee48

아마도 엑기스로 만든 자서전이 아닌가 하는 착각을 하게 되는군요. 두 분의 넘치는 사랑에 박수를 보내드립니다. 세계 각국을 여행하며 좋은 그림을 나누시니 감사드립니다.